Amei-Angelika Müller

Ach Gott,
wenn das die Tante wüßte

Studentenzeit und
erste Liebe
der »unvollkommenen« Pfarrfrau

Deutscher Taschenbuch Verlag

Ungekürzte Ausgabe
November 1998
Deutscher Taschenbuch Verlag GmbH & Co. KG,
München
© 1996 Eugen Salzer-Verlag, Heilbronn
Umschlagkonzept: Balk & Brumshagen
Umschlaggestaltung unter Verwendung eines Gemäldes
von Agali Pietzsch
(© für die Abbildung: Printconsult, Frankfurt am Main)
Gesetzt aus der Stempel Garamond 10/11,75˙ (3B2)
Gesamtherstellung: C. H. Beck'sche Buchdruckerei,
Nördlingen
Gedruckt auf säurefreiem, chlorfrei gebleichtem Papier
Printed in Germany · ISBN 3-423-20186-X

Wie reizend schön war doch die Zeit,
Wie himmlisch war das Herz erfreut,
Als in den Schnabelbohnen drin
Der Jemand eine Jemandin,
Ich darf wohl sagen: herzlich küßte.
Ach Gott, wenn das die Tante wüßte! ...

Wilhelm Busch
›Die fromme Helene‹

Für Imfried

Inhalt

Studienrat und Missionarin 9

Katastrophen am laufenden Band 25

Das verhinderte Rendezvous 35

Abitur im Spitzenkragen 43

Himmelsflug und Höllensturz 53

Kaufrausch und Abschied 60

Tante Mariechens befremdliche Bräuche 69

Der schwarze Engel Eva 85

Horrortrip im Audimax 98

Badevergnügen in der Bahnhofshalle
und die Fackel in der Regentonne 106

Akademische Prachtentfaltung 114

Tanztee in der Quäkerstube 120

Der Lustmolch und der Herzensbrecher 129

Weihnachten wie immer und doch ganz anders 147

Die billige Amei 155

Eine sturmfreie Bude 164

Fleißprüfung mit Hörrohr 176

Das Winterfest 182

Mein rechter Platz ist leer 188

Die Macht der Liebe	199
Stets findet Überraschung statt	209
Veni, vidi, vici	215
»Die Schtund«	225
Der Vetter aus Dingsda	231
»Der Hölle Rachen …«	237
»Gaudeamus igitur«	246
Das Sommerfest oder carpe diem	253
»Üb immer Treu und Redlichkeit«	267
»Herz, Schmerz und dies und das«	274
»L'amour est mort, vive l'amour!«	285

Studienrat und Missionarin

»Erst denken, dann sprechen«, das war ein Lieblingsspruch meines Vaters. Wieviel Ärger hätte ich mir ersparen können, wäre ich seinem Ratschlag gefolgt, zum Beispiel, als Dr. Brosch, der Direktor unseres Mädchengymnasiums, seine verhängnisvolle Frage stellte. Er kam wieder einmal zu uns, in seine Abiturklasse, sagte: »Lassen Sie sich nicht stören, meine Damen«, und schwang sich aufs Fensterbrett. Von dort betrachtete er uns eindringlich. Dann sprach er laut und bedeutungsschwer: »Was haben Sie sich für einen Beruf erwählt, meine Damen?«

»Schauspielerin!« kam es von hinten. Das war Renate, hübsch und faul und schon jetzt eine Schauspielerin von Format. Aber Dr. Brosch wedelte abwehrend mit der Hand. »Schauspielerin« war nicht das, was er hören wollte. Zwei angehende Dolmetscherinnen nahm er gnädig entgegen. Eine Ärztin und eine Juristin machten ihn glücklich, und mehrere Lehrerinnen ernteten verhaltenen Beifall. Leider gab es auch ein paar, die herumdrucksten und meinten, sie wüßten es noch nicht genau und erst müßten sie mal das Abitur in der Tasche haben. Diese Antwort verdarb ihm die Laune. Er sprang vom Fensterbrett und marschierte zu Anna und Elly in der letzten Bank.

»Und Sie?« fragte er mit barscher Stimme. »Was gedenken Sie zu werden?«

»Millionärin«, sagte Anna.

»Bauchtänzerin!« die dicke Elly.

Dr. Brosch erstarrte. Sein weher Blick fiel auf mich. »Und Sie? Enttäuschen Sie mich nicht!«

Da sagte ich, ohne an Vaters Lieblingsspruch zu denken und weil ich gerade ein Buch über Lambarene gelesen hatte: »Missionarin! Bei Albert Schweitzer!«

»Na, der wird sich freuen!« rief Renate von hinten.

Dr. Brosch aber richtete die Augen verklärt gen Himmel. »Sie will Missionarin werden! Wunderbar!«

Von da an hatte ich nichts als Ärger in der Schule. Es sprach sich herum. Fräulein Taube, die Lateinlehrerin, stürzte sich auf mich, packte meine Hand und schüttelte sie, bis mir vor lauter Peinlichkeit ganz schwarz vor Augen wurde.

»Wacker!« rief sie. »Nur weiter so! Wir brauchen Menschen wie Sie! Missionare!«

Unsere Klassenlehrerin, Frau Roos, schrieb mir sogar einen Brief. Sie bat mich, tapfer zu bleiben im Kampf gegen einen gewissen Herrn!

Ach, wie gut ich diesen gewissen Herrn kannte! Er vergällte mir die ohnehin ungeliebte Mathematikstunde und war niemand anderes als unser Mathematiklehrer, Studienrat Schnulzer. Ich konnte seine weiße Haartolle nicht ausstehen, das weiße Bürstenbärtchen zwischen Oberlippe und Nase noch weniger, und das weiße Spitzentüchlein in seiner Brusttasche fand ich einfach widerlich.

Am meisten aber ärgerte es mich, wenn er wie ein Zirkusdirektor am Katheder lehnte, mit dem Zeigestock darauf schlug und uns aufmunternd zunickte, als sollten wir Männchen machen oder wie die Zirkusgäule tanzen. Das alles und noch viel mehr ging mir auf die Nerven, und es gab keine Mathematikstunde, in der wir nicht heftig aneinandergeraten wären. Was ihn an meiner Person so reizte, war mir unverständlich. Er ging ja schon an die Decke, wenn ich freundlich vor mich hin lächelte oder gähnen mußte oder einen Niesreiz bekam. Ich konnte tun und lassen, was ich wollte, nie war es ihm recht.

Mit dem übrigen Lehrkörper des Brontë[*]-Mädchengymnasiums kam ich zurecht. Die Herren trugen weiße

---

[*] Charlotte Brontë, 1816–1855, und Emily Brontë, 1818–1848. Englische Erzählerinnen. Zwei Schwestern und Pfarrerstöchter, nach ihnen wurde das Mädchengymnasium genannt.

Westen und weiße Haare, die weißen Westen symbolisch wegen ihrer tadellosen politischen Vergangenheit, die weißen Haare, weil sie alle schon ziemlich alt waren. Dr. Brosch trug beides mit Würde, Herr Schafen, der Hausmeister, mit schlichter Einfalt und unerträglich arrogant Studienrat Schnulzer.

Es gab im Lehrkörper auch Damen, aber zu sagen hatten sie nichts. Im Brontë-Mädchengymnasium herrschten die Herren, zumal mancher Pädagoge zwei oder drei Fächer übernehmen mußte, auch wenn er nicht viel oder gar nichts davon verstand.* So beehrte uns Studienrat Schnulzer noch in Erdkunde und Biologie, und jeden Schultag, den Gott werden ließ, mußte ich mich mit ihm auseinandersetzen. Besonders gern erzählte er Witze.

»Wie heißt«, so fragte er in Biologie, »die Koseform von Made?«

Von Made? Nie gehört! Wir wußten es nicht.

»Was sind Sie bloß für humorlose Mädchen!« Studienrat Schnulzer schüttelte sein weißes Haupt. »Es bietet sich doch an! Die Koseform von Made heißt Mädchen!«

Elly und Anna lachten und klatschten. Er ließ ihnen das Vergnügen, aber auf mich schoß er sich ein. Mein dezentes Gähnen hinter vorgehaltener Hand mißfiel ihm. Was es zu gähnen gäbe, schrie er, und wo ich meinen Humor gelassen hätte? Ich sagte, ich wüßte es auch nicht, wo er geblieben wäre, und gegähnt hätte ich nur, weil ich so müde sei.

»Dagegen wollen wir schnell etwas unternehmen!«

Er teilte Blätter aus und ließ uns eine Klassenarbeit schreiben über ›Larven und Maden in deutschen Landen‹. Es war eine schwierige Aufgabe, und keine von uns hatte damit gerechnet.

---

* Krieg und Entnazifizierung hatten im Jahr 1950 nur wenig Lehrer übriggelassen.

Ich ließ eine Woche verstreichen und noch eine zweite. Dann inszenierte ich ein kleines, harmloses Späßchen, damit auch er etwas zum Lachen habe.

Unsere Schule besaß als besondere Rarität ein Skelett namens »Herzchen«. Es stand im Lehrmittelzimmer zwischen den Landkarten und schlackerte mit den Knochen, wenn man daran stieß. Dieses Skelett schoben wir in unser Klassenzimmer und scheuten keine Mühe, es in eine gutangezogene Dame zu verwandeln. Wir schlangen einen Rock um die schlanken Hüften, zogen ihm eine rote Bluse über, setzten ein Hütchen auf seinen kahlen Kopf und steckten ihm eine Zigarette zwischen die gelben Zähne. Dann standen wir vor dem Wunderwerk und fanden es gelungen. Nicht so Studienrat Schnulzer. Er lief rot an und brüllte. Nur einen einzigen Blick warf er auf das reizende Geschöpf, dann ging er auf mich los.

»Zum Direktor!« schrie er. »Auf der Stelle!«

Mit einem Besuch bei Dr. Brosch konnte er mich nicht schrecken, denn der Direktor hielt viel von mir.

Er strahlte denn auch übers ganze Gesicht, als wir erschienen, sprang auf und rief: »Da kommt ja unsere Missionarin!«

»Ph!« machte Herr Schnulzer und knirschte mit den Zähnen. »Missionarin, daß ich nicht lache! Eine Unruhestifterin ist sie!« Und dann beschrieb er wutschnaubend und ohne einen Funken Humor Herzchens Verkleidung. Er vergaß nicht einmal Zigarette und Hütchen. Doch, wenn er geglaubt hatte, Dr. Brosch würde in sein Gezeter einstimmen, dann hatte er sich getäuscht. Dr. Brosch lächelte.

»Wunderbar«, sagte er, »Sie müssen das verstehen, lieber Kollege. Sie hat eine soziale Ader. Sie kleidet die Nackten! Ja wissen Sie denn nicht, was sie werden will? Missionarin! Bei Albert Schweitzer!«

»Ja, ich weiß«, stöhnte Studienrat Schnulzer. »Ach, wenn sie bloß schon im Urwald wäre!«

Das war taktlos von ihm, und Dr. Brosch empfand es offenbar auch so. Er legte den Arm um meine Schulter und sagte, ich solle mich nicht grämen, denn er habe eine ganz große Freude für mich.

Ich ahnte gleich, daß mich diese »ganz große Freude« nicht sonderlich beglücken würde, und so kam es denn auch. Es war ein Stipendium von der Musikschule Welpenberg für die musikalischste Schülerin des Gymnasiums.

»Ein Jahr kostenloser Unterricht für ein Instrument eigener Wahl!«

Dieses Stipendium sollte überreicht werden in feierlichem Rahmen, vor großem Publikum mit Presse und hohen Häuptern aus Stadt und Land. Allerdings mußte die Auserwählte nicht nur musikalisch sein. Nein, die Musikschule Welpenberg bestand darauf, daß sie auch mittellos und würdig sei. Dr. Brosch suchte und fand. Wen fand er? Mich!

Bei Weihnachtsfeiern hatte er mich schon Blockflöte blasen sehen, also war ich musikalisch. Die beiden anderen Kriterien paßten noch besser auf meine Person. Wer konnte ärmer sein als eine Pfarrerstochter mit sechs Geschwistern, Flüchtlinge ohne Hab und Gut. Eine, die bei jeder Schulfeier dasselbe Kleid trug! Und was die Würde anging – seit ich gesagt hatte, ich wolle Missionarin werden, hätte er am liebsten einen roten Teppich bis zu meiner Bank ausgelegt, denn ich hatte seinen Glauben an die Jugend im allgemeinen und an die Pfarrerskinder im besonderen gerettet. Also war ich die geeignete Preisträgerin.

Welches Instrument ich denn spielen wolle? fragte Dr. Brosch.

Aber es fiel mir einfach nichts ein. Nicht Cello, nicht Geige, nicht Trompete. Nur das schrille Pfeifen der Blockflöte gellte in meinen Ohren, und hinter mir schnaufte Studienrat Schnulzer, als wolle er sagen: »Nur heraus damit! Es wird schon nichts Rechtes sein!« Da schwand das letzte bißchen Verstand aus meinem Kopf. Mein Mund öffnete sich, sprach: »Orgel!« und klappte wieder zu.

Ja, war ich denn von allen guten Geistern verlassen? Erinnerte ich mich nicht mit Schrecken daran, welche Schwierigkeiten es mit Orgeln auf sich hatte? Mußte ich nicht schon als kleines Mädchen neben dem Organisten auf der Orgelbank knien, zitternd Register ziehen und Notenblätter umdrehen und doch alles falsch machen? Hatte ich vergessen, daß dieses gewaltige Instrument drei oder mehr Manuale besitzen konnte, dazu Hunderte von Registern und daß man eine Orgel mit Händen und Füßen traktieren mußte? Das alles wußte ich, es ging mir einzig darum, Dr. Brosch zu beglücken und Studienrat Schnulzer zu ärgern.

Was das betraf, so konnte ich zufrieden sein. Studienrat Schnulzer hinter mir brodelte vor Zorn. Dr. Brosch schwamm in Glückseligkeit.

»Wunderbar!« rief er. »Alles paßt zusammen! Eine Missionarin muß Orgel spielen! Was sagen Sie dazu, Herr Kollege?«

»Ja, natürlich muß sie Orgel spielen! Es bietet sich an, besonders im Urwald oder in der Wüste!« antwortete Studienrat Schnulzer, triefend vor Ironie. Dann stürmte er davon und schlug die Tür hinter sich zu.

Bald darauf erfolgte die Verleihung des Stipendiums in der festlich geschmückten Turnhalle. Der Schulchor sang: ›Der Herr ist mein Hirte‹. Dr. Brosch hielt eine lange, die Musikdirektorin eine kurze Ansprache, und dann stolperte ich in Mutters Silberhochzeitskleid mit einem großen Blumenstrauß auf die Bühne.

Mutters Silberhochzeitskleid, schwarz mit weißem Spitzenkragen, trug ich zu allen festlichen Anlässen und fand mich schön darin. Mutter gab es mir, ohne zu murren, aber mit strengen Gebrauchsanweisungen: »Paß auf, Kind, daß es keine Flecken bekommt. Verändert wird nichts. Der Saum bleibt unten. Zieh den Gürtel nicht so eng und mach den obersten Knopf wieder zu!«

Ich drückte der Frau Musikdirektorin meinen Blumenstrauß in den Arm, machte kehrt und versuchte hinter dem Chor in Deckung zu gehen. Bevor mir das aber gelang, packte Dr. Brosch meinen Arm und schleppte mich zurück auf das Podium. Sein Gesicht strahlte, und zu meiner Beschämung fing er wieder an, die alte Litanei herunterzubeten.

»Wissen Sie, was dieses Mädchen werden will?«
»Nein!« sagte die Musikdirektorin.
»Sie will Missionarin werden!«
»Na so was!« Die Dame schaute mich an, als wäre ich ein Schneemensch aus dem Himalaja. Und ringsherum stand der Lehrkörper und lächelte – außer Studienrat Schnulzer...

»Was lese ich da?« fragte Vater am nächsten Morgen und ließ die Zeitung sinken. »Du willst Missionarin werden? Schön, daß ich auch etwas davon erfahre! Seit wann willst du das?«

»Seit ein paar Wochen, aber ich bin mir noch nicht sicher.«

»Dann trompete es nicht in die Welt hinaus! Ich hoffe, du kennst dich bei Missionaren aus! Spinnen und Raupen sollten ihnen lieb und wert sein, und schon so manche Missionarin ist morgens aufgewacht mit einer Schlange im Bett! Daß ich es nicht vergesse: Wenn du Orgel übst, dann bitte nicht mit vollem Werk. Nachbar Breithelm hat sich schon zweimal beschwert, und der Mesner sagt, er wird verrückt, wenn er in der Kirche putzen soll und du übst.«

Es war eine lange Rede, die er da am Frühstückstisch hielt. Sie trieb mir die Tränen in die Augen und ärgerte mich sehr. Wenn er zu der Schulfeier gekommen wäre, dann hätte er das mit der Missionarin gewußt, aber er kam ja nie, er hielt lieber Bibelstunde und Kirchengemeinderatssitzung!

Mit Spinnen, Raupen und Schlangen hatte ich nicht gerechnet. Da würde meines Treibens als Missionarin nicht lange sein. Vermutlich würde ich schnell dahinsiechen. Immer noch besser, dachte ich, als mit einer Schlange im Bett aufzuwachen!

Am meisten aber ärgerte mich der Mesner und daß er behauptete, mein Spielen mache ihn verrückt. Da saß ich nun in jeder freien Minute an der Orgel, übte sogar barfuß und hatte keinen Dank dafür, sondern als Orgellehrer einen cholerischen älteren Herrn. Er saß neben mir auf der Orgelbank, registrierte und tätschelte hin und wieder meinen Arm. Ich sah ihn durchbohrend an und hüstelte, aber er reagierte nicht auf meine zarten Winke. Weil er aber so schnell zornig wurde und die Noten auf den Boden warf, wenn ihm etwas nicht paßte, übte ich in jeder freien Minute und plagte mich. Und dann beschwerte sich Nachbar Breithelm!

Bei solchem Fleiß durfte es niemanden verwundern, daß ich schon bald, aushilfsweise, so manchen Abendgottesdienst und manche schlecht besuchte Andacht auf der Orgel begleiten durfte. Wenn ich das tat, wußte Vater genau, welche Choräle er nicht wählen durfte, nämlich alle mit mehr als zwei Vorzeichen.

Von Studienrat Schnulzer hatte ich weiterhin nichts Gutes zu erwarten. Er war dazu übergegangen, mich nur noch »unsere liebe Missionarin« zu nennen.

»Nun, was sagt denn unsere liebe Missionarin dazu?«, so fragte er, wenn er etwas von mir wissen wollte. Oder: »Würde unsere liebe Missionarin die Güte haben, sich zu erheben und zur Tafel zu wandeln?«

So etwas ist schwer zu ertragen, auch wenn man noch so humorvoll zu reagieren versucht.

Vor zwei Tagen, als er die Klassenarbeiten zurückbrachte, lag mein Heft oben auf dem Stapel. Ich ahnte Böses, aber es kam noch schlimmer, als ich gedacht hatte. Mit zwei Fingern hob er das Heft hoch, als wäre es eine tote Maus, warf es mir zu und sagte: »Unsere liebe Missionarin hat dieses Mal voll danebengehauen. Es hat nur zu einer Fünf gereicht. Aber mit Gottes Hilfe wird sie trotzdem das Abitur bestehen und zu ihren Affen in den Urwald kommen!«

Damit hatte Studienrat Schnulzer den Bogen überspannt. Ich sann auf Rache. Lange brauchte ich nicht zu überlegen, denn eine der vielen Schwächen dieses Mannes bot sich direkt an für ein kleines Späßchen. Es war seine Ordnungsliebe. Sie war nicht normal, sie war fast schon krankhaft. Die große Wandtafel mußte so gründlich geputzt werden, daß sie mattschwarz wie Ebenholz glänzte. Die Kreidestücke hatten der Größe nach im Korb zu liegen, oben das kleinste Stück, damit man es zuerst verbrauchte, dann das mittlere und schließlich unten das größte. Auch auf unseren Arbeitstischen hatte Ordnung zu herrschen. Mehr als Heft, Lineal und Bleistift durfte nicht zu sehen sein. Darum kam mir die Idee, die Mathematikstunde für einen Großputz zu opfern.

»Was meint ihr, wie er sich freut, wenn er merkt, daß wir ihn glücklich machen wollen.«

»In Freudentränen wird er ausbrechen!« rief Renate.

»Bis zur Decke wird er springen!«

Anna und Elly wiegten die Köpfe. Sie hätten kein gutes Gefühl, murrten sie, so kurz vor dem Abi.

Doris meinte, man müsse auch etwas Klugheit walten lassen und die Leute nicht noch extra reizen.

»Gut, dann lassen wir's eben. Schade, es wäre eine nette Geste gewesen.«

»Das mit der netten Geste kannst du deiner Großmutter erzählen«, sagte Renate. »Du willst ihm eine reinwürgen. Gib's doch zu. Aber Leute, ich finde, er hat sie genug geärgert. Jetzt ist sie an der Reihe. Wer macht mit?«

Alle! Also beschlossen wir, am Montag in der ersten Stunde den Mathematikunterricht ausfallen zu lassen, um unser Klassenzimmer zu putzen. Der Montagmorgen kam, und die Oberprima des Brontë-Mädchengymnasiums war in Kleiderschürzen und Kopftüchern emsig an der Arbeit. Ein Trüppchen putzte Fenster, ein anderes die Tafel. Viele schrubbten Arbeitstische und Boden und leerten Eimer voll Wasser aus. Ich stand auf einem Stuhl und der wiederum auf einem Tisch und putzte die Lampe.

»Bist du wahnsinnig?« rief Doris zu mir hinauf. »Mach, daß du runterkommst!«

Aber ich wollte oben bleiben und die Übersicht behalten.

Schnulzer kam herein, forsch wie immer, schloß die Tür und lehnte sich daran. Dann klappte er die Augen zu, als wollte er eine Fata Morgana verscheuchen, riß sie wieder auf und ließ seine Brille in das Schmutzwasser fallen. Genug Zeit, so sollte man meinen, um sich zu fassen und an dem netten Einfall zu erfreuen. Aber nichts von alledem! Keine Fassung! Keine Freude! Nur Zorn und Unverständnis. Er bückte sich, hob den Schwamm auf, der zu seinen Füßen im Dreckwasser lag, und er, der pingelige Mensch mit seinem blütenweißen Spitzentüchlein, packte den schwarzen, tropfenden Schwamm, zielte, und warf ihn nach mir. Das Gesicht konnte ich gerade noch wegdrehen, aber sonst war es ein Volltreffer. Die Dreckbrühe lief mir aus den Haaren über den Hals und hinein in den Kleiderschurz. Es war demütigend und unappetitlich. Trotzdem, ich hätte es hingenommen. Aber was nun kam, war unerträglich. Er lachte, und die Klasse, Elly und Anna, Renate, Doris und alle anderen lachten mit ihm. Sie zogen ihre Schürzen aus und die Kopftücher und begaben sich an ihre Plätze.

Pfui über sie! Ich sprang von Stuhl und Tisch, schnappte meine Tasche und so, in Kopftuch und Kleiderschurz, schwarz bis hinter die Ohren, trat ich den Rückzug an. Nach alter Gewohnheit ging ich zum Westbahnhof, um nach Hause zu fahren. Auf dem Gleis stand ein Zug. Ich setzte mich hinein, und irgendwann fuhr er los. Der Schaffner kam, sah mich sitzen und fragte: »Wie siehst du denn aus?« Dann zog er sich zurück, ohne nach meiner Schülerkarte zu fragen.

Auch die Familie zu Hause war keine Hilfe. Etwas anderes als: »Wie siehst du denn aus?« fiel ihnen nicht ein, und wenn ich zu näheren Erklärungen ansetzen und mein wehes Herz vor ihnen ausschütten wollte, dann hörten sie nicht einmal zu.

Am ärgerlichsten aber war es, daß Mutter gerade an diesem Tag Gallenkolik haben mußte. Es war keine von der schlimmen Sorte, Gott sei Dank, sondern eine von den leichteren, bei denen sie zwar im Bett lag, aber mit Bergen von Büchern auf dem Nachttisch.

»Ach Kind, wie siehst du denn aus?« rief sie, als ich mich zu ihr ans Bett setzte. Ich hatte mich zwar schon gewaschen, aber offenbar nicht gründlich genug.

»Mutterle, ich muß dir etwas Schreckliches erzählen!«

»Ach Kind, bloß nicht heute! Meine Galle macht mir zu schaffen. Morgen wird es ihr hoffentlich besser gehen, dann mußt du mir erzählen, was dich bedrückt, und vielleicht solltest du dir den Hals waschen.«

Ich ging. Als ich zurückblickte, griff sie schon nach dem obersten Buch auf dem Stapel.

Ich war nicht zornig. Nein, ich verstand sie gut! Sieben Kinder! Wer konnte das aushalten ohne Gallenkolik und gelegentlichem Lesetag im Bett? Armes Mutterle! Wäre ich heute in der Schule von da oben heruntergefallen und hätte mir das Genick gebrochen, dann wärst du vielleicht traurig gewesen, aber auf die Dauer hättest du eine Sorge weniger gehabt! So dachte ich und beweinte mich selber, da schon kein anderer es tat. Schade, ich hatte so gehofft, sie würde morgen mit mir zur Schule fahren und den Schnulzer anlächeln und um den kleinen Finger wickeln. Das konnte sie mit Leichtigkeit und hatte in dieser Kunst schon wahre Wunderwerke vollbracht, aber mit einer Gallenkolik, wenn auch bloß von der leichteren Art, würde es ihr wahrscheinlich nicht gelingen.

Ich verzichtete auf Trost und Essen, ging in die Kirche und orgelte mir meinen Kummer von der Seele, erst leise, dann immer lauter, und schließlich war ich soweit wiederhergestellt, daß ich mir einreden konnte, Herr Schnulzer würde seinen Schuß mit dem schmutzigen Schwamm bereuen, mich unter Tränen um Verzeihung bitten und ein neuer Mensch werden. Mit der Klasse wollte ich nie mehr ein Wort sprechen, mein Amt als Klassensprecherin zur Verfügung stellen, und mit den dummen Witzen sollte es ein für allemal ein Ende haben!

Nach einer schlaflosen Nacht – meine Schwester Beate behauptete zwar, ich hätte tief und fest geschlafen, aber was weiß sie von mir –, machte ich mich zu spät auf den Weg, und der Zug fuhr mir vor der Nase weg.

Im Grunde liefen die Dinge nicht schlecht. In der ersten Stunde hatten wir Mathematik, und wäre mir der Zug nicht weggefahren, dann hätte ich dem Schnulzer schon am frühen Morgen und vor der ganzen Klasse entgegentreten müssen. So, eine Stunde später, war es besser. Mit dem nächsten Zug kam ich gerade recht, um Fräulein Taube, unsere Lateinlehrerin, vor der Klassentür abzufangen. Sie drückte mir die Hand, sagte mit fester Stimme: »Nicht aufgeben, weitermachen!«, dann schritt ich an ihrer Seite in die Klasse.

Da saßen sie, die Verräter, lammfromm und mit gesenkten Köpfen und übersetzten ihren Tacitus, als ob es auf der ganzen Welt nichts Interessanteres gäbe. Kaum saß ich, da schlurfte Herr Schafen, unser Hausmeister, herein, baute sich vor mir auf und bellte: »Zum Direktor! Sofort!« Weil aber unsere Sekretärin, Frau Großmuth, und Dr. Brosch nicht müde wurden, ihm einzuschärfen, er solle seinen Kommandoton mildern und verbindlich sprechen, so fügte er grimmen Tones hinzu: »Bitte!«

Es gab nur einen Besucherstuhl im Rektorat, und auf dem thronte Studienrat Schnulzer. Ich mußte mir stehend mit anhören, wie er mich verklagte und beschimpfte.

»Sie hetzt die Klasse auf! Sie läßt sie in meiner Mathematikstunde putzen!«

»Nun ja«, meinte Dr. Brosch, »wenn ich mir's recht überlege, so ist dies doch eine reizende Idee ...«

»Sie hat es nur getan, um mich zu ärgern!«

»Aber nein, nicht doch! Wie ich sie kenne, wollte sie Ihnen eine Freude bereiten!« Ich nickte eifrig. Da fing Dr. Brosch wieder an: »Unsere kleine Missionarin ...«

Herr Schnulzer fuhr hoch, das Gesicht rot wie eine Tomate.

»Unsere kleine Missionarin ist ein Satansbraten!«

»Nun, nun, ich glaube, das sehen Sie falsch, Herr Kollege!«

»Nein, das sehe ich richtig! Sie muß sich bei mir entschuldigen! Darauf bestehe ich!«

»Man kann es keinem Menschen befehlen, daß er sich entschuldigt!« Dr. Brosch malte Männchen auf einen Block, dann sah er hoch. Sein weher Blick traf mich, und wieder sagte ich, was er von mir erwartete, aber es fiel mir schwerer als alles andere, was ich ihm zuliebe schon gesagt hatte.

»Entschuldigung«, flüsterte ich und hielt die rechte Hand vorsichtshalber in Bereitschaft. Studienrat Schnulzer griff zu.

»Es ist gut!« Und als ich zu weinen anfing noch einmal: »Es ist ja gut!« Und dann geschah etwas, das ich nie für möglich gehalten hätte. Er zog das blütenweiße Spitzentüchlein aus der Brusttasche und legte es in meine Hand. Er zuckte nicht einmal zusammen, als ich mir die Nase damit putzte.

Aber noch mehr Wunder geschahen an diesem ereignisreichen Vormittag. Studienrat Schnulzer erhob sich und bot mir den Besucherstuhl an. Ich nahm Platz und sah, wie Dr. Brosch in seiner Schublade kramte. Endlich förderte er ein Etui zutage und bot uns beiden, Herrn Schnulzer und mir, eine Zigarette an, aber mir zuerst. Wirklich, ich konnte es kaum fassen. Zigaretten waren streng verpönt im Brontë-Gymnasium, besonders für die Schülerinnen. Aber wie pflegte Tante Friedel zu sagen? »Manchmal geschehen Wunder, man muß sie nur zu finden wissen!«

»Jetzt rauchen wir zusammen die Friedenspfeife«, schlug Dr. Brosch vor, und wir rauchten. Gepafft hatte ich schon manchmal mit meinen Brüdern, aber richtig geraucht, lustvoll und mit Lungenzügen, das hatte ich noch nie. Jetzt tat ich es. Nach der ersten Hälfte etwa drückte ich die Zigarette aus und verabschiedete mich von den Herren. Schon auf dem Gang fühlte ich mich nicht ganz wohl. In der Klasse angelangt, wurde es mir schlecht und schlechter. Der kalte Schweiß stand mir auf der Stirn. Renate schnupperte: »Menschenskind, du hast doch nicht etwa geraucht?«

Ich war nicht mehr fähig, ihr eine Antwort zu geben, ich wünschte nur sehnlichst, daß ich schnell und ohne Komplikationen sterben dürfte. Aber sie ließen mir keine Zeit dazu. Anna und Elly packten rechts und links zu und schleppten mich zu den Toiletten. Nachdem ich mich übergeben hatte, kehrte mein Lebenswille zurück. Ich machte mich auf den Heimweg. Anna und Elly gingen mit. Sie platzten schier vor Neugier.

»Ist es wahr, daß dir der Schnulzer eine Zigarette angeboten hat?«

»Nicht der Schnulzer. Dr. Brosch hat mir eine angeboten.«

»Dr. Brosch!« Anna und Elly mußten sich an einen Baum lehnen, so erschüttert waren sie.

»Ja, und der Schnulzer, was hat der gemacht?«

»Der hat mir seinen Stuhl angeboten und Feuer gegeben.«

»Soll das etwa bedeuten, daß jetzt alles in Ordnung ist mit ihm und dir und überhaupt?«

»Ja, ich denke schon!«

»Schade!« sagten die beiden wie aus einem Mund, und dann sprachen wir kein Wort mehr über die Geschichte.

Eine Woche mochte vergangen sein, und Frieden herrschte in unserer Klasse. Ich ging in aller Gemütlichkeit aus der Schule dem Westbahnhof zu. Zeit hatte ich in Hülle und Fülle, der Zwei-Uhr-Zug war mir sicher. Auf einmal spürte ich, daß hinter mir jemand ging und daß er seine Schritte beschleunigte. Ich drehte mich vorsichtig um und fiel fast in Ohnmacht, weil es niemand anderes als Herr Schnulzer war. Ich hoffte von ganzem Herzen, daß er mich vielleicht nicht erkannt hätte, so von hinten, und stellte mich vor ein Schaufenster mit orthopädischen Schuhen und Strümpfen.

»Na, was gibt's denn da Interessantes?« fragte er. »Haben Sie etwa Bedarf an Stützstrümpfen?«

Ich murmelte etwas von einer Tante, die ein Bein gebrochen hätte und deshalb eine elastische Binde bräuchte. Er hörte geduldig zu, dann fragte er, ob wir nicht ein Stückchen Wegs gemeinsam hätten. Ja, das hatten wir zu meinem großen Ärger.

So wanderten wir nebeneinander her. Ich zermarterte mir den Kopf nach einem gehobenen Gesprächsthema. Schließlich fiel mir unser Kanarienvogel Alfred ein, der vor zwei Tagen tot im Käfig gelegen hatte. Ich fragte, woran das denn liegen könne und ob er als Biologielehrer vielleicht eine Erklärung wüßte. Da gäbe es viele Erklärungen, meinte er und fing an, eine nach der anderen aufzuzählen.

Inzwischen waren wir schon weit weg vom Westbahnhof auf dem Weg zum Hauptbahnhof. Vermutlich dachte er, daß ich dorthin wollte. Aber der Hauptbahnhof liegt eine Station hinter dem Westbahnhof, und wenn ich am Hauptbahnhof einstiege, dann müßte ich zu meiner Monatskarte noch zwei Mark aufzahlen. Nun hatte ich gerade an diesem Tag keinen Pfennig in der Tasche und hätte mir lieber die Zunge abgebissen, als ihn um Geld zu bitten. Ich ging schweigend neben ihm her, um ihn nicht zu weiteren Ausführungen zu ermutigen, sagte nur manchmal: »Ach ja!« oder: »Nein, wirklich?« oder: »Das leuchtet ein.« Endlich hatte er die Sache mit Alfreds Tod abgehandelt.

Ich blieb stehen, um mich zu verabschieden und den Weg zurückzurennen. Aber, o Himmel, jetzt fing er mit der »Missionarin« an! Ob ich denn wirklich eine werden wollte, fragte er.

Ich war völlig zermürbt vor Angst, der nächste Zug ging erst um fünf, und ich hatte zu Hause hoch und heilig versprochen, die Kleinen zu hüten. Aus lauter Verzweiflung brach ich in Tränen aus, ich schniefte und schnaufte und brachte schließlich heraus, daß ich früher einmal Missionarin hätte werden wollen, nun aber nichts mehr davon hören könne.

»Ja, so kann es einem gehen...«, sagte er. Aber es klang nicht schadenfroh.

Mein Blick fiel auf die Uhr der Markuskirche. Zehn vor zwei! Nun konnte ich getrost jede Hoffnung zu Grabe tragen. Dieser Zug war endgültig abgefahren.

»Nie mehr Missionarin!« sprach Herr Schnulzer und legte die Hand aufs Herz. Dann trennten sich unsere Wege. Solange er mich sehen konnte, ging ich gemächlich dem Hauptbahnhof zu. Bei der nächsten Kreuzung aber bog ich nach rechts ab und rannte zurück, den ganzen weiten Weg zum Westbahnhof. Es war ein Wunder! Ich erwischte den Zug, als er gerade anfuhr. Gut, er hatte ein paar Minuten Verspätung gehabt, aber ich war auch wie eine junge Göttin gelaufen, glücklich und leichtbeschwingt.

Katastrophen am laufenden Band

Oh, wie schlecht war es uns allen in dieser Silvesternacht ergangen! Zwar lebten wir noch, als das neue Jahr anbrach, und schleppten uns an den Frühstückstisch, aber zum Essen konnte sich keiner aufraffen. Mit Widerwillen schauten wir auf den sonntäglichen Hefezopf.

»Es war der Hackbraten«, stöhnte Beate. »Mir wird's ganz schlecht, wenn ich nur dran denke!«

»Und mir beim Heringssalat!« rief ich. »Wirklich, irgendwas war nicht in Ordnung.«

Tante Mariechen stellte klirrend ihre Tasse nieder.

»An meinem Heringssalat war noch immer alles in Ordnung!« sprach sie in gewohntem Kommandoton. »Man muß eben kochen können!«

Mutter hob beschwichtigend die Hände.

»An deinem Heringssalat lag es sicher nicht, Mariechen, an meinem Hackbraten aber auch nicht. Es war eben eine Magenattacke, und wir wollen nicht streiten, sondern Gott danken, daß wir noch leben.«

»Ich streite nie!« rief Tante Mariechen dazwischen.

Mutter schloß die Augen und betete um Geduld. Sie tat das nicht laut, aber gut sichtbar für jeden, der sehen konnte.

»Hoffentlich wird das neue Jahr besser als seine erste Nacht!« Sie seufzte und ich auch.

Mutter mußte sich von ihrer Galleoperation erholen und durfte nichts arbeiten. Doktor Kleinmut hatte verordnet, sie solle den ganzen Tag im Sessel sitzen und von diesem Ort aus die Arbeitskräfte dirigieren.

Die Arbeitskräfte! Wer blieb denn da übrig?

Beate, meine Schwester, mußte ihr Herz schonen und auch im Sessel sitzen und notfalls Strümpfe stopfen.

Vater kam, kraft Amtes, für häusliche Mitarbeit nicht in

Frage. Die Vorstellung, es könnte ihn ein Gemeindeglied entdecken, Geschirr spülend oder Kartoffeln schälend, jagte uns kalten Schauder über den Rücken. Außerdem war er erschreckend unpraktisch und brachte keinen Nagel gerade in die Wand.

Michael, drei Jahre älter als ich, war als Mann selbstverständlich von der Hausarbeit entbunden. Wenn er trotzdem seinen Teller in die Küche trug, dann hatte er Anspruch auf Dankbarkeit und Bewunderung:

»Aber nein, Michael, laß das doch! Wir machen es schon!« Und Tante Mariechen ergänzte: »Soweit kommt's noch, daß unsere Männer mit Hand anlegen müssen!«

»Die Kleinen« waren in dieser Hinsicht zu vergessen. Sie erledigten keine Arbeit, sie machten sie!

An wem also hing das ganze Hauswesen: Kochen, Putzen und »die Kleinen«? An mir! Dabei war das Abitur bedrohlich nahe gerückt. Gut sollte es werden, sehr gut sogar, damit mir im Studium alle Wege offenstünden!

Meine ganze Hoffnung in dieser Bredouille war Else, unsere »Perle« aus Kindheitstagen. Ach, wenn sie nur käme und unseren Haushalt in ihre tüchtigen Hände nähme! Mutter hatte einen Brief von ihr bekommen, daß der Adolf, Gott hab ihn selig, vor zwei Wochen gestorben wäre und daß sie nun Witfrau sei und machen könne, was sie wolle, und ob Frau Pfarrer sie vielleicht brauchen könne?

Mutter hatte postwendend geantwortet, daß wir sie so nötig bräuchten wie das tägliche Brot, und sie solle so schnell wie möglich kommen!

Als ich an diesem Neujahrstag in der Kirche saß und mit Hackbraten und Heringssalat kämpfte, malte ich mir aus, wie schön es sein würde, wenn Else wieder bei uns weilte, wenn sie den ungeliebten Kochlöffel aus meinen Händen nähme, um Genießbares damit zu kochen, und endlich die frechen Kommentare meiner Geschwister verstummen würden. Immer ging es ums Essen und daß es ihnen nicht schmeckte. Ich hätte auch lieber etwas Besseres gehabt, aber ich machte deswegen doch kein solches Geschrei!

»Ach, meine Galle!« stöhnte Mutter nach alter Gewohnheit: »Was wird sie wohl zu diesem Essen sagen?«

»Nichts!« rief der böse Michael. »Nichts wird sie sagen, weil sie doch schon draußen ist!«

So machten sie mir das Leben schwer und sahen nicht, daß ich vor Erschöpfung beinahe vom Stuhl fiel.

Nur ein Mensch bemerkte es, meine Lateinlehrerin. Man hat seine Vorurteile, was Lateinlehrerinnen betrifft. Verknöchert sollen sie sein, herzlos und eiskalt. Nicht so Fräulein Taube! Wie oft schon hatte sie mir mitfühlend die Hand gedrückt und: »Wacker! Nur weiter so!« gesagt. Am deutlichsten aber zeigte sich ihre menschliche Größe in dem Augenblick, als ich in der Lateinstunde einschlief.

Es war warm im Zimmer. Ich hing im Stuhl, den Tacitus aufgeschlagen vor mir, und träumte von besseren Zeiten und von einem weißen, weichen Bett. Es lachte mir zu, ich sank hinein und fiel hart. Drei angstvolle Atemzüge und ich erkannte, daß ich eingeschlafen war und, o Schande, vom Stuhl gefallen. Renate, schnell von Begriff, machte mir dies vollends klar.

»Guten Morgen!« rief sie. »Wünsche wohl geruht zu haben!«

Auch Elly konnte den Mund nicht halten: »Leute, sie ist eingeschlafen! Nicht zu fassen bei der spannenden Lektüre!«

Nun erschienen zwei Beine vor meinen schlaftrunkenen Blicken, dünn und graubestrumpft.

»Nein, nicht eingeschlafen«, sagte Fräulein Taube. »In Gedanken versunken.« Sie hielt mir ihre Hand entgegen und half mir hoch. Dann blieb sie neben mir stehen, damit ich nicht wieder nach der Seite abkippen konnte. »Ich übersetze«, sagte sie, »wer will, kann mitschreiben.«

Wer hätte da nicht wollen! Was sie selbst übersetzte, gefiel ihr nachher am besten und wurde großzügig mit Einsern bedacht. Sie übersetzte also, und zwar in so rasantem Tempo, daß niemand mehr Zeit und Lust hatte, an mich und meinen Sturz zu denken.

In der Pause traf ich sie auf dem Hof und setzte zu einer langen Entschuldigungsrede an. Aber sie ließ mich nicht zu Wort kommen, sondern fragte, ob ich krank wäre ...

Ach wenn ich's nur wäre, dann könnte ich einmal in aller Ruhe und mit gutem Gewissen im Bett bleiben und schlafen, bis ich von selbst aufwachte. Aber das konnte ich Fräulein Taube nicht sagen.

Gestern stieg wieder dieser junge Mann im Westbahnhof aus und lief hinter mir her. Beate nahm von so etwas keine Notiz, sie war es gewohnt, daß ganze Horden von Jungen hinter ihr herzogen, aber für mich war es schon etwas Besonderes. Nicht, daß ich jemanden kennenlernen wollte! Ich hätte nur gerne gewußt, warum er am Westbahnhof ausstieg und hinter mir herlief. Sollte es etwa an meiner neuen Frisur liegen?

Das wäre ein großer Trost für mich. Wenn ich an meine schönen Zöpfe dachte, hätte ich weinen können. Ja, ich hatte mir die Haare abschneiden lassen, und wer war schuld daran? Die Familie! Natürlich hatte ich sie vorher gefragt, was sie denn dazu meinten. Mutter sagte, sie könne es sich sehr gut vorstellen. Dann gäbe es keinen Ärger mehr mit dem Haarewaschen und Auskämmen und dem Geschrei, das ich dabei immer machte. Ja, so hatte sie gesagt, anstatt ein ernstes Wort zu sprechen. Auch Vater blieb windelweich in seinen Äußerungen und sagte nur: »Kind, ich verstehe nichts von Haaren. Mir gefällst du mit und ohne. Schließlich ist es ja dein Kopf!«

Hätten sie mir nicht ein paar Schwierigkeiten in den Weg legen können? Dann hätte ich mir die Sache noch überlegt. Dafür ist die Familie doch da, daß sie ihre Glieder vor überstürzten Entschlüssen bewahrt! Ich kam vom Frisör und fühlte mich nackt. Vater sagte: »Es wächst ja wieder!«

Mutter seufzte nur, und die Kleinen, die offenbar meinten, hier sei ein Unglück geschehen, drückten sich an mich und heulten: »Musch net traurig sein, Ameikind*!«

Was war das für ein Trost? Gar keiner!

In der Klasse allerdings fanden sie mich schick, und diesem jungen Mann schienen die kurzen Haare auch zu gefallen, denn er beschleunigte seinen Schritt und tauchte schließlich an meiner Seite auf. Er sah aus wie ein Zimmermann auf Wanderschaft, mit einem breitkrempigen, schwarzen Hut und weit ausgestellten Hosenbeinen. Weil ich den Blick nach unten gerichtet hielt, sah ich auch die Schuhe. »Oderkähne« hätte Tante Mariechen gesagt und verächtlich die Lippen gekräuselt. Wir gingen die Weinbrennerstraße entlang. Das »Brontë« kam schon in Sicht, da tat er endlich den Mund auf und sagte: »Ich reise nach Kanada!«

»Nein wirklich«, antwortete ich, »wie interessant!«

»Dort gibt es Bären!«

»Dann passen Sie nur auf, daß Sie nicht gefressen werden! Haben Sie denn keine Angst?«

»Ich habe nie Angst!« sagte er.

Dann verschwand ich im Brontë, und er reiste nach Kanada.

›Katastrophen am laufenden Band‹, so habe ich dieses Kapitel genannt und recht damit gehabt, denn es gab Katastrophen genug. Die schlimmste ereignete sich im Frühling, als die Eltern nach Heidelberg zu Tante Tildchen fuhren.

Ich hatte immer geglaubt, mein Vater wäre der beste Mensch der Welt, und dann solch eine Enttäuschung! Die Eltern verbrachten ein paar Frühlingstage bei Tante Mathildchen in Heidelberg. Das war ja recht so, und da gab es nichts dagegen zu sagen, aber das Haushaltsgeld ging mir

---

* Von Familie und Verwandtschaft wurde ich »Ameikind« genannt, damit es keine Verwechslung gäbe. Die richtige »Amei« war meine Mutter, ich nur das Kind.

aus, und wie soll ein Mensch wirtschaften, wenn er keinen Pfennig mehr hat? Wir brauchten neue Monatskarten, Stefan wollte Geld für den Schulausflug. Meine Schuhe standen noch immer beim Schuster, weil ich mich genierte, sie ohne Geld abzuholen, und essen mußten wir schließlich auch! Also rief ich abends in Heidelberg an und sagte, daß ich kein Geld mehr hätte und was ich denn machen solle. Ich war ganz aufgeregt, aber Vater nahm es locker, meinte, es wäre überhaupt nicht schlimm! Er würde einen Scheck über 200 Mark schicken, per Eilboten natürlich. Mit diesem Scheck sollte ich dann auf die Bank gehen und 200 Mark abheben. Die eine Hälfte könnte ich behalten und verwirtschaften und die andere sollte ich ihm schicken, weil er auch kein Geld mehr hätte. Er sagte, der Herr am Schalter kenne ihn gut, und das Ganze wäre ein Kinderspiel und ich müßte es ja auch einmal lernen. Der Brief mit dem Scheck kam tatsächlich am nächsten Tag an, und in der Freistunde zwischen Englisch und Turnen lief ich hinüber zur Bank und machte alles so, wie Vater es am Telefon gesagt hatte. Aber der Herr am Schalter benahm sich seltsam. Er schaute mich streng an, sagte: »Einen Moment bitte!« und stellte ein Schild *Vorübergehend geschlossen* vor den Schalter, dann verschwand er. Ich hatte gleich ein schlechtes Gefühl, denn 200 Mark sind viel Geld, und vielleicht dachte er, ich hätte den Scheck irgendwo gefunden oder gestohlen ... Endlich kam der Herr zurück und sagte, ich sollte ihm bitte folgen. Ich folgte ihm in ein anderes Zimmer. Da saß wieder ein Herr am Schreibtisch und schaute mich so durchbohrend an, daß ich am liebsten in den Boden versunken wäre.

»Das Konto Ihres Vaters ist überzogen«, sagte er, »mehr als ein Monatsgehalt. Ich kann Ihnen kein Geld geben!« Dann sagte er noch etwas, aber ich hörte es nicht mehr.

Ich war schon draußen aus dem Zimmer und raus aus der Bank. Ich schämte mich fast zu Tode und meinte, alle Leute müßten es mir an der Nasenspitze ablesen, daß wir kein Geld mehr hatten und unser Konto so fürchterlich überzogen war. Ein ganzes Monatsgehalt! Schrecklich! Mir schossen die Tränen in die Augen, trotzdem sah ich, daß ein Polizeiauto auf der anderen Seite hielt und ein Polizist ausstieg. Ich raste davon, so schnell ich nur konnte, denn wenn sie mich schon verhaften wollten, mich, die Tochter eines Hochstaplers, dann sollten sie wenigstens ordentlich rennen müssen! Im Park, hinter den Büschen, hielt ich an. Weit und breit war kein Mensch zu sehen. Ich hatte sie abgeschüttelt. Den Weg zurück zur Schule verbrachte ich mit Weinen und Nachdenken. Wirklich, ich liebe meinen Vater sehr, aber daß er mich, seine ahnungslose Tochter, einfach in die Höhle des Löwen schickt, um 200 Mark zu ergaunern, das war gemein von ihm, das hätte er nicht tun dürfen! Warum hatte er mir nichts davon gesagt, wie niederschmetternd es um unsere Finanzen bestellt war. Gut, beim Bäcker konnten wir anschreiben lassen, und zum Metzger würden wir jetzt sowieso nicht mehr gehen. Keine Wurst, kein Fleisch! Trokkenbrot und Koreakäse* sollten fernerhin unsere tägliche Nahrung sein. Warum bloß kaufte er dauernd Bücher? Wenn man seine Familie nicht ernähren kann, dann darf man auch keine Bücher kaufen! Solche Gedanken bewegten mich eine Woche lang. Ich wurde immer säuerlicher, steigerte mich in den grimmigsten Zorn hinein und gab der Familie nichts Rechtes zu essen aus lauter Wut und Sparsamkeit.

Dann kamen sie heim. Wir warteten an der Bahnschranke. Die Kleinen riefen: »Hurra« und schwenkten ihre selbstgeklebten Fähnchen. Dann nahmen sie Aufstellung und wollten dieses unwahrscheinlich blöde Lied singen, das sie im Kindergarten gelernt und zu Hause pausenlos

---

* Koreakäse: Büchsenkäse aus US-Militärbeständen. Regelmäßige Beigabe in Care-Paketen, von strengem Geschmack und deshalb bald unbeliebt.

geübt hatten. Wir winkten ab, wir sagten: »Nicht jetzt! Später! Wenn wir zu Hause sind!« Aber Christoph verkündete mit zitterndem Stimmchen: »Die Tante Erna hat es extra für uns gedichtet, und wenn wir es nicht singen dürfen, dann, dann ...« Seine Mundwinkel zogen sich bedrohlich nach unten und die von Fränzchen und Gitti auch. Wir wußten alle, was das bedeutete, daß sie nämlich im nächsten Augenblick losheulen würden, alle drei. Dann schon lieber das Lied!

Sie sangen mit Inbrunst und Freude, denn die schwere Zeit war vorbei, das strenge Regiment der großen Schwester überstanden.

> »Freude ist im Pfarrhaus, denn es kehret heim
> Unser liebes, liebes, liebes Mütterlein.
> Die solange von uns fortgewesen war,
> Froh und frei begrüßt die liebe Kinderschar.«

Kaum war der Gesang überstanden, da kam Vater zu mir und fragte: »Warum hast du mir kein Geld geschickt?«

Ich dachte, ich höre nicht recht! Da stand er und knurrte mich an und hätte lieber in sich gehen sollen und ein Schuldbekenntnis ablegen. Vor den Kleinen sagte ich nichts. Wenigstens sie sollten glücklich und ahnungslos weiterleben. Aber später, als er mit Mutter im Studierzimmer saß und Kaffee trank, da schoß ich herein wie eine Rakete und störte sie auf, aus ihrer schönen Zweisamkeit.

»Ja, was ist denn, Kind?« fragte Mutter in dem Tonfall, den sie immer anschlug, wenn sie sich ärgerte. »Kann man keinen Augenblick alleine sein?«

»Doch«, schrie ich, »gleich könnt ihr wieder alleine sein, aber vorher müssen wir noch etwas klären!« Und dann sagte ich ihnen alles, was ich mir überlegt hatte. Daß ich nämlich nie von meinem Vater gedacht hätte, daß er mich so auflaufen läßt und daß er Geld verbraucht, das er gar nicht hat, und daß ich sehr unglücklich gewesen wäre in dieser letzten Woche. Schließlich tat ich mir selber so leid, daß ich zu weinen anfing.

Sie saßen eine Weile und sprachen kein Wort. Dann endlich räusperte sich Vater und sagte: »Du mußt es mir glauben, Kind, ich habe nicht gewußt, daß wir so wenig auf dem Konto haben.«

Da wurde es mir doch zu bunt.

»Wenig, wenig!« schrie ich. »Nichts haben wir auf dem Konto! Weniger als nichts! Schulden haben wir! Ein ganzes Monatsgehalt!«

»Schrei doch nicht so«, flüsterte Mutter und preßte die Hände an die Schläfen, als würde ihr demnächst der Kopf platzen. »Du hast recht! Es ist sehr schmerzlich, daß wir so wenig Geld haben. Dafür hast du sechs liebenswerte Geschwister. Ist das nichts?«

Doch, das war schon was, aber so liebenswert waren sie auch wieder nicht. Manchmal mußte ich mich sehr über sie ärgern. Ich sprach es nicht aus, aber ich dachte in meinem Herzen, daß es schöner und auf jeden Fall einfacher wäre, eine Menge Geld zu haben als eine Menge Geschwister.

In meine Überlegungen hinein klang wieder Mutters leise, gequälte Stimme: »Man sollte nicht so viel übers Geld sprechen. Dadurch gewinnt es einen Stellenwert, der ihm nicht zukommt. Über so etwas sind wir doch erhaben. In meinem Elternhaus ging der Großherzog von Baden ein und aus. Wir waren hochgeehrt, das darf ich wohl sagen, aber am Ende des Monats gab es immer nur Grießbrei und trocken Brot. Das machte uns nicht das geringste aus, da lachten wir drüber. Ach, mein Kopf, mein Kopf! Ich glaube, er birst.«

»Dann laß mich die Sache zu Ende erklären!« Vater strich ihr über den Kopf und legte seine Hand über meine verkrampften Finger. »Weißt du, die Silberhochzeit hat ein großes Loch in unsere Kasse gerissen. Aber sag selbst, Kind, war sie nicht schön?«

»Ja, sie war schön«, schluchzte ich. »Aber solch ein riesengroßes Loch! Wie ist das nur möglich?«

»Ach Kind, das geht schneller, als du denkst! Aber keine Sorge, wir werden es mit der Zeit schon stopfen!« Ganz zufrieden war ich nicht mit seiner Erklärung, aber ich hatte nun doch das Gefühl, daß Vater nicht unter die Gauner und Hochstapler gegangen war. Das war eine große Erleichterung.

Das verhinderte Rendezvous

Eines Tages saß ich vor dem Westbahnhof in der Sonne und dachte nichts Böses. Plötzlich verdunkelte sich der Himmel, und als ich die Augen öffnete, da war es keine Wolke, sondern dieser Kanadareisende. Er lachte zutraulich und, plumps, schon saß er neben mir. Seine Rede begann er mit der Feststellung, daß er noch nicht nach Kanada gereist wäre.

»Na so was«, sagte ich, »darauf wär' ich jetzt gar nicht gekommen.«

»Es sollte ironisch klingen, aber für Ironie hatte er offenbar keine Antenne, denn er nickte zufrieden und antwortete: »Darum hab' ich's Ihnen gesagt.«

»Warum sind Sie denn noch hier?«

»Das will ich Ihnen erklären ...«

Zum Glück fuhr gerade der Zug ein, und wir mußten rennen. Ich versuchte in ein anderes Abteil zu entkommen, doch es gelang mir nicht. Von Kanada fing er zum Glück nicht wieder an, aber plötzlich fragte er, ob wir uns nicht einmal treffen könnten, zum Beispiel am Samstag um drei Uhr an der Bahnschranke. Bevor ich mich von dem Schrecken erholt hatte und etwas sagen konnte, mußte ich aussteigen.

Na so was! Die ganze Zeit war von nichts die Rede als von Kanada und dann, aus heiterem Himmel, rückte er mir mit dieser Bahnschranke zu Leibe. Natürlich kam das überhaupt nicht in Frage! Ich kannte ihn ja gar nicht. Die Sache war bloß die, und das mußte ich mir einmal klarmachen: Wie sollte ich jemanden kennenlernen, wenn ich ihn bloß alle Schaltjahre sah. Vielleicht war er netter, als ich meinte. So was soll ja vorkommen.

Jedes Mädchen in meiner Klasse hatte mindestens einen

Freund, Renate sogar an jedem Finger einen, und was Anna und Elly so erzählten von ihrem Herrenverschleiß – dagegen war ich die reinste Nonne! Ich überlegte hin und her, was ich denn tun sollte und wie ich's den Eltern sagen könnte. Ohne ihren Segen wollte ich nichts unternehmen, denn daß sie es erfuhren, war so sicher wie das Amen in der Kirche.

Irgend jemand aus der Familie oder der Gemeinde würde mich sehen, und dann wüßte es in Kürze das ganze Dorf und die Eltern natürlich auch. Um Erlaubnis wollte ich auf keinen Fall bitten, dazu fühlte ich mich mit meinen zwanzig Jahren zu erwachsen. Wie ich es auch drehte und wendete, es blieb ein Problem und würde sicher nichts als Ärger bringen.

Am Samstag wusch ich mir vorsorglich die Haare und drehte alle Lockenwickler ein, die ich finden konnte. Dann zog ich das weiße Kleid mit dem roten Gürtel an, obwohl es für die Jahreszeit zu dünn war. Mutters Silberhochzeitskleid paßte nicht so recht für den Anlaß, und außerdem mußte ich befürchten, daß sie es dafür nicht hergeben würde. Als ich mich mit Beates Lippenstift zu bemalen anfing, rüttelten »die Kleinen« an der Badezimmertür. Das taten sie immer. In jedes verschlossene Zimmer mußten sie unbedingt hinein. Ich hätte die Tür gleich sperrangelweit offenlassen können. Also schloß ich auf, bevor sie noch lauter rumorten und schrien. Sie platzten herein, betrachteten das weiße Kleid und meinen rotbemalten Mund und verschwanden wieder, um das, was sie gesehen hatten, im Haus zu verkünden.

Nach etwa zehn Minuten trat Mutter ein und tat verwundert.

»Ja, für wen machst du dich denn schön, heute am Samstagnachmittag? Hast du nichts mehr zu lernen? Dann wäre ich dir dankbar, wenn du dich ein wenig um die Kleinen kümmern würdest...«

»Heute nachmittag geht es nicht!«

»Warum nicht?«

»Weil ich mich mit jemandem treffen will.«

»Na so etwas. Und ich weiß gar nichts davon. Mit wem willst du dich denn treffen? Mit jemandem aus deiner Klasse?«

Ein kurzes »Ja!« wäre am einfachsten gewesen, wenigstens für den Augenblick, ich bin da nicht kleinlich. Manche Notlüge ist mir schon leicht über die Lippen geflossen, aber so eine faustdicke Lüge mit derart kurzen Beinen, nein, davor schreckte ich doch zurück. Ich schwieg.

»O Kind!« rief Mutter. »Mach ja keinen Fehler! Du weißt doch, daß du jetzt deine ganze Kraft für das Abitur brauchst...«

So ist es in dieser Familie! Wenn ich im Haushalt koche und putze und mit den Kleinen spiele, dann kräht kein Hahn danach, daß ich lernen muß, aber wenn ich ein einziges Mal fortwill, dann fahren sie die stärksten Geschütze auf.

»Also, mit wem willst du dich treffen? Du wirst doch deiner Mutter nichts verheimlichen wollen?«

Eben das war es, was ich wollte, und daß sie es erraten hatte, ärgerte mich so sehr, daß meine Antwort patziger ausfiel als nötig.

»Nein, ich will es dir nicht verheimlichen. Ich treffe mich heute mit einem netten jungen Mann, der mich eingeladen hat.«

»Wozu hat er dich eingeladen?«

Wozu? Er hatte nichts gesagt, und ich hatte mir nichts überlegt.

»Zum Spazierengehen!«

»Spazierengehen!« rief sie. »Ja hast du denn nichts gehört von dem Unhold in den Hardtwäldern? Dem Lustmolch, der dort sein Unwesen treibt?«

»Er ist kein Lustmolch!«

»Woher willst du das wissen? Ist es etwa der, von dem Stefan erzählt hat? Der komische Mensch mit dem Hut, der immer hinter dir herläuft!«

»Immer läuft er nicht hinter mir her!«
»Aber oft!«
So ist es in diesem Haus! Hier kann man keine Geheimnisse haben! Hier weiß jeder alles! Mutter schnappte noch einmal nach Luft, dann verschwand sie.
Ich fing an, mir die Locken auszukämmen. Die Kleinen drängten herein, bis obenhin erfüllt von der Größe ihrer Aufgabe. Sie pumpten, sie japsten und brachen dann alle zusammen los: »Mutterle hat gesagt, Vaterle hat gesagt ... du sollst zu ihm kommen, er will mit dir sprechen! Er ist betrübt!«
Aha, das nächste schwere Geschütz: Vater, betrübt am Schreibtisch sitzend. Aber diesmal ließ ich mich nicht unterkriegen.
»Hier bin ich«, sagte ich, so kalt ich konnte, drängte die Kleinen aus dem Studierzimmer und machte die Tür hinter ihnen zu. »Du wolltest mit mir sprechen.«
»Ja, schon lange hätte ich das tun sollen.« Seine Stimme war noch viel betrübter als sein Gesicht. Eine einzige Betrübnis, in der ich versinken würde, wenn ich nicht höllisch aufpaßte.
»Es wird Zeit, daß du erfährst, welche Hoffnungen deine Mutter und ich auf dich setzen. Wir lassen dich studieren, obwohl es schwierig für uns ist. Irgendwie werden wir es schon schaffen, denn wir wollen dir später unsere Kleinen anvertrauen. Beate ist verlobt, aber du bist noch frei, und wenn ich mal nicht mehr bin ...«
»Und ich auch nicht«, fügte Mutter hinzu. »Dann sollst du für sie sorgen!«
Jetzt da schau her! Schon wieder fuhr er ein schweres Geschütz auf. Dieses »Wenn-ich-mal-nicht-mehr-bin« hatte mich schon oft manövrierunfähig gemacht, heute aber sollte mir das nicht passieren! Noch vor einer Stunde war mir das Treffen an der Bahnschranke eher eine Last als eine Lust gewesen. Jetzt aber wollte ich unbedingt dorthin. Ich raffte alle meine Kraft zusammen, und Mutter merkte

es wohl, denn sie sprach mit süßer Stimme: »Gell du, wir können uns doch auf dich verlassen? Du wirst ein gutes Abitur machen und studieren und dich nicht an irgendwelche Strolche hängen...«

Das hätte sie nicht sagen sollen, das mit den Strolchen. Da war sie zu weit gegangen.

»Er ist kein Strolch«, sagte ich, »und ich hänge mich auch nicht an ihn! Aber heute um drei Uhr werden wir zusammen spazierengehen!« Es war ein würdiger Abgang, wie ich fand. Ich öffnete die Tür und ließ die Kleinen hereinpurzeln, die lauschend davorgestanden hatten. Da nahm Mutter ihren letzten Pfeil aus dem Köcher.

»Gut«, sprach sie, »dann tu, was du willst!«

Diese im Grund freundliche Aufforderung hieß in unserer Familientradition: »Gnad dir Gott, wenn du tust, was du willst!«

Sobald dieser Spruch ertönte, gab es keine Friedensverhandlungen mehr. Es blieben nur noch zwei Möglichkeiten: entweder sofortige Unterwerfung oder endlose, zermürbende Auseinandersetzungen.

Ich brauchte nicht länger als zwei Sekunden zum Überlegen. Soviel war mir der Kanadajüngling auch nicht wert, daß ich mich wegen ihm tausendmal entschuldigen sollte, Tag für Tag in Reuetränen schwimmen und dazu bei jeder Mahlzeit, jedem Treffen, Vaters betrübtes Antlitz sehen und Mutters Galle in Aktion erleben. Gut, die Galle war schon herausoperiert, aber mit Herzanfällen und Kopfbersten ließ sich auch einiges machen, um den Sünder zu Reue und Zerknirschung zu zwingen. Und das alles für einen Menschen, dessen Namen ich nicht einmal kannte. Nein, das nicht!

Die Kleinen standen Spalier, als ich aus dem Zimmer schritt, die Treppe hinunterstieg und durch den Kücheneingang in den Garten ging. Dort setzte ich mich in die Laube, und jeder im Haus konnte mich sitzen sehen im weißen Kleid mit rotem Gürtel, zitternd vor Kälte. Christoph kam angewackelt und brachte mir ein verklebtes Bonbon. Gitti schleppte Mutters warme Wolljacke hinter sich her, damit ich mich nicht erkälten sollte. Fränzchen brachte die Flöten und wollte zweistimmig mit mir spielen. Schließlich trabte Stefan daher mit seinem heißgeliebten ›Löwe von Flandern‹ unter dem Arm.

»Komm lies vor, Ameikind«, sagte er, und es klang, als wären damit alle Schwierigkeiten behoben. So saßen die lieben Kleinen, von Mutter beordert, bei mir in der Laube und hörten zu, wie ich vorlas. Zwischendrin fiel mir etwas ein: »Hör mal, Stefan, was hast du erzählt?«

»Ich erzählt? Kein Wort!«

»Stell dich nicht dumm! Was hast du erzählt von dem Mann, der immer hinter mir her läuft?«

»Was, läuft jemand hinter dir her?«

Jetzt spitzte der kleine Christoph die Ohren. »Ist der vielleicht gefährlich?«

»Ach wo, du dummer Kerl!« schnauzte Stefan, riß mir den ›Löwe von Flandern‹ aus der Hand und lief ins Haus.

Auch ich erhob mich. Es war vier Uhr. Länger als eine Stunde würde selbst der heißeste Liebhaber nicht warten, und von Liebe und Hitze konnte bei uns nicht die Rede sein. Ich ging durch den Garten, die Kleinen hinterher. Christoph packte mich am Rock.

»Wo willsch hin?« fragte er ängstlich.

Ja, wo wollte ich hin?

»Orgelspielen vielleicht!«

»Dann komm' ich halt mit!«

Sie hatten ihn also angestellt, mich zu überwachen!

Armes Kerlchen! Orgelspielen mochte er nicht, es war ihm zu laut, und in der Kirche fürchtete er sich.

»Brauchst nicht mitzukommen, Christöfle! Ich orgle so laut, daß du's von draußen hörst. Weißt was, ihr könnt doch auf dem Kirchplatz Fußball spielen!«

Sein Gesicht leuchtete auf.

»Ja meinsch, des könne mir?«

»Natürlich könnt ihr das. Ich schließ' von innen zu. Recht so?«

»Sehr recht!« Er wartete, bis ich in der Kirche verschwunden war, dann stürmte er davon, um seine Freunde zu holen.

Ich saß an der Orgel, zog alle Register und machte den Radau, den ich gern zu Hause gemacht hätte. Mesner Wankelmann erschien wutschnaubend, um mir gehörig die Meinung zu brüllen, aber als er bemerken mußte, daß ich nicht nur orgelte, sondern auch weinte, trat er schleunigst den Rückzug an. Gefühlsregungen bei Frauen machten ihm angst.

Langsam besänftigte sich mein Gemüt. Nach einer Stunde war ich bei normaler Lautstärke angelangt, spielte Choräle und sang so lange dazu, bis ich mich fähig fühlte, ins Elternhaus zu treten und so zu tun, als wäre nichts gewesen.

Als ich das Orgellicht ausknipste, war es in der Kirche bedenklich dunkel geworden, aber noch tiefere Finsternis herrschte im Treppentürmchen, und der einzige Lichtschalter befand sich unten an der Tür. Es half alles nichts, ich mußte die Wendeltreppe im Dunkeln hinuntertappen. Weil ich mich aber von ganzem Herzen graulte und die Kirche schnell verlassen wollte, verfehlte ich eine Stufe, fiel und verstauchte mir den Fuß. Es war so schlimm, daß ich nur mit Mühe und großen Schmerzen die drei letzten Stufen bis zum Lichtschalter bewältigte. Als dies gelungen war und ich draußen stand, dankte ich Gott für die Kleinen. Sie konnten mich, ihre Schwester, jederzeit und ohne Mühe zur Weißglut bringen, aber in diesem Augenblick erschienen sie mir wie die leibhaftigen Engel.

Sie hatten treulich vor der Tür gewartet und schleppten mich nun mit vereinten Kräften dem Pfarrhaus zu. Dort empfing man mich so liebevoll, wie ich es schon lange nicht mehr erlebt hatte. Mutter machte mir kalte Umschläge und verkniff sich jede Bemerkung, daß mir recht geschehen sei und es ja hätte so kommen müssen. Orgeln würde ich für ein Weilchen nicht mehr können mit dem geschwollenen dicken Fuß, aber das war mein geringster Kummer.

Ich genehmigte mir drei Ruhetage, um den schmerzenden Fuß nicht zu belasten. Morgens durfte ich schlafen, solange ich wollte, und Mutter brachte mir das Frühstück ans Bett.

Hoffentlich hatte dieser Kanadajüngling nicht zu lange an der Bahnschranke gewartet und sich einen Schnupfen geholt und einen Ärger auf die Frauen! Wenn er je fragen würde, warum ich am Sonnabend nicht gekommen wäre, dann hatte ich ja meinen geschwollenen Fuß zum Vorzeigen. Am besten wäre es natürlich, wenn er schon in Kanada bei den Bären säße, und am allerbesten, wenn ihn bereits einer gefressen hätte.

Abitur im Spitzenkragen

Das Abitur begann mit Latein, und was die Cicero-Übersetzung anging, so konnte ich damit zufrieden sein. Sonst aber hatten sich alle bösen Kräfte gegen mich vereint, um mir diesen Tag zu verderben. Dabei hatte sich Mutter wieder einmal ihr Silberhochzeitskleid vom Herzen gerissen, damit ich an diesem großen Tag festlich und »gediegen« aussähe.

Auch meine Klassenkameradinnen hatten sich fein gemacht. Lorle trug einen weiten, blaugestreiften Rock mit einem Petticoat darunter, der mich vor Neid erblassen ließ und sogar den Reifrock der Madame Pompadour an Pracht und Weite übertraf. Gut, daß das Abitur im Musiksaal stattfand, wo jede einen Tisch für sich alleine hatte. Niemand, nicht mal der Suppenkaspar im Endstadium, hätte neben Lorle sitzen können.

Anna und Elly kamen in Rot, Doris in einem geblümten Schößchenkleid, ungeheuer elegant, und Renate trug ein hellblaues Kostüm, so schick, so eng, daß mir der Atem stockte. Alle waren sie bunt und adrett gekleidet, ich allein schwarz und gediegen.

Wir standen vor dem Musiksaal und warteten auf Dr. Brosch. Er sollte den Tag festlich mit einer Ansprache eröffnen und uns dann in die Arena führen zum Kampf mit den alten Lateinern. Aber statt Dr. Brosch kam Studienrat Schnulzer dahergeschritten, das weiße Spitzentüchlein in der Brusttasche. Er wünschte uns viel Erfolg und gute Nerven, sagte: »Toi! Toi! Toi!« und gab jeder von uns die Hand. Ich hätte ihm eine derart menschliche Regung nicht zugetraut und wollte ihn gerade nett finden, als er wieder in sein altes Selbst zurückfiel. Er musterte mich und mein Silberhochzeitskleid von oben bis unten, lächelte arrogant wie eh und je und fragte: »Ja wie? Haben Sie umdisponiert? Wollen Sie nun doch Missionarin werden?«

Ich traute meinen Ohren nicht. Wir hatten uns geschworen, daß wir das Wort »Missionarin« nie wieder in den Mund nehmen wollten, und nun war er rückfällig geworden, noch dazu am ersten Abiturtag.

Da hatte ich versucht, alles zu tun, um den lieben Gott an diesem Tag nicht zu verstimmen, war engelsgleich freundlich zu den Kleinen gewesen, obwohl sie Krach gemacht hatten und nicht an mich dachten, die ich vor so schwierigen Prüfungen stand. Ich hatte Stefan fünfzig Pfennig geliehen, obwohl ich wußte, daß ich sie nie wiedersehen würde. Ich hatte es ertragen, daß Mutter mir den Silberhochzeitskragen noch enger um den Hals zog und den Gürtel dafür um zwei Löcher weiter machte – jetzt aber kam mir die Galle hoch. Trotzdem blieb ich ruhig und fragte in leichtem Plauderton: »Ich Missionarin? Wie kommen Sie darauf!«

Da lachte der gemeine Mensch und antwortete: »Na, schauen Sie mal in den Spiegel!«

Die anderen lachten. Ich ebenfalls, aber nicht von Herzen.

Erst zwei Stunden später war auch mir zum Lachen zumute, dann nämlich, als ich den Cicero ohne Mühe hinter mich gebracht hatte, während Petticoat und blaues Kostümchen noch mit ihm kämpften.

Ich gab meine Arbeit ab, winkte ein freundliches »Ade« und ging in die Toilette. Dort, vor dem Spiegel, krempelte ich die Ärmel auf, knöpfte den Spitzenkragen vom Silberhochzeitskleid, zurrte den Gürtel fest um die Taille und ging dem Westbahnhof zu. Mutter hätte mich so nicht sehen dürfen, denn ich wirkte nicht mehr gediegen, das hatte ich mit Freuden im Schaufenster des Sanitärgeschäfts festgestellt.

Ich war derart gelöst, daß ich auf dem Trottoir zickzack

lief. Da trat jemand an meine Seite und war niemand anderes als der Kanadajüngling. Ich tat, als hätte ich ihn nicht gesehen, und lief weiter zickzack.

»Sind Sie böse auf mich?« fragte er.

»Nein, um Himmels willen, warum sollte ich Ihnen böse sein?«

»Weil ich damals nicht gekommen bin ... zur Schranke.«

»Was? Wie?« rief ich. »Sie sind auch nicht gekommen? Dann war also niemand an der Schranke! Ich könnt' mich totlachen!«

Was für eine fürchterliche Demütigung! Da hatte ich fast mit dem Elternhaus gebrochen, hatte mir die Finger wund georgelt und den Fuß verknackst, und dieser Strolch hatte mich einfach sitzenlassen!

»*Ich* war nicht da!« schrie ich so laut, als wäre er schwerhörig. »*Ich* bin nicht gekommen!« Aber ich redete gegen taube Ohren. Er glaubte mir nicht, lächelte wissend und machte mich ganz wahnsinnig damit.

Gottlob, daß Vater und Mutter, diese hellsichtigen, klugen, wunderbaren Eltern, mich davor bewahrt hatten, zum Rendezvous zu gehen und bis zum St. Nimmerleinstag an der Bahnschranke zu warten. Vielleicht war er ja auch dagewesen und wollte nur nicht zugeben, daß ich ihn versetzt hatte. Hoffentlich war es so, und hoffentlich wußte er es noch und hatte es nicht völlig verdrängt.

Wir gingen eine Weile nebeneinander her. Zum Zickzacklaufen hatte ich keine Lust mehr. Der Westbahnhof kam in Sicht. Wir gingen durch die Sperre.

»Und morgen fahren Sie also nach Kanada?«

Das war das einzige, was mir einfiel. Er tat ganz erstaunt. Ja wirklich, so wäre es und woher ich das wüßte?

»Ich habe es geahnt«, sagte ich und legte die Hand aufs Herz. Darauf sprachen wir kein Wort mehr, bis der Zug einlief und wir in verschiedene Abteile stiegen. Bevor er meinen Blicken entschwand, rief ich: »Viel Glück in Kanada« und »Vorsicht mit den Bären!« Er schwenkte seinen Hut, und ich winkte.

Am Samstagabend klingelte es an der Haustür.
Hatte diese Gemeinde es immer noch nicht begriffen, daß der Pfarrer am Samstag Ruhe brauchte! Wütend rannte ich zur Tür und riß sie auf. Da stand eine Frau im Abendsonnenschein, das Haar straff zurückgekämmt und zu einem Dutt gedreht, einer Hallellujazwiebel von der kleinsten Sorte. In der Hand hielt sie einen Pappkoffer und einen Schirm, unter den Arm geklemmt einen mächtigen Pappkarton. Später erfuhr ich, was er enthielt: Würste und Schinken aus ihrer Landwirtschaft und ein duftendes Landbrot. Sie sah aus wie damals, als sie uns verließ, um den Adolf zu heiraten, nur war der Dutt früher blond gewesen. »Na, geh ock los, Meechen! Willste mir reinlassen oda nicht?«
»Else ist da!« schrie ich.
Das Haus erwachte aus der Starre, in die es fiel, sobald der verhaßte Ruf ertönte: »Seid still! Vater macht seine Predigt!« Jetzt erschien er als erster in der Studierzimmertür, sein sonst so grämliches Samstagabendgesicht leuchtete wie die Sonne.
»Else ist da? Ja, ist es denn die Möglichkeit?«
Aus allen Winkeln strömte die Familie herbei. Die Kleinen hielten sich furchtsam im Hintergrund. Sie kannten Else nur aus unseren Schauergeschichen. Mutter kam im Bademantel, barfuß und tropfnaß, offenbar direkt aus der Badewanne.
»O Else! Du bist gekommen!«
»Ja, det bin ick, Frau Pfarrer!«
»Warum hast du nicht angerufen? Wir hätten dich am Bahnhof abgeholt!« Else lachte ihr verschmitztes, höchst seltenes Lachen.

»Ich bin nicht mit dem Zug jekommen! Ick habe üba die jrüne Jrenze jemacht!«

Dann kam das große Elend über die beiden.

»Ach, du arme Else!« schluchzte Mutter. »Jetzt ist dein Adolf also doch gestorben?«

»Ja, det isser!« schluchzte Else. »Aba nu hatter ausjelitten, und ne schene Beerdijung hatter jehabt!«

»O Else, nun bist du bei uns!« Mutters Stimme bekam einen tragischen Unterton. »Wir brauchen dich so! Wir schaffen es nicht mehr alleine!«

»Det weeß ick, Frau Pfarra. Sie mit Ihre Frauenstunden un denn noch die Galle ...«

»Die Galle ist mittlerweile herausoperiert.« Dieses Mal sorgte Vater dafür, daß die Sache richtiggestellt wurde. Else nahm es nicht zur Kenntnis. Für sie war Mutters Galle noch immer die Plage Nummer eins und gleich dahinter kamen »die Blagen«*. Sie warf einen finsteren Blick auf uns Große und auch auf die Kleinen, kinderlieb war sie nie gewesen. Sie scheuchte uns aus der Küche, schlug den Spüllappen um unsere Ohren und fluchte auf deutsch und polnisch, wenn wir ihre Frau Pfarrer ärgerten. Sie verehrte Vater und liebte Mutter, uns Kinder nahm sie als üble Beigabe hin. Gloria, Victoria! Else war da! Sie nahm den Kochlöffel in die Hand und das ganze Hauswesen dazu. Zu mir sagte sie: »Geh ock los, weeßte!«, und ich war frei!

Schade, daß sie erst so spät gekommen war. Das Abitur hatte ich ja schon zur Hälfte geschafft, aber lieber spät als gar nicht. Nein, sie wollte sich nicht ausruhen, sie wollte erst die Küche sehen. Wir gingen mit ihr und bemerkten, wie ihr Gesicht sich schmerzlich verzerrte. Sie inspizierte Besteck, Geschirr und Kochtöpfe, besonders aber den alten Herd, dann sagte sie mit tiefem Seufzer: »Nu ja, ick wer mir jewöhnen!«

Sie gewöhnte sich und wie schnell! Bereits am nächsten

---

* Nach Duden: »Kleines, meist unartiges, lästiges Kind«.

Abend, als ich erschöpft und unglücklich vom Englischabitur heimkehrte – ich hatte den Mittagszug versäumt und die Arbeit verhauen, stand ein Teller mit Wurstbroten auf meinem Schreibtisch.

»Erst mußte essen«, sagte Else, »und denn kannste heulen. Morjen hol ick dir ab vons Abitur, aba nur, wenn du wirst wollen!«

Tatsächlich, sie holte mich ab. Nach fünf Stunden Abituraufsatz stand Else vor dem Schultor. Sie hatte sich fein gemacht, war ganz in Schwarz, vom verbeulten Hütchen bis hinunter zu den Schnürschuhen, und sah aus wie ein Klageweib aus der Batschka. Ich hatte Trost und Wurstbrote dringend nötig.

»Allet jut jejangen?« fragte sie und nach einem forschenden Blick auf mein Gesicht: »Schreiben kannste ja!«

So dachten sie alle: Schreiben kann sie ja! Ich hatte es auch gedacht, und dann war es so furchtbar danebengegangen. Warum? Weil es zu viele Themen gab! Sechs Stück! Ich brauchte allein eine Stunde, um mich für eines zu entscheiden. Und was nahm ich nach so langer Bedenkzeit? Ein Zitat von Ernst Wiechert aus den Reden an die deutsche Jugend. Ein Zitat über die Liebe!

»Willst du hören, Else, über was ich geschrieben habe?«

»Ja, wenn et nich zu lang ist!«

»Also gut! Ich sag' dir's: ›Laßt die am Besitz Hängenden Häuser und Hausrat aus den Trümmern der Zerstörung ausgraben! Ihr aber sollt die Liebe ausgraben aus dem Schutt der Vergangenheit.‹«

»Ja, det sollen wir«, sagte Else. »Da hatter recht. Wie viele Seiten haste denn jeschrieben?«

»Sechs!«

»Wat denn? Bloß sechse üba die Liebe? Frau Pfarra hätt mindestens zehne jeschrieben...«

»Else, ich bin nicht die Frau Pfarrer!«

»Det weeß ick! Willste en Leberwurstbrot?«

Ich nickte. Bis wir in den Zug stiegen, kaute sie nachdenklich vor sich hin. Auch ich hatte zu kauen, und zwar an meiner eigenen Dummheit. Wie war ich nur darauf gekommen, von der Liebe zu schreiben? Gab es nicht genug andere Themen? Ich hätte doch wissen müssen, daß überall da, wo ich den Spaten in Sachen Liebe ansetzte, nicht das geringste herausgekommen war, höchstens ein paar Scherben. Vielleicht, wenn sie mich damals zur Schranke hätten gehen lassen.

Und was machte ich, Stiefkind der Liebe, in meinem Abituraufsatz, der über alle Maßen herrlich hatte werden sollen? Ich »grabe die Liebe aus«! Dabei bin ich offenbar auf eine Ölleitung gestoßen, denn die Sache ist mir etwas ölig geraten ... Ich schluchzte auf. Else legte ihre Hand auf meine.

»Sechs Seiten sind jenuch«, sagte sie, »da kannste Jift drauf nehmen!«

Hätte ich nur welches gehabt! Ich hätte es genommen. Mein schöner Deutschaufsatz!

Bei der mündlichen Prüfung hatten die unteren Klassen des Brontë-Gymnasiums schulfrei. Die Lehrer versammelten sich im Musiksaal. Sie saßen vor uns Abiturientinnen an der Wand, während der Prüfer, ein Professor Bräter aus dem Reuter*-Gymnasium, zwischen ihnen und uns an einem Tisch lehnte und seine Brille putzte. Über ihn hinweg strömten sie Vertrauen zu uns herüber und freundliche Wärme. Zu unserem Glück aber ließen sie es nicht dabei bewenden, sondern beteiligten sich lebhaft an Fragen und Antworten, sprachen mit stummen Lippen und beredten Händen und verhalfen uns zu ungeahnten Leistungen. So lief Renate, hübsch und faul und angehende Schauspielerin, zu großer Form auf, denn sie verstand die Sprache der Souffleusen. Professor Bräter schwamm in Wohlwol-

---

*Fritz Reuter, 1810–1874. Schriftsteller und Humorist. Man sollte mehr Knabenschulen nach ihm benennen! (Meinung der Autorin)

len. Er trat näher, um das Wunderwesen genau zu betrachten.

»Das ist ja unglaublich!« rief er. »Ein solches Wissen!« Renate warf ihm einen schmachtenden Blick zu, worauf er vollends aus der Fassung geriet, denn im Reuter-Gymnasium gab es nur Knaben, und Renates Attacken war er nicht gewachsen. Umständlich zog er sein Tuch aus der Tasche, wischte sich den Schweiß von der Stirn und sprach mit Kopfschütteln: »Und dabei ist sie nur ein Mädchen!«

Nach diesen Worten strafften unsere Lehrerinnen den Rücken und vermittelten weiterhin so ungeheuer viel Wissen, daß Professor Bräter sich entsetzt von Geschichte und Sprachen abwandte, um auf vertrautes Gebiet zu gelangen, nämlich zu Chemie, Physik und Mathematik, was er offenbar bei den Knaben der unteren Klassen lehrte. Der Boden wich auch hier unter seinen Füßen, zumal Studienrat Schnulzer hinter seinem Rücken Hilfslinien auf die Tafel malte.

Nach unseren Glanzleistungen konnte der Professor nicht anders, als uns ausgiebig die Hände zu schütteln, dabei murmelte er: »Hervorragend! Nicht zu fassen! Unwahrscheinlich!« Bei mir angelangt, fiel ihm etwas Neues ein. Er klopfte mir leutselig auf die Schulter und fragte: »Ja, was wollen wir denn einmal werden?«

»Missionarin!« antwortete Papa Brosch für mich.

»Fein! Brav so! Bringen Sie den armen Wilden Kultur und Ordnung in die Hütten!«

Da beschloß ich, die Missionarin endgültig zu erledigen, auch wenn Papa Brosch traurig sein würde.

»Nein!« rief ich. »Nein, Missionarin will ich nicht mehr werden.«

»Aber wie ist das nur möglich?« Papa Brosch sah aus, als ob er gleich in Tränen ausbrechen würde. »Sie wollten es doch immer!«

»Nein, ich hab' mir's anders überlegt!«

»Und was wollen Sie jetzt werden?« Papa Broschs Lippen zitterten. »Wenn man fragen darf?«

»Jugendrichterin!«

Nicht, daß ich mir das Ganze aus den Fingern gesogen oder in diesem Augenblick eine späte Erleuchtung erfahren hätte. Ich hatte schon oft darüber nachgedacht, besonders seit dem Tag, an dem Vater von den Spinnen und Raupen erzählt hatte und von der Schlange im Bett. Es gab einen gutaussehenden Jugendrichter beim Landgericht, für den meine ganze Klasse schwärmte. Ich auch. Wie er den Talar mit Eleganz zu tragen wußte, wie er den Angeklagten freundlich betrachtete und schließlich ein Urteil fällte, klug und hilfreich, das nahm jedes Herz für ihn ein.

Natürlich wehte auch der Talar meines Vaters durch meine Zukunftsträume, aber wie ich mich drehen und wenden mochte, Theologie kam nicht in Frage. Graecum und Hebraicum versperrten mir den Zugang. Noch jahrelang Sprachen pauken? Nein, das nicht! Wenn ich ein Mann gewesen wäre, dann hätte ich die Mühe auf mich genommen. Aber als Frau ... Und nicht einmal einen Talar dürfte ich tragen! Im schwarzen Kostüm mit weißem Krägelchen müßte ich auftreten, mich mit der Jugendarbeit herumschlagen, Religionslehrerin werden, Vikarin heißen ...«* Da bot das Jurastudium mehr, einen Talar zum Beispiel und ein kleidsames Barett, und das alles nur mit dem großen Latinum, das ich schon in der Tasche hatte.

Bisher hatte ich keinem Menschen etwas von meinen Überlegungen erzählt, nicht einmal den Eltern. Nun aber hatte ich die Missionarin aus der Welt geschafft und das vor dem gesamten Lehrkörper des Brontë und diesem seltsamen Vogel aus dem Reuter-Gymnasium. Wenn Papa Brosch enttäuscht war, dann zeigte er es nicht. Er lächelte sogar und meinte, Jura wäre ihm fast noch lieber.

Dann öffnete Professor Bräter wieder den Mund, aber er kam nicht weit, denn im Musiksaal begann ein gewal-

---

* So war es in den fünfziger Jahren und hat sich inzwischen zum Glück etwas verbessert.

tiges Geschnatter, jeder unterhielt sich mit jedem, man scherzte, man lachte. Papa Brosch erzählte allen, die es hören wollten, daß er, falls er noch einmal jung wäre, sofort ein mittelgroßes Verbrechen begehen würde, um von mir abgeurteilt zu werden. Sextanerinnen mit weißen Schürzchen schleppten Platten mit belegten Broten herbei, und im allgemeinen Trubel zog unser Direktor den fremden Professor zur Tür hinaus.

Himmelsflug und Höllensturz

Das Abitur war geschafft, die letzte Hürde genommen. Vor mir lag die Freiheit! Oh, wie ich mich darauf freute, mein Leben selber in die Hand zu nehmen! Aufzustehen, schlafenzugehen, wann mir der Sinn danach stand. Zu essen und zu trinken, was ich wollte, und das alles in Heidelberg, wo auch Vater studiert hatte und wo Tante Tildchen in der Rohrbacher Straße wohnte. Oben auf der Schloßmauer würde ich das BGB studieren und unten im Städtchen ein freies Leben führen mit mehreren verliebten Studenten an jedem Finger.

Mein Zimmer sollte billig, aber groß sein und nicht zu nahe bei Tante Tildchens Wohnung liegen, damit die liebe, gute nicht etwa auf die Idee käme, mich mehr als nötig zu besuchen.

In solche Gedanken vertieft, wanderte ich selig lächelnd dem Westbahnhof zu. Das Lachen verging mir, als ich den Zug pfeifen hörte und nur unter Anspannung aller Kräfte das letzte Trittbrett erwischte. Dieses Mal wäre es besonders tragisch gewesen, wenn ich den Zug versäumt hätte. Die Pläne der Familie wären durchkreuzt worden. Sie wollten mir ein rauschendes Abiturfest bescheren und hatten schon seit Wochen dafür geübt.

Erst einmal empfingen mich die Kleinen an der bewußten Bahnschranke. Sie hielten ein Fahrrad umklammert. Daß ich zum Abitur ein Fahrrad bekommen sollte, wußte ich schon seit dem vergangenen Abend. Da hatten sie es nämlich mit aufgeregtem Flüstern und gelegentlichem Klingeln durch das Haus geschleift, um es im Badezimmer in der Wanne zu verstecken. Warum sie gerade auf diesen Platz verfielen, ist mir schleierhaft. Vielleicht, weil er sich am wenigsten für ein Versteck eignete. Jeder, der sich die

Hände wusch, mußte bemerken, was da aus der Wanne ragte, nicht einmal ein Badetuch hatten sie darüber gehängt. Jetzt also erwarteten mich die Kleinen mit dem Fahrrad an der Bahnschranke, stellten sich auf und machten Anstalten, das blöde Lied von der ›Freude im Pfarrhaus‹ zu singen.

»Auf geht's! Nach Hause! Vaterle und Mutterle wollen es auch hören!«

Ich versuchte, sie heimwärts zu drängen, was ein Fehler ist im Umgang mit unseren Kleinen. Ich hätte es aus mancher traurigen Erfahrung wissen müssen! Aber so ist der Mensch! Er macht immer die gleichen Dummheiten und lernt nur wenig dazu. Unsere lieben Kleinen wurden störrisch und fielen alle drei mitsamt dem neuen Fahrrad in den Dreck. Auch ich kam zu Fall, als ich sie halten wollte.

Was für ein Schauspiel für die Reisenden! Aus allen Zugfenstern hingen Köpfe, lachend und feixend. Der Zug stand wie festgeklebt hinter der Schranke. Als er endlich abfuhr, standen auch wir wieder aufrecht und führten das teure, nun schon leicht angeschlagene Gefährt die Bahnhofstraße hinunter.

Es war ein feines Rad, eines von der Luxus-Sorte. Ich dachte an das Loch in Vaters Geldbeutel und war ihm dankbar dafür, daß er sein Sparprogramm nicht mit mir angefangen hatte.

Zu Hause war die Kaffeetafel bereits gedeckt, mit silbernen Leuchtern geschmückt und mit Birkenlaub verziert. Beate hatte eine Schokoladentorte gebacken und Else einen Streuselkuchen. Ich durfte auf dem Ehrensitz zwischen den Eltern Platz nehmen. Erst als die Köstlichkeiten der Tafel restlos vertilgt waren, begann das vorbereitete Progamm.

Gitti und Fränzchen spielten eine Händel-Gavotte auf ihren Blockflöten, und wenn sie auseinandergerieten oder es sonst wo haperte, dann fielen wir kräftig ein und halfen über die schwierige Stelle hinweg, denn wir kannten jede Note vom vielen Üben.

Der kleine Christoph führte Tiere vor. Er brüllte, wie ein Löwe brüllt, und lief, wie eine Ratte läuft, und erntete so viel Beifall, daß er gar nicht aufhören wollte zu laufen und zu brüllen. Endlich erhob sich Onkel Wilhelm und sang, erst mit zitternder Stimme, dann aber immer kraftvoller, das Pommernlied. Stefan stieg in den Keller und blies von dort aus das Solostück des Trompeters von Säckingen. ›So leb denn wohl, es wär' so schön gewesen ...‹ Er fand, aus dem Keller klänge es besonders urig. Wer nicht vor Rührung weinte, sang mit. Schließlich hielt Vater eine Rede. Er sagte, daß nun die Freiheit auf mich warten würde und daß sie alle sich mit mir freuten.

»Das Studentenleben ist schön«, rief er, »vielleicht die schönste Zeit deines Lebens! Genieße es, mein Kind!« Ach, wie gern ich das tun wollte und wie sehr ich mich auf das freie Leben in Heidelberg freute!

Zum Höhepunkt des Festes setzte sich Mutter an das Harmonium. Vater stellte sich dazu, und dann sangen sie ein Studentenlied nach dem anderen. Sie sangen: ›Gaudeamus igitur‹ und ›Im tiefsten Keller sitz' ich hier ...‹ und als letztes: ›Ich hab' mein Herz in Heidelberg verloren ...‹

Nun wurden auch noch Butterbrezeln aufgetischt, aber ich dachte an mein Studium in Heidelberg und konnte vor lauter Glück nichts mehr essen.

Während sie so saßen, sangen und Brezeln knabberten, war es mir nach Stille und Einsamkeit zumute. Ich dachte auch, daß es höchste Zeit sei, Gott zu danken für das schöne Rad und für seine Hilfe beim Abitur und für die beglückende Zukunft, die da greifbar vor mir lag. Ich holte den Kirchenschlüssel und das Choralbuch und ging hinüber in die Kirche. Dort spielte ich sämtliche Lob- und Danklieder, und zwar mit mäßiger Lautstärke, um niemanden zu verärgern.

Als ich gerade bei ›Nun lob mein Seel den Herren ...‹ angelangt war, hörte ich jemanden die Treppe heraufkommen. Mesner Wankelmann war's nicht. Ich kannte seinen zornig bewegten Schritt und spielte auch zu leise, um ihn anzulocken. Gespenster konnten es ebenfalls nicht sein. Die machen keinen Lärm auf der Treppe und schließen keine Türen hinter sich zu. Es war Vater.

»Komm, spiel noch was«, sagte er und setzte sich neben mich auf die Orgelbank.

Ich spielte: ›Was Gott tut, das ist wohlgetan ...‹ Der Kanadajüngling fiel mir ein, und wie froh ich jetzt war, daß ich ihn immer nur auf der Durchreise getroffen hatte.

»Ist dir das ernst mit dem Jurastudium?« fragte Vater in mein Spielen hinein. Von wem hatte er das nun wieder erfahren? In unserem Haus klappte der Nachrichtendienst wirklich ganz ausgezeichnet. Kaum war mir ein Gedanke durch den Kopf geschossen, schon sprach die ganze Familie darüber. Aber ich wollte mich nicht ärgern. Nicht an diesem Tag! Deshalb fragte ich nicht: »Wer zum Teufel hat dir denn das wieder gesagt?« Ich erzählte auch nichts vom Jugendrichter und seinem wehenden Talar, nichts vom Graecum, Hebraicum und großem Latinum. Ich sagte nur, daß ich darüber nachgedacht hätte, ob Jura das Richtige für mich wäre. Ich wüßte es aber noch nicht genau. Er sagte, er müßte sich auch erst an den Gedanken gewöhnen, aber wenn er es so überlegte, dann könnte er sich dafür erwärmen. Ich wäre ja schon immer auf mein Recht bedacht gewesen und hätte es von klein auf geschickt verteidigt. Und dann kam's.

»Tante Mariechen hat geschrieben.«

An Tante Mariechens Briefen bin ich nicht interessiert. Sie ist zwar Vaters älteste Schwester, aber ich kann sie trotzdem nicht leiden. Niemand kann das! Sie ist fürchterlich sparsam und hat bestimmt noch nie ihr Konto überzogen. Sie sagt, was sie denkt, und ist sogar stolz darauf, wenn sie den Leuten so richtig schmerzhaft aufs Hühnerauge getreten ist. Mutter kann mit jedem Menschen umgehen, aber bei Tante Mariechen versagt ihr Charme.

»Ich bin machtlos«, sagt sie und ringt die Hände, »sie ist einfach umwerfend taktlos!«

Nun hatte Tante Mariechen also geschrieben, Tante Mariechen aus Göttingen! O Himmel, der Brief ging mich an!

»In Göttingen gibt es eine Universität mit einer guten juristischen Fakultät...« Vater machte eine Pause, und ich wußte, was auf mich zukam. »Tante Mariechen will dich aufnehmen und für dich sorgen. Es wäre eine große Hilfe für uns.« Er sagte nichts von dem Loch im Geldbeutel, aber ich dachte sofort daran. Wo waren Heidelberg und meine Träume geblieben? Weg waren sie! Der Mensch denkt, Gott lenkt, leider immer anders, als man es gerne hätte.

Göttingen! Wie dankbar waren wir immer gewesen, daß der Weg so weit und die Reise so teuer war. Auf diese Weise kam die sparsame Tante nur selten zu Besuch, und jetzt sollte ich freiwillig zu ihr fahren und ihr alle meine Träume opfern.

»Aber Vaterle, sie hat doch mal erzählt, daß sie nur ein Zimmer hat!«

»Ja, ich erinnere mich«, jetzt klang seine Stimme ehrlich betrübt. »Aber eine Küche hat sie auch noch, da bin ich ganz sicher... oder ist es nur ein Küchenanteil...?«

Ich saß auf der Orgelbank und war so unglücklich wie noch nie in meinem Leben. So schnell kann sich die Gefühlslage wenden. Frei hatte ich sein wollen, gehen, wohin ich wollte. Bei Tante Tildchen in Heidelberg wohnen...

»Hat Tante Tildchen denn keinen Brief geschrieben?«

»Ach nein. Sie muß doch Hans-Joachim nehmen, ihren Neffen aus Augsburg. Wußtest du das nicht?«

Nein, ich wußte es nicht. Kein Mensch hatte es mir gesagt. Dieser dumme Hans-Joachim, dieser blöde Bengel, der nichts anderes tun konnte als rauchen und hinter den Mädchen herrennen, der durfte nach Heidelberg zu Tante

Tildchen in ihre schöne Wohnung. Ich aber, fleißig und strebsam und immer darauf bedacht, den Leuten zu gefallen – ich mußte nach Göttingen in Tante Mariechens gräßliches Zimmer. Es war eine Ungerechtigkeit sondergleichen, eine himmelschreiende Gemeinheit! Ich versuchte tief durchzuatmen, um nicht an meiner eigenen Wut zu ersticken.

»Wir müssen uns ja noch nicht entscheiden«, sagte Vater.

Ich kam mir ganz schlecht vor, weil ich nicht sagte: »Ja, gut so, es ist mir recht, und eigentlich ist es egal, wo man wohnt.«

Nein, es war nicht gut und es war mir auch nicht recht und schon gar nicht egal, ob ich bei Tante Tildchen oder bei Tante Mariechen wohnen würde!

»Probier's doch mal, Kind! Ein Semester lang, und wenn's dann nicht geht, dann suchen wir etwas anderes, vielleicht in Heidelberg, dann muß Hans-Joachim eben ...«

»Ja, was muß er dann? Etwa zu Tante Mariechen und ihr die Bude vollrauchen und einen Haufen Mädchen anschleppen ...?«

»Weißt du, es ist eigentlich sehr nett von Tante Mariechen, daß sie dich nehmen will.«

»Ja, sehr nett!«

Ich stellte den Motor ab und klappte den Orgeldeckel zu. Dann stiegen wir die Treppen hinunter. Es war schon dunkel.

Sechs Wochen arbeitete ich als Werkstudentin, und was kam dabei heraus? Zerschundene Finger und 150 Mark. Nachts, wenn ich nicht schlafen konnte, weil meine Finger so weh taten, malte ich mir aus, wie ich ins Studierzimmer träte, einen dicken Umschlag in der Hand, und wie ich spräche:

»So Vaterle, hier sind meine Studiengebühren. Für das

übrige kannst du vielleicht das Silberhochzeitsloch stopfen oder dir sonst einen Wunsch erfüllen. Du brauchst nicht zu sparen!«

Ja, so hatte ich sprechen wollen, und jetzt reichte das Geld nicht hin und nicht her!

Aber etwas Gutes hatten diese sechs Wochen doch. Ich fing an, mich auf Göttingen zu freuen, trotz Tante Mariechen und allen anderen Mißlichkeiten. Neben mir an der Maschine stand nämlich die rote Martha, eine Mathematikstudentin mit feuerroten Haaren und einer durchdringenden Stimme. Sie erzählte pausenlos von ihrer Uni in Karlsruhe und von dem freien Studentenleben. Wahrhaftig, mir lief das Wasser im Mund zusammen. In der mathematischen Fakultät, so erzählte sie, gäbe es nur drei weibliche, aber mindestens hundert männliche Studenten, und diese hundert männlichen wären dauernd auf der Jagd nach den drei weiblichen.

Ich war entzückt von dieser Seite des Studiums und hoffte inständig, daß die Verhältnisse in der juristischen Fakultät in Göttingen ähnlich wären.

Aber allmählich kamen mir Zweifel. Vielleicht fehlte mir das gewisse Etwas. Wen hatte ich schon aufzuweisen? Etwa diesen Burschen, der ewig mit einem Fuß in Kanada stand und mit dem anderen nicht einmal über die Bahnschranke kam? Nein, dieser Kanadajüngling war nichts gegen die Jäger der roten Martha. An ihre Hundertschaften glaubte ich nicht mehr, aber auch zwanzig sind mehr als einer.

Kaufrausch und Abschied

Ein letztes Mal ging ich zur Schule. Ich sehnte mich nach dem vertrauten »Wohlgeruch« des Brontë und wollte mich verabschieden. Wem lief ich in die Arme? Studienrat Schnulzer. Er hatte zu meinem Schrecken eine Freistunde, und so schleppte er mich durch die Gänge, redete ohne Unterlaß und setzte offenbar voraus, daß ich ihm andachtsvoll lauschte. Er sprach vom Jurastudium und fand es schlecht, die Paragraphen langweilig, die Prüfungen unmenschlich schwer. Der Sohn von Minister Neumann, er kenne ihn zufällig, sei beim ersten Examen in Ohnmacht gefallen! Ich solle mir das bitte vorstellen! Er riet mir eine geschlagene Schulstunde lang ab, erklärte, Jura wäre ein Männerstudium. Frauen würden unter die Räder geraten und wären da fehl am Platz. Auf hundert Männer käme eine Frau. Ob ich das etwa wollte?

Und wie ich das wollte! Ich schloß die Augen, um das Leuchten darin zu verbergen, und dachte an die rote Martha und ihre Hundertschaften und daß der Hofstaat in Göttingen vielleicht doch zustande käme.

Studienrat Schnulzer bemerkte nichts von meiner freudigen Erregung, denn er war bei seinem Lieblingsthema angelangt. Er sprach von der Frau und ihrem gottgewollten Platz an der Seite ihres angetrauten Gatten.

Die Pausenglocke schrillte. Aus allen Türen quollen Schülerinnen. Papa Brosch bog um die Ecke. Er sah mich, packte meine Hand und zog mich mit sich ins Rektorat. Studienrat Schnulzer, mitten im Strom, predigte noch ein Weilchen, bevor er merkte, daß ich nicht mehr an seiner Seite war.

Im Rektorat stand ein altes Sofa. Ich kannte es, seit ich in das Brontë gekommen war, und weil ich nie jemanden darauf hatte sitzen sehen, hielt ich es für eine Attrappe. Jetzt aber ging Papa Brosch darauf zu, lud mich freundlich ein, Platz zu nehmen, und setzte sich neben mich. Das alte Ding quietschte ärgerlich, als wir uns niederließen. Ich merkte, daß es nicht nur alt aussah, sondern es auch war und kaputt obendrein, denn ich saß ungemütlich zwischen zwei Federn und sank tiefer und tiefer, während Papa Brosch, mager wie er war und vertraut mit dem alten Rüster, neben mir thronte. »Sie wollen doch nicht etwa ...«, so fing er an, seufzte und fuhr fort, »Sie wollen doch nicht wieder abtrünnig werden und die Jugendrichterin auch an den Nagel hängen?«

Ich erzählte ihm vom Sohn des Ministers Neumann, der beim ersten juristischen Examen in Ohnmacht gefallen wäre ...

»Sie nicht!« rief er. »Sie fallen nicht in Ohnmacht, und wenn der faule Bursche gelernt hätte, dann wäre ihm das auch nicht widerfahren! Glauben Sie mir, Jura ist das Richtige für Sie!« Mittlerweile war ich so tief gesunken, daß ich schon fast auf dem Boden saß.

»Es ist wegen Tante Mariechen«, fing ich an. »Sie vermasselt mir das ganze Studium!«

»Wer ist Tante Mariechen?«

Da brach es aus mir heraus, all der Kummer um das verlorene Paradies. Zu Hause durfte ich ja nichts davon sagen, sonst war Vater betrübt, und Mutter barst der Kopf.

Papa Brosch ließ mich reden und untermalte meine Klage nur mit einem gelegentlichen: »Ach, du meine Güte!« oder »Ist es denn zu glauben?« oder nur: »Na, so was!«

Aber auch das längste Klagelied geht zu Ende. Wir saßen noch eine Weile schweigend auf dem unbequemen Sofa, dann räusperte er sich und stellte fest: »Tante Mariechen ist ein Problem. Erschießen kann man sie nicht, also muß man sich positiv zu ihr einstellen. Eine solche Tante kann vor Versuchungen bewahren, zum Lernen anhalten, kluge Ratschläge erteilen, und wenn Sie länger nachdenken, werden Sie sicher noch was finden, zum Beispiel, jetzt fällt mir's ein: Studenten vergraulen!«

»Dafür ist sie nicht nötig«, meinte ich, »das kann ich ganz alleine, wenn ich will!«

»Ich hoffe doch sehr, daß Sie wollen!« Damit sprang er von seinem Thron und reichte mir die Hand, um mich hochzuziehen. Wirklich, für einen Direktor war er ein ungewöhnlich netter Mensch! Er kramte in seinen Taschen und hielt mir schließlich eine Zigarettenschachtel vor die Nase.

»Zigarette gefällig?«

»Nein, bloß nicht! Meine erste Zigarette hat mich fast umgebracht. Sie haben es nur nicht bemerkt!«

»Und wie ich es bemerkt habe. Es lag ja, Verzeihung, in meiner Absicht. Bitte nehmen Sie's als Zeichen meiner Wertschätzung!«

Er steckte die Zigaretten ein, und wir nahmen Abschied. Ich versprach, Tante Mariechen mit Humor zu ertragen und nicht nach rechts und links zu schielen, sondern immer nur Jura zu studieren, und in den Semesterferien sollte ich ihn besuchen.

»Aber kommen Sie mir nur nicht mit irgendeinem windigen Gesellen daher! Ich bringe ihn auf der Stelle um!«

Als ich nach Hause kam, schon jetzt heimwehkrank, fand ich auf meinem Schreibtisch einen Umschlag und einen Bogen Papier. Auf den Umschlag hatte ich schon lange gewartet. Es war die Zulassung zum Studium der Rechtswissenschaft an der Georg-August-Universität in Göttingen, und zwar für das Wintersemester 51/52.* Auf dem Briefbogen luden mich meine Eltern zu einem gemütlichen Stadtbummel ein mit wichtigen Einkäufen und abschließendem Besuch einer feinen Konditorei.

So waren sie nun auch wieder. Zur großen Abschlußfeier des Brontë waren sie nicht erschienen, obwohl ich im Chor mitsang, drei Gedichte aufsagen mußte und einen Preis

---

* Wintersemester: 1. November bis 28. Februar.

bekam. Sie hatten sicher einen Dienst in der Gemeinde zu verrichten, und das war natürlich wichtiger als die Abschlußfeier ihrer Tochter. Beate war gekommen und hatte den kleinen Christoph mitgebracht. Er trabte vergnügt neben ihr her, denn er wußte noch nicht, was ihm bevorstand. Nur in der letzten Reihe fanden sie einen Platz. Ich konnte sie nicht einmal sehen, aber hören konnte ich sie dafür um so besser. Christöfle langweilte sich, und wenn er das tat, dann hörte man seine Protestkundgebungen von einem Ende der Turnhalle bis zum anderen. Er fühlte sich betrogen. Im Gottesdienst gab es wenigstens nur eine Predigt, aber hier kam eine nach der anderen, und ein Ende war nicht abzusehen.

»Wann isch's denn aus, Beate? Wann isch's endlich aus! Puh, isch des langweilig!« So hörte man es in jeder Vortragspause und besonders deutlich, während mir der Preis verliehen wurde.

Und nun lag die Einladung auf meinem Schreibtisch und paßte mir nicht ins Konzept. Mein schöner Zorn! Sie hatten ihn einfach unterlaufen.

Am nächsten Tag gingen wir einkaufen, lauter Sachen für mich! Zuerst einen langen, weiten Wintermantel mit einem Kragen zum Hochstellen, dunkelgrün und supermodern. So etwas Schönes hatte ich in meinem Leben noch nicht besessen. Dann verschwand Mutter und kam mit einem braunen Käppchen wieder und einer grünen Feder drauf. Sie setzte es mir gleich auf den Kopf, und siehe da, es paßte wie angegossen. Ich war ganz überwältigt von so viel Herrlichkeit.

Anschließend gingen wir in die Greifsche Konditorei, tranken Kaffee und aßen Bienenstich dazu, denn jeder in der Familie wußte, daß ich den gerne aß.

»Na Kind, freust du dich?« fragte Vater.

»Ja, ganz arg! Vielen, vielen Dank!« Ich sagte das in dem überschwenglichen Ton, den man in der Familie gerne hörte, aber ein dicker Kloß saß mir im Hals und drückte heraus. »Ja, ich freu' mich schon! Aber woher hast du denn das Geld?«

Das klang nicht zaghaft, das klang nicht besorgt. Das klang einfach böse.

So ist das mit dem Zorn. Eine Zeitlang kann man ihn untenhalten, aber irgendwann, im falschen Augenblick, steigt er hoch. Ich steckte ein Stück Bienenstich in den Mund und kaute daran.

»Wir haben eine Tochter«, sagte Vater, »die hat sechs Wochen für uns gearbeitet. Von der habe ich das Geld bekommen.« Und damit endete der schöne Tag.

Vor meiner Abreise ins freie Studentenleben drohte noch der Bazar, ein Fest, beliebt bei der Gemeinde, gefürchet von der Pfarrfamilie. Ich hatte den Eltern versprochen, alle meine Kräfte einzusetzen, damit dieser Tag ohne allzu viel Ärger vorübergehen werde. Alle hatten wir das versprochen, die Kleinen und Großen, die Kleinen in ihrem Unverstand freuten sich sogar noch darauf.

»Denkt an Vaters Herz und an meine Galle«, sagte Mutter mit klagendem Unterton. Ich nahm mir fest vor, daran zu denken und eine rechte Stütze zu sein, denn dieser Bazar, so hoffte ich, sollte der letzte meines Lebens sein.

Wie jedes Jahr so hatte man mir auch diesmal eine spezielle Aufgabe zugewiesen. Ich sollte der »Joker« sein und überall dort eingreifen, wo es am nötigsten war: Kuchen verkaufen, Kaffee eingießen, die Leute willkommen heißen oder beim »billigen Jakob« stehen und seinen Plunder anpreisen.

All das wollte ich tun, aber meinen neuen Mantel samt Kappe und Feder vorführen wollte ich auch.

Im Gemeindesaal herrschte Bruthitze. Die Herbstsonne brannte heiß durch die Fenster, und drinnen drängten sich die Gemeindeglieder und strömten Wärme aus. Da war ein warmer Wintermantel wahrhaftig nicht die rechte Bekleidung. Ich schwitzte. Ein dünnes Röckchen, ein leichtes Blüschen, ein weißes Schürzchen, das wäre das Richtige gewesen, ich aber stolzierte in vollem Putz wie ein Pfau daher und ließ mich bewundern.

Man brauchte Hilfe an der Kuchentheke. Ich eilte herbei und wischte voller Diensteifer über die Torten hin, daß Buttercreme und Sahneverzierung an meinem wallenden Ärmel hängenblieben und den Gemeindegliedern den Appetit verdarben.

Man beschwor mich, doch lieber Kaffee einzuschenken. Ich lief mit wehendem Mantel zum Kaffeeausschank, schnappte mir eine Kanne und begab mich an die Arbeit. Nachdem ich die vierte Tasse vom Tisch gefegt hatte, legten sie mir nahe, den »billigen Jakob« zu unterstützen. Der aber wollte mich durchaus nicht haben, ich würde die Leute vergraulen, murrte er, wenn ich da so aufgeputzt stünde. Am Ende landete ich in der winzigen Küche beim Geschirrspülen. Mantel und Kappe hängte ich an den Haken, krempelte die Blusenärmel hoch, und dann ging's rein mit beiden Händen ins lauwarme Wasser. Hier in der Küche nahm man mich freundlich in Kauf. Geschirrspülen gehörte zu den unbeliebtesten Aufgaben beim Bazar. Es gab nie genug heißes Wasser, kein rechtes Spülmittel, keine ordentliche Bürste, dafür reichlich griesegraue Lumpen und Handtücher, alle naß zum Auswringen. Es war mir noch nie passiert, daß man mich in die Küche verwiesen hatte, mich, Pfarrers Amei, aber ich trug es mit Anstand.

Männer ließen sich beim Geschirrspülen nicht blicken. Wenn einer aus Versehen eintrat und durch den Wasserdunst hindurch die Situation erkannte, rief er: »Hoppla!« und nahm schnell Reißaus.

Hier blieb ich, bis die Kuchen aufgegessen waren und die Gemeinde nach Salzigem verlangte. Nun folgte der scheußlichste Teil der Küchenarbeit, denn es nahten die Teller mit Wurstpellen, mit Senf und Kartoffelsalatresten. Hinter einem hohen Stapel Teller kam Vater in die Küche.

Er ließ sie in das Spülwasser gleiten, sagte: »Komm, Ameikind, es langt!«, packte Kappe und Mantel und meine Hand und zog mich aus der Küche.

Es war mittlerweile kühl geworden. Die Gemeindeglieder saßen bei Würsten und Kartoffelsalat, und wir beide wanderten um die Kirche herum.

»Du bist uns böse«, sagte Vater. »Du fühlst dich schlecht behandelt.« Ich nickte. Ja, so war es. »Du hast dich auf Heidelberg gefreut, und wir schicken dich nach Göttingen!«

»Ja!«

»Tante Mariechen für Tante Tildchen, das ist ein schlechter Tausch.« Er sagte es so vor sich hin, und ich nickte dazu. Ja, so war es, ganz genau so. »Und jetzt sollst du auch noch dankbar sein.«

»Es ist alles gut, Vaterle. Wenn ihr's bloß bemerkt habt! Es tut mir schrecklich leid, daß ich so patzig war im Café. Verzeih.«

Christöfle kam angewackelt.

»Beate sagt, ich soll dir verzeihen!«

»Du mir verzeihen? Warum?«

»Weil ich gequengelt hab' an deinem Fescht.«

»Ja, sie verzeiht dir«, sagte Vater, »und mir auch, sonst muß sie wieder Geschirr spülen.«

Wir packten den Reisekorb, Mutter und ich. Er hatte schon meine Großmutter zu uns nach Polen begleitet. Schön war er nicht mehr, aber er hatte eine wunderbare Eigenschaft: Soviel man auch in ihn hineinstopfte, er wurde nicht voll. Schließlich holte Mutter noch ihr Silberhochzeitskleid herbei. Ich wehrte ab, ich fiel ihr in den Arm: »Nein, Mutterle, das darfst du nicht. Du brauchst doch auch ein schönes Kleid. Nein, da hab' ich ein schlechtes Gewissen!«

»Ach Kind«, sagte sie, »laß mir doch die Freude. Ich sehe dich so gern darin!« Dann legte sie noch ein Kissen darauf, klappte den Deckel zu und mahnte: »Gell, nicht drauf setzen, Ameikind! Er ist doch schon ziemlich alt ... Und jetzt laß uns noch ein bißchen ins Wohnzimmer gehen. Mir scheint, die Kleinen sind gerade im Garten.«

So setzten wir uns ins Wohnzimmer aufs Sofa. Viel besser als das im Brontë war es auch nicht, aber wir kannten seine Tücken und wußten, wohin man sich setzen durfte und wohin nicht. Wir sprachen über dies und das, nur nicht über Tante Mariechen und die andere Sache, die mir immer noch im Hals steckte und die ich einfach nicht hinunterschlucken konnte, sosehr ich mich auch mühte.

»Was ist denn, Kind?« fragte Mutter. »Hast du Schluckauf? Bedrückt dich was?«

Ich hatte es nicht sagen wollen, um die schöne Abschiedsstimmung nicht zu gefährden, aber ich schaffte es nicht. Erst kam die Geschichte stockend, dann von Schluchzen unterbrochen: Wie alle aus meiner Klasse jemanden mitgebracht hätten, entweder Vater oder Mutter oder sogar alle beide. In der ersten Reihe wären sie gesessen. Elly, die nicht einmal im Chor mitsang, weil sie Singen blöd fand, hatte zu ihren Eltern sogar noch einen Onkel angeschleppt ...

»Von was sprichst du, Kind?« fragte Mutter, aber sie wußte ganz genau, wovon ich sprach.

»Von meiner Abschlußfeier in der Schule. Ich hab's euch gesagt und die Einladung auf deinen Nähtisch gelegt. Ihr hättet wenigstens absagen können, dann hätt' ich nicht die ganze Zeit gewartet!«

»Aber Beate war doch da und Christoph!«

»Ja, sie waren da, aber sie saßen in der letzten Reihe. Ich hab' sie nicht einmal gesehen! Christoph hat die ganze Zeit gequengelt.«

So, jetzt hatte ich die trauliche Stunde zerstört. Ich hätte mich ohrfeigen können. Wir saßen schweigend, unendlich lange Zeit. Ich wäre schon zufrieden gewesen, wenn sie nur gesagt hätte: »Ich mußte damals zur Frauenstunde«, dann hätte ich sagen können: »Ja klar, das versteh' ich!«

Dann wären wir im Frieden geschieden, denn morgen mußte ich fort und wie sollte ich das aushalten im Unfrieden mit ihr...

Auf einmal hustete sie und sagte: »Es tut mir leid!«

Erst konnte ich gar nicht glauben, daß sie »es tut mir leid« gesagt hatte. Das tat *sie* nie, das mußten immer nur *wir* tun. Als ich es hörte, ergriff ich ihre Hand und drückte einen Kuß darauf, so dankbar war ich und erleichtert.

Zum Glück stürmten gerade die Kleinen herein. Gitti quälte sich unter das Sofa, denn sie spielten Verstecken.

Da war es aus mit traulichen Gesprächen, aber was machte das. Alles Wichtige war gesagt.

Else schrie aus der Küche: »Wo willse das jebratene Kotlett haben? Im Reisekorb oda inner Tasche?«

»In der Tasche natürlich!« rief Mutter zurück. »Damit sie unterwegs was zu essen hat.«

Tante Mariechens befremdliche Bräuche

Eine Menge schlechtgekleideter Leute drängte dem Ausgang zu. Kein Mensch hier auf dem Bahnhof trug einen Hut, nur ich, und dazu noch mit einer Feder! Ein junger Mann half mir, den Reisekorb aus dem Zug zu ziehen. Er schleifte ihn sogar bis zur Sperre, sagte, das mache ihm gar nichts aus, solch ein Reisekorb wäre ein Klacks für ihn und wo ich denn wohnen würde. Dann, wie ein Habicht aus heiterem Himmel, stürzte sich Tante Mariechen auf mich. Sie zog einen quietschenden Handwagen hinter sich her.

Ich hatte ganz vergessen, wie klein sie war.

»Klein, aber oho!« sprach sie, als könnte sie Gedanken lesen. »Für einen Willkommenskuß wirst du dein stolzes Haupt neigen müssen, oder soll ich an dir hochspringen?«

Nein, bloß das nicht! Wir sahen schon komisch genug aus, wir beide. Sie kurz, ich lang, wie Pat und Patachon, beide mit Hüten auf dem Kopf und Federn drauf. Ich ging in die Knie und empfing einen kühlen Kuß. Er roch nach Uralt Lavendel, ein Geruch, den ich noch nie hatte leiden können. Mutter duftete ganz zart nach »Tosca«. Als ich daran dachte, stiegen mir Tränen in die Augen.

»Wo ist das Gepäck?« Tante Mariechen fragte nicht, sie kommandierte! Warum ärgerte ich mich? Ich kannte sie doch. Hatte ich etwa gemeint, sie wäre ein neuer Mensch geworden aus lauter Vorfreude auf mich, und sie würde nun flöten wie eine Nachtigall? Ach nein, so dumm war ich nicht, aber gerade jetzt konnte ich den Kommandoton besonders schwer ertragen.

Ich wandte mich ab, um die Tränen abzuwischen. Da sah ich den Reisekorb in stolzer Einsamkeit stehen. Der junge Mann hatte sich nach Art des Kanadajünglings aus dem Staub gemacht. Es war das erste Mal, daß mir die Tante einen Studenten vergraulte.

»Dein Kavalier ist verschwunden«, stellte sie fest und lächelte zufrieden. »Nun ja, dann müssen wir eben selber Hand anlegen.«

Wir luden den Korb auf die Karre. Ich zog, und Tante Mariechen ging neben mir.

»Schon ein älteres Stück«, bemerkte sie mit einem Blick auf den Reisekorb. »Hoffentlich fällt er nicht auseinander.«

»Dein Wagen quietscht«, gab ich zurück. »Man sollte ihn ölen!«

»Es ist nicht mein Wagen. Wenn es meiner wäre, würde er nicht quietschen. Er gehört Frau Brumbusch. Sie hat ihn mir geliehen, aber geölt hat sie ihn natürlich nicht! Dazu ist sie viel zu schlampig!«

Ich hütete mich, zu fragen, wer Frau Brumbusch sei. Es war mir auch völlig egal, und wie ich Tante Mariechen kannte, so würde ich bald erschöpfend Auskunft erhalten. Ja richtig! Sie räusperte sich bereits: »Du mußt wissen, sie wohnt in dem Zimmer gegenüber. Ihr Mann ist Musiker, und sie machen Musik! Unaufhörlich! Tagsüber kann ich es ertragen, da bin ich ja in der Klinik, aber nachts! Er spielt Geige, sie Klavier. Furchtbar! Aber was sage ich dir, du wirst es schon selber merken!«

Ihre Worte rauschten an mir vorbei. Ich zog den quietschenden Wagen durch die Straßen und dachte dabei an die Kleinen ... Sie hatten den Handwagen gezogen und mich bis zur Bahnschranke begleitet. Geweint hatten sie nicht, aber doch sehr traurige Gesichter gemacht. Ach, wie ich sie vermißte, die Lieben, Süßen!

Mutter fuhr mit bis zum Hauptbahnhof. Dort aßen wir ein belegtes Brötchen, und schon beim letzten Bissen fuhr der D-Zug nach Hannover ein. Der Reisekorb stand allen im Weg, die ins Abteil wollten, aber darum konnte ich mich jetzt nicht kümmern. Vorerst stand Mutter noch unter dem Fenster und sagte Worte von bleibendem Wert. Kein einziges davon wollte ich versäumen.

»Gell, Ameikind, du vergißt nicht, was du uns versprochen hast! Und sei bitte nicht schnippisch zu Tante Mariechen! Du weißt, sie hat keinen Funken Humor und kann es nicht ertragen. Und schreib bald und lies auch in der Bibel! Und Ameikind, hör auf deine Mutter! Wenn jetzt alle diese Studenten auf dich einstürmen, dann laß dich nicht beirren, sondern geh furchtlos deines Weges. Ich kann mich doch auf dich verlassen, Kind?«

Meine Tränen tropften auf sie hinunter.

»Ja, Mutterle! Du kannst dich auf mich verlassen! Ganz fest! Hab keine Sorge! Grüß Vaterle und Beate und die Kleinen und Else...«

Der Zug fuhr an. Sie wurde kleiner und kleiner, und auf einmal war sie weg. Wenn ich nicht das gebratene Kotelett in der Tasche gehabt hätte, ich hätte nicht gewußt, an was ich mich halten sollte! Ich schluchzte.

»Na, na, was hör' ich denn da?« fragte Tante Mariechen. »Du wirst doch nicht etwa weinen? So ein großes Mädchen!«

Immer tüchtig in fremden Wunden wühlen, so war Tante Mariechen! Und bei ihr sollte ich jetzt Monate, vielleicht sogar Jahre dahinvegetieren! In meinen nächsten Schluchzer hinein rief die Tante: »Wir sind angelangt! Hier im Goldgraben Numero 6 wirst du jetzt wohnen! Möge Gott schenken, daß es dir zur zweiten Heimat werde!«

Ja, wenn er es nur schenken würde! Mir sollte es recht sein, aber ich hatte so meine Zweifel.

Durch ein schmiedeeisernes Pförtchen und einen herbstlichen Garten kamen wir vor das Haus Nummer 6. Es dämmerte schon, aber ich sah noch, daß es ein herrschaftliches Haus war mit Erkern und Türmchen und bunten Glasfenstern in der Eingangstür und mit einem Vordach darüber. Ein Heidelberger Schloß war es nicht, aber ein wenig verzaubert wirkte es doch. An dieses Haus könnte ich mich gewöhnen, nur die vielen Namensschilder an der Haustür machten mich stutzig. Halb Göttingen schien darin zu wohnen.

»Tante Mariechen, warum wohnen hier so viele Menschen?«

»Weil der Hausbesitzer Geld verdienen will und jedes Zimmer einzeln vermietet. Schon mal was von Wohnungsnot gehört? Mädchen, bist du so dumm oder tust du nur so?«

Sie schloß die Haustür auf und stemmte sich dagegen, so daß ich meinen Reisekorb über die Schwelle ziehen konnte. Gegen den Geruch dieses Hauses gab es nichts einzuwenden. Es roch vertraut nach Bohnerwachs, altem Holz, Kraut und Rüben.

Wir schoben und zerrten den Reisekorb die Treppe hinauf am ersten Stock vorbei. Dann setzten wir uns auf die Stufen, um zu verschnaufen. Erst hatte Tante Mariechen gewollt, daß ich meinen Reisekorb unten stehen ließe und so peu à peu, immer ein Ärmchen voll, meine Habseligkeiten nach oben brächte, aber ich hatte mich gewehrt. Wenigstens meinen Reisekorb wollte ich bei mir behalten!

Mutters liebe Hände hatten ihn gepackt. Tante Mariechen, die wohl auch den Eindruck hatte, daß sie mit dem Satz über meine Dummheit zu weit gegangen war, gab nach, griff zu und schleppte kräftig mit. Auf dem letzten Treppenabsatz kam uns eine dicke Frau entgegen. Sie trug einen schmuddeligen, grauen Morgenmantel, hatte die Kordel fest um den Leib geschlungen und den Kopf voller Lockenwickler. Tante Mariechen holte tief Luft, straffte den Rücken und begann vorzustellen: »Das ist meine Nichte Amei! Sie wird hier studieren. Amei, das ist Frau Brumbusch, die uns freundlicherweise ihren Handwagen geliehen hat. Ich stelle ihn nachher in Ihren Keller, liebe Frau Brumbusch, aber vorher will ich ihn ölen.«

»Es ist nicht nötig«, sprach Frau Brumbusch, »daß Sie ihn ölen, er ist bereits geölt.«

»Das wundert mich«, meinte Tante Mariechen. »Er quietscht nämlich.«

»Was tut er? Er quietscht?! Ich höre wohl nicht recht. Vorher hat er keinen Laut von sich gegeben. Wahrscheinlich haben Sie ihn zu schwer belastet. Heute abend übrigens wollen wir ein wenig Musik machen. Ich hoffe, es ist Ihnen recht!«

»Nein, es ist mir nicht recht!« stieß Tante Mariechen grimmig hervor. »Meine Nichte hat eine weite Reise hinter sich. Sie muß schlafen. Ab zehn Uhr bitte ich um Ruhe, liebe Frau Brumbusch, bis dahin werde ich die Zähne zusammenbeißen.«

»Ach, was sind Sie doch für ein armes Geschöpf!« rief Frau Brumbusch und rang die Hände. »Jeder fühlende Mensch würde Gott auf den Knien danken, wenn er solche Musik, noch dazu kostenlos und im Bett hören dürfte!«

Tante Mariechen fuhr zornig auf, aber ehe sie ihr Herz erleichtern konnte, kam ein Mann in Knickerbockern die Treppe herunter, sah den Reisekorb, lud ihn auf seine Schultern und trug ihn die Treppe hinauf, bis vor die Tür des zweiten Stockes. Tante Mariechen sprach ein hoheitsvolles »Danke«, rauschte an ihm vorbei und schloß die Wohnungstür auf. Der Knickerbockermann verschwand im Dunkeln. Tante Mariechen flüsterte mir zu: »Ein unmöglicher Mensch! Du wirst ihn noch kennenlernen! Er hinterläßt die Küche in einer Weise ... Es ist nicht zu fassen!«

Schwach erhellt durch eine trübe Lampe bot der Flur einen niederschmetternden Eindruck. Jedes Stückchen Wand war vollgestellt mit Schränken, gewaltige Ungetüme aller Art, Garderoben und Spiegelschränke, schönes Altes und häßliches Neues und umgekehrt. Die Zimmertüren immerhin waren ausgespart, und ein schmaler Gang blieb auch noch übrig, durch den wir mühelos unseren Reisekorb schieben konnten. Die Tante wandte sich nach links und stieß den Schlüssel in die letzte Tür des Ganges. Wieder hatte sie ein frommes Sprüchlein auf den Lippen: »Mit Gott tritt ein, bring Glück herein!« rief sie, knipste das Licht an und blieb im Türrahmen stehen, vermutlich, um sich an meinem Entzücken zu weiden.

Das Zimmer lag vor mir im farbigen Schein eines klimpernden Kronleuchters. Links vor uns, an der Wand hinter der Tür, stand eine Bettenburg mit hochaufgetürmten Kissen, davor ein Schemel zum Besteigen und ein Nachttisch in Form eines Turmes, darauf Lämpchen, Bibel und Brille. Dahinter ließ sich eine Vitrine ahnen mit zierlichem Aufsatz und Sammeltassen hinter der Glastür. Im gnädigen Halbdunkel verborgen gab es noch eine Kruschtecke. Ich erkannte Wäschekorb und Bügelbrett, Besen und Staubwedel. Am Fenster, an der Stirnseite des Zimmers, ließ sich nur ein Flügel öffnen, den anderen blockierte ein mächtiger Herrenschreibtisch, bedeckt von Büchern, Fotos, Schreibutensilien und Bergen von Zeitschriften. Ich bin kein besonders ordentlicher Mensch. Jeder aus der Familie weiß es, aber eine solche Unordnung auf meinem Schreibtisch hätte ich nicht ertragen. Man muß die Sachen ja schließlich finden und ein freies Plätzchen zum Arbeiten auch. An den Schreibtisch lehnte sich eine Couch. Vor ihr, unter dem klimpernden Kronleuchter, stand ein ovaler Tisch, ein Eßtisch aus alten Zeiten. An diese engste Stelle des Zimmers, zwischen Tisch und Vitrine, hatte Tante Mariechen einen ausladenden Sessel gestellt. Zwei weitere Sessel gleichen Ausmaßes verbauten den noch vorhandenen Platz. Dieses Zimmer war voll, auch ohne mich, und nur ein Zirkusakrobat hätte ohne Probleme die Strecke zwischen Tür und Fenster bewältigen können. Am Fußende der Couch befand sich die luxuriöse Waschgelegenheit. Sie bestand aus einem Waschbecken mit Kaltwasserhahn, einem Spiegel darüber und einem zugedeckten Eimer darunter. Neben dem Becken blieb noch Platz für einen Handtuchhalter, dann folgte die Tür, an der ich fassungslos lehnte.

»Was stehst du rum? Was starrst du?« fragte Tante Mariechen, wie immer im Kommandoton. »Gefällt dir mein Reich?«

Ich konnte nichts sagen. Meine Zunge klebte am Gaumen.

»Der Eimer«, würgte ich endlich hervor. »Muß man da drauf? Ist der...«

»Um Himmels willen!« Tante Mariechen rollte die Augen gen Himmel. »Was denkst du denn für Sachen. Wir leben doch nicht im finsteren Mittelalter! Dritte Tür rechts! Sonst noch was?«

»Mein Reisekorb, Tante Mariechen! Wo soll mein Reisekorb hin?«

»In den Flur natürlich! Wohin sonst?«

»Nein, Tante Mariechen, nicht in den Flur! Da sind doch all meine Kostbarkeiten drin!«

»So kostbar werden sie auch wieder nicht sein. Im Schrank habe ich ein Fach für dich leergeräumt, im Schreibtisch auch. Dort kannst du deine Kostbarkeiten unterbringen. Das übrige bleibt im Reisekorb, den stellen wir oben auf meinen Flurschrank, da ist er sicher, da klettert niemand rauf. In der Küche neben unserem Regal steht eine Leiter, die kannst du nehmen.«

Von da an war ich dauernd mit der Leiter unterwegs. Viertel vor zehn lag die Tante im Bett und ich auf der Couch. Der Weg zu dieser Couch war ungewohnt und mühsam. Er führte entweder über den ovalen Tisch oder unter ihm hindurch. Eine dritte Möglichkeit, nämlich ein Hechtsprung von hinten möglichst weit auf die Couch hinauf, verbat sich die Tante, weil sie meinte, ihre Couch würde davon ruiniert. Auch der Weg über den Tisch war ihr nicht lieb, denn sie hatte schon die Tafel für das Sonntagsfrühstück gedeckt. Ich sollte mich lieber unten herum bequemen. Das tat ich auch und schlug mir dabei kräftig den Kopf an, weil ich zu früh hochkam. Tante Mariechen nahm es gelassen hin.

»So etwas passiert dem Menschen nur einmal«, sagte sie, und damit war die Sache für sie erledigt. Sie wollte nicht einmal die Beule befühlen, die mir auf dem Kopf wuchs. Da war man mit Verletzten bei uns zu Hause freundlicher umgegangen. Aber sie horchte nur auf die Musik und wartete auf den Augenblick, in dem sie eingreifen konnte.

Ich weinte, versteckt unter der Bettdecke, und kam mir arm und bemitleidenswert vor. Vier Monate ohne meine Lieben, nur mit Tante Mariechen hier in diesem Zimmer! Meine Tränen strömten, und ich beschloß, mich morgen in aller Herrgottsfrühe aus dem Fenster zu stürzen. Hoffentlich war es hoch genug.

»So, jetzt reicht es aber!« Tante Mariechen schwang die Beine aus ihrer Bettenburg und ließ sich auf den Boden plumpsen. Sie schaute auf die Uhr. »Punkt zehn! Jetzt werd' ich ihnen leuchten!«

Im Nachthemd, genieren tat sich Tante Mariechen nie, im langen, flauschigen Nachthemd also marschierte sie hinaus auf den Flur. Kurz darauf erhob sich draußen Lärm und Geschrei.

»Zehn Uhr! Feierabend! Ich bitte um Ruhe!« schrie die Tante. »Ich bin eine arbeitende Frau.«

Darauf keifte die hohe Stimme der Frau Brumbusch Unverständliches, ein versöhnlicher Baß mischte sich darein, und schließlich endete das Konzert mit der Klage: »Ach, was sind Sie doch für ein armes Geschöpf!«

Dann klappte drüben die Tür, Tante Mariechen kehrte zurück, nicht etwa als »armes Geschöpf«, sondern als stolze Siegerin, hochrot und stolzgeschwellt.

»Ist das jeden Abend so, Tante Mariechen?«

»Nein, wo denkst du hin, natürlich nicht! Aber ziemlich oft! So, jetzt halten sie Ruhe! Jetzt können wir schlafen. Weißt du, sie probieren es immer wieder, aber mit mir kann man das nicht machen! Mit mir nicht!«

Sie schürzte das Nachthemd und stieg über den Schemel in ihre Burg. Oben angelangt und warm zugedeckt, floß ihr wieder ein Sprüchlein über die Lippen. Jeden Abend sagte sie es her, und ich gewöhnte mich daran.

»Schlaf schön, träum schön, laß dir's wohl ergehn.«

Darauf knipste sie die Nachttischlampe aus, drehte sich um, und schon war sie weg und schnarchte wie zehn Bären. Damit allerdings konnte sie mich nicht überraschen. Stefan hatte es mir schon zu Hause erzählt, nachdem er bei der Silberhochzeit Wand an Wand neben Tante Mariechen geschlafen hatte. Sie schnarcht, daß die Wände wackeln, hatte er gesagt, und genauso war es.

Da hatte ich geglaubt, mich könne nichts mehr überraschen, aber ich hatte mich getäuscht. Das Leben ist phantasievoller, als man denkt. Es findet immer noch etwas Neues, etwas, mit dem man nicht gerechnet hat. Als ich morgens erwachte, fiel mein Blick auf das Waschbecken. Wohin auch sonst? Ich liege auf dem Rücken und ich schaue nach vorne. Gut, ich konnte meine Augen schließen und mich auf die Seite rollen, wenn Tante Mariechen sich wusch – und jeden Morgen tat sie das von Kopf bis Fuß –, was aber sollte ich mit den Ohren anstellen? Sie zuhalten? Watte reinstecken? Mich unter der Decke verkriechen? All das versuchte ich, aber es nützte nichts bei Tante Mariechens lautstarken Waschgewohnheiten. Sie schnaufte, sie gurgelte, sie hustete sich frei ...

Ich seufzte und verzog das Gesicht zu schmerzhaften Grimassen. Leider bezog sie es nicht auf sich, sondern dachte in eine ganz andere Richtung. Sie sagte: »Laß dich nicht zurückhalten! Du weißt ja, dritte Tür rechts.«

Nachdem Tante Mariechen sich gründlich gewaschen und einen roten Morgenrock angezogen hatte, lief sie hin und her, leider nicht nur in unserem Zimmer. Sie spurtete elf Meter bis zum Ende des Ganges zur Küche, und von dorther schleppte sie alles herbei. Wie sollte ich mich waschen bei solcher Unruhe. Ich kam mir vor wie auf dem Bahnhof. So etwas war ich nicht gewöhnt. Bei uns daheim lief alles nach Plan. Jeder hatte seine bestimmte Badezimmerzeit, und wehe dem Menschen, der es wagte, aus der Reihe zu tanzen und die anderen zu stören.

»Aufstehen!« rief die Tante und riß mir die Bettdecke weg.

Wenn ich etwas nicht leiden kann, dann ist es das Bettdecke-Wegziehen am frühen Morgen. Es ist eine Gemeinheit und ein Schock für den ganzen Tag! Ich krabbelte wütend unter dem Tisch hindurch, stellte mich vor das Waschbecken und fing an, mein Gesicht mit kaltem Wasser zu befeuchten, denn warmes gab es hier offenbar nicht. Ich hatte es kaum gedacht, da kam die Tante mit einem dampfenden Töpfchen aus der Küche. Zum Zähneputzen würde es gerade reichen, aber Tante Mariechen hatte anderes im Sinn.

»Was denn?« sagte sie. »Du wirst doch keine Katzenwäsche machen wollen?«

Ja natürlich wollte ich das! Meinte sie denn, ich würde mich splitterfasernackt vor das Waschbecken stellen zur gefälligen Betrachtung für die Gaffer in diesem Haus? Zumal Tante Mariechen die gräßliche Angewohnheit hatte, die Zimmertür offenstehen zu lassen oder sie nur mit dem Ellenbogen ans Schloß zu drücken, so daß sie in aller Ruhe wieder aufgehen konnte. Ich zog mein Nachthemd an und aus und an und aus und war dauernd unterwegs vom Waschbecken zur Tür.

»Tante Mariechen, du mußt die Tür zumachen, wenn du rausgehst!«

»So, muß ich das. Warum?«

»Weil jeder mich sehen kann!«

»Na und?«

Das hätte Mutter hören sollen, dieses »Na und!« Gleich auf der Stelle hätte sie mich wieder nach Hause geholt. »Ein gottloses Babylon« hätte sie Tante Mariechens Reich genannt!

Für mich war die Sache schwierig, denn den Umgang mit nackten Menschen war ich nicht gewöhnt. Die Kleinen hatte ich natürlich schon nackt gesehen, aber Beate noch nie und Michael auch nicht und niemals die Eltern. Vielleicht war man prüde bei uns. Jedenfalls war ich es so gewohnt, und es kam mir normal vor. Man stellt sich doch nicht einfach nackt hin! Ich erklärte Tante Mariechen, wir würden zu Hause immer am Samstagabend baden und deshalb am Sonntagmorgen mit einer Katzenwäsche vorliebnehmen. Aber das wollte sie nicht gelten lassen, und ich stand da wie der ärgste Dreckspatz.

Tante Mariechen war Assistentin in der Augenklinik, und nach längerer Überlegung kam ich zu dem Schluß, sie wäre mit der Zeit immun geworden und wüßte nicht mehr recht, was sich gehörte und was nicht. Und überhaupt lebte sie ja allein. Es gab keinen Menschen, der zu ihr sagte: »Tante Mariechen, so geht das nicht! So kannst du es nicht machen.« Eine harte Erziehungsarbeit stand mir da bevor.

»Hier im zweiten Stock gibt es kein Bad«, sagte die Tante, »aber wenn du so versessen darauf bist, dann kannst du bei mir in der Augenklinik baden.«

Als ich das Waschen hinter mich gebracht und das Bettzeug mit unendlicher Mühe im Couchkasten verstaut hatte, setzten wir uns zu Tisch. Tante Mariechen sagte, sie liebe das Sonntagsfrühstück besonders, und wir wollen es in aller Gemütlichkcit genießen. Dazu war ich gern bereit. Aber die rechte Gemütlichkeit wollte nicht aufkommen: Tante Mariechen steckte zwei Brotschnitten in ihren Ur-alt-Toaster auf dem Küchentisch, kam dann wieder ins Zimmer und schenkte uns Kaffee ein. Kaum hatte sie dies getan, raste sie in die Küche und stocherte die Toaste aus dem Toaster. Sie waren mittlerweile ganz schwarz und stanken leise vor sich hin. Sie brachte die schwarzen zu mir ins Zimmer, fing an, sie abzukratzen und mir zu zeigen, wie man das am besten macht. Dann spurtete sie los und kam gerade noch zur rechten Zeit, um die nächsten Toaste zu retten, bevor sie in Flammen aufgingen. Pausenlos war sie unterwegs, holte Salz für die Eier, Milch für den Kaffee, kratzte Toaste ab. Da wohnte sie nun schon jahrelang in diesem Zimmer und hatte den Umgang mit Toaster und Küche und dem Elfmeter-Gang noch immer nicht im Griff. Arme Tante Mariechen! Sie hätte mir leid getan, wenn da nicht die Geschichte mit dem Gebiß gewesen wäre.

Das war zuviel, das konnte kein Mensch verkraften, am wenigsten ich, die ich mich schon vor der dezenten Zahnstocherei gewisser Zeitgenossen von Herzen ekelte. Auf einmal sagte Tante Mariechen: »Es macht dir doch hoffentlich nichts aus!«

Und ehe ich ahnte, was mir nichts ausmachen sollte, hielt sie ihr Gebiß in der Hand und legte es gut sichtbar neben sich auf die Serviette. Von da an konnte ich keinen Bissen runterbekommen.

»Warum ißt du denn nichts?« fragte sie.

Da hätte ich antworten müssen: »Wegen deinem Gebiß, Tante Mariechen! Es ist unappetitlich und ich ekle mich.« Aber ich traute mich nicht und sagte, mir wäre nicht gut, und das stimmte ja auch.

Wenn es so weitergehen sollte, dann brauchte ich mich nicht aus dem Fenster zu stürzen, dann würde ich in Kürze sowieso Hungers sterben.

Weil es Sonntag war, gingen wir in die Kirche. Tante Mariechen plädierte für die Albanikirche. Der Weg dorthin wäre nicht weit, der Gottesdienst finge eine halbe Stunde später an, und vor allen Dingen, ein Probepfarrer sollte predigen, einer, der des Wortes mächtig sei und von dem man auch sonst nur das Beste höre. Später, als der Gottesdienst zu Ende war, wurde mir klar, warum die Tante gerade die Albanikirche ausgewählt hatte. In diese Kirche gingen ihre Freundinnen, und sie wollte mich herzeigen.

Wir kamen natürlich zu spät, obwohl wir den ganzen Weg gerannt waren. Ach, wie würdevoll schritten wir zu

Hause in die Kirche. Wenn die Glocken ausgeläutet hatten und der Organist zu orgeln anfing, dann saßen wir schon lange in der Pfarrbank und suchten im Gesangbuch nach den angeschlagenen Liedern. Wie anders, wie würdelos erlebte ich es mit Tante Mariechen. Die Glocken waren verstummt, das Vorspiel schon fast vorüber, als wir in die Kirche stürmten. Freie Plätze gab es natürlich keine mehr. Was machte Tante Mariechen? Sie sauste durch den Mittelgang nach vorn. Dort standen besonders kleine Bänke, vielleicht für die Konfirmanden. Dorthinein zwängte sich die Tante, winkte mir zu und rief: »Ameikind, kommst du?«

Was blieb mir anderes übrig. Ich wandelte schamrot, aber würdig nach vorne, tat, als ob ich mit Tante Mariechen nichts zu tun hätte, kauerte mich in eines dieser Marterbänkchen. So hockte ich denn und wußte nicht, wohin mit dem langen Mantel und den langen Beinen. Die Kappe mit der Feder hatte ich schon längst in die Tasche gesteckt.

An Andacht war nicht zu denken. Ich war vollauf damit beschäftigt, mich zu ärgern. Dann bewies uns der Probepfarrer, wie sehr er des Wortes mächtig war, brüllte wie ein Löwe und wollte gar nicht aufhören. Ich dachte, wie ungerecht es doch wäre, daß hier, bei diesem lauten Menschen, die Gemeinde nur so in die Kirche strömte und dicht gedrängt saß, während Vater die schönste Predigt halten konnte, leise und eindringlich, und es kamen doch nur ein paar alte Frauen und natürlich wir, die Familie mit großem Aufgebot.

Studenten sah ich keine, aber ich wußte auch nicht genau, wie Studenten aussehen und ob sie etwas an sich haben, woran man sie erkennen kann. Nach dem Gottesdienst hielt mich Tante Mariechen fest und führte mich ihren Freundinnen vor, als wäre ich ein Preiskalb.

»Das ist meine Nichte!« rief sie und schob mich von einer zur anderen. »Sie studiert Jura und will einmal Jugendrichterin werden!« Dann kniff sie mich hinterrücks in den Po, damit ich freundlich lächeln sollte. »Wo hast du denn deine schöne Kappe gelassen?« fragte sie und zu den Freundinnen gewandt: »Sie steht ihr besonders gut!«

Ich zog die Kappe aus der Tasche mitsamt der gebrochenen Feder und setzte sie auf. Offenbar wirkte diese Kopfbedeckung nicht vorteilhaft, denn die Tante verstummte, und die Freundinnen verabschiedeten sich.

Nachmittags gingen wir zum Friedhof, weil Tante Mariechen einen Kranz auf Tante Luischens Grab legen wollte. Es war ein weiter Weg, und der Kranz war schwer. Wer trug ihn? Natürlich ich, ohne zu murren. Als wir am Grab angekommen waren, legte die Tante den Kranz nieder. Dann standen wir noch ein Weilchen andächtig herum. Tante Mariechen bewegte die Lippen. Ich wartete auf ein Sprüchlein, aber es kam keines. Da gingen wir wieder. Als wir in den Goldgraben einbogen, sagte sie etwas, was mich erschreckte: nämlich daß es ihre Sonntagsfreude wäre, an Tante Luischens Grab zu gehen. Auf diese Weise komme sie auch an die frische Luft ...

Zu Hause warf die Tante den scheußlichen Fuchspelz, den sie bei festlichen Anlässen trug, auf einen Sessel und sagte zu mir: »Wenn du an deine Eltern schreiben willst, dann kannst du dich an meinen Schreibtisch setzen, ich habe anderes zu tun.«

Das war nett von ihr, aber was machte sie gleich nach dieser guten Tat, am hellichten Sonntag? Sie wusch Wäsche, Strümpfe und anderes Zeug und hängte es über die Heizung. Es sah scheußlich aus, und ich konnte es nicht richtig finden. Am Sonntag sollte man ruhen oder in der Bibel lesen, aber auf keinen Fall Strümpfe waschen! So hatte ich es zu Hause gelernt, und ich kämpfte mit mir, ob ich Tante Mariechen darauf hinweisen sollte. »Tante Mariechen«, sollte ich sagen, »kennst du das dritte Gebot? Du sollst den Feiertag heiligen! Und was machst du? Du wäschst deine Strümpfe! Ist das Gott wohlgefällig?«

Ja, so hätte ich sie aufklären sollen, aber ich wollte die gute Stimmung nicht verderben, die seit dem Friedhofsbesuch über sie gekommen war. Ich tat so, als ob ich nicht sehen und hören würde, wie sie geschäftig hin und her lief, und schrieb einen Brief an Zuhause. Zum Glück hatte ich meinen Ärger und Kummer und die Enttäuschung mit dem Zimmer schon vorher im Tagebuch abgeladen. Ich hatte es einfach zur »dritten Türe rechts« mitgenommen und dort in aller Ruhe niedergeschrieben, was mich bedrückte. Hinterher hatte ich das Tagebuch abgeschlossen und unten in den Reisekorb gelegt. So wurde mein Brief an die Eltern zwar nicht gerade lustig, aber auch nicht herzzerreißend traurig. Die Geschichte vom Gebiß auf der Serviette behielt ich für mich. Mutter hätte sonst tagelang nichts mehr gegessen, so sehr hätte es ihr gegraust.

Als ich den Brief gerade ins Kuvert stecken wollte, hatte Tante Mariechen auch ihre große Wäsche hinter sich gebracht. Sie rief: »Halt, halt! Nicht zukleben! Ich will auch noch einen Gruß drunter schreiben!«

»Nein, Tantchen, das geht leider nicht, ich habe alle Ränder vollgeschrieben. Vielleicht könntest du deinen Gruß auf einen Extrazettel schreiben.«

»Nein!« rief sie und genierte sich nicht im geringsten. »Ich will lesen, was du geschrieben hast!« Ich dachte, ich hätte nicht richtig gehört. Sie gab einfach zu, daß sie einen fremden Brief lesen wollte. Nun, sie konnte meinen haben, weil er ja schon entgiftet war, aber was sollte ich mit meinem Tagebuch anfangen? Zwar konnte ich es abschließen, aber wenn sie den Schlüssel fand, was dann? Ach, sie brauchte ja keinen Schlüssel! Mit einer Haarnadel war es eine Kleinigkeit, das Schloß aufzustemmen. Wenn Tante Mariechen las, was ich über sie, ihren Geschmack und ihr Gebiß geschrieben hatte, dann stand ich schlecht da.

»Tante Mariechen«, sagte ich und nahm alle Kraft zusammen. »Mein Tagebuch ist tabu! Kein Mensch darf es lesen, weil ich meine innersten Gedanken darin offenbart habe!«

Oh, da warf sie sich aber in Positur und schwor, so etwas würde sie nie tun! Da sei Gott vor, daß ihre Augen je in fremde Tagebücher fielen!

Abends im Bett unterhielten wir uns noch ein bißchen. Ich fragte, warum sie nicht geheiratet hätte. So plump hatte ich es natürlich nicht formuliert. Es klang schon feiner und taktvoller. Eine Zeitlang blieb sie still, dann endlich bequemte sie sich zu einer Antwort.

»Er war mir zu schwach«, sagte sie.

O Himmel, wie froh konnte der Bursche sein, daß er ihr noch rechtzeitig entwischt war! dachte ich, und im selben Augenblick fingen die Brumbuschs an zu musizieren. Die Tante schäumte, und der Augenblick der Wahrheit war dahin.

Der schwarze Engel Eva

Wenn ich meine Erwartungen zurückschraubte, konnte ich in Göttingen auch manches Positive entdecken. Besonders beglückend fand ich, daß Tante Mariechen an allen sechs Wochentagen in der Augenklinik arbeitete. Morgens um sieben Uhr verließ sie das Haus und kehrte abends um sieben Uhr zurück. Erst dachte ich, es wäre zu schön, um wahr zu sein, und irgendwo müßte ein Wurm drinstecken, aber so scharf ich auch spähte, ich konnte keinen entdecken.

In aller Herrgottsfrühe stand die Tante auf, wusch sich in der beschriebenen Art und Weise, gurgelte, richtete den Frühstückstisch für uns beide, mümmelte ein Stück Brot, trank eine Tasse Kaffee und machte sich auf den Weg zur Arbeit. Vom gemeinsamen Frühstück war sie wieder abgekommen, denn dann hätte sie noch früher aufstehen müssen. Ich hätte es gerne getan und bot mich auch an, aber ich taugte nicht dazu. Zweimal schon hatte ich den Wecker überhört und ihn beim dritten Mal sogar unter das Kopfkissen gesteckt. Außerdem lief ich der Tante dauernd im Weg herum. Und ich war dazu übergegangen, in feiner Weise an ihren schlechten Gewohnheiten zu rütteln. Sobald sie ihr Gebiß von sich gab, deckte ich es mit einer Papierserviette zu. Erst hatte mir die Tante nur einen scharfen Blick zugeworfen, dann selber eine Serviette über das Ärgernis gebreitet, und schließlich war kein Gebiß mehr auf dem Eßtisch erschienen. Dies alles brachte Tante Mariechen zu der Überzeugung, daß ein gemeinsames Frühstück nicht so wünschenswert wäre, wie sie es sich ausgemalt hatte.

»Ameikind«, sagte sie am Abend zu mir, »ich will dir deinen morgendlichen Schlummer nicht rauben. Schlaf, so lange du willst, und wenn ich aus dem Haus bin, kannst du in aller Ruhe aufstehen.«

Das tat ich auch, war den ganzen Tag für mich allein und konnte tun und lassen, was ich wollte.

Ich marschierte durch Göttingen, ließ mich als Studentin einschreiben und füllte tausend Fragebogen aus. Erst fand ich mich schön und prächtig im grünen Mantel und braunen Käppchen, als ich aber bemerken mußte, daß sich kein Mensch nach mir umdrehte, ja, daß man mich nicht einmal wahrnahm, schwand das schöne Gefühl schnell dahin.

Studenten gab es genug. Sie hatten zwar keine hervorstechenden Eigenschaften, aber auf der Straße konnte man sie trotzdem erkennen, denn sie waren immer in Eile, zu Fuß und auf dem Fahrrad.

Häufig sah man sie auch in Gruppen, heftig gestikulierend und offenbar in Streitgespräche verwickelt. Besonders liebenswerte Exemplare fand ich nicht unter ihnen, mit Ausnahme eines Schwaben, der beim Bäcker »Grüß Gott!« sagte und »Oi Weckle!« verlangte. Es klang so lieb und rührend, daß mir ganz warm ums Herz wurde. Aber was ist *ein* netter Mensch gegen so viele andere? Ich war eben nicht in Heidelberg, wo man sein Herz verlieren kann, sondern in Göttingen. Hier gab es kein Schloß und keine romantische Mauer. Hier gab es Wälle rund um die Stadt, mit alten Bäumen und alten Bänken. Vater hatte davon geschwärmt. Dort hätten am Abend die Liebespärchen gesessen, und die Vögel hätten gezwitschert und die Bäume gerauscht ... Jetzt, im November, wehte auf dem Wall ein kalter Wind, die Bäume standen entblättert, und die Bänke luden nicht zum Sitzen ein. Ich lief in Richtung Goldgraben. Dort wartete ein warmes Stübchen auf mich, ein Radio und häusliche Pflichten, die mir Tante Mariechen sorgsam auf einen Zettel geschrieben hatte. *Frühstücksgeschirr spülen!* stand an erster Stelle.

Ich schleifte also das Geschirr in die Küche und hoffte

inständig, daß Frau Brumbusch nicht erscheinen würde, um über Tante Mariechen zu schimpfen. Herr Brumbusch, ihr Ehemann, war ein netter Mensch, der niemals laut wurde. Er kam oft in die Küche und schaute in seinen Eisschrank. Wenn er etwas zum Essen darin fand, dann aß er es gleich auf. Wenn nichts darin war, ging er mit hängendem Kopf zurück in sein Zimmer.

Ich ließ heißes Wasser aus *unserem* Boiler in *unsere* Waschschüssel laufen, holte *unseren* Lappen und *unsere* Handtücher und machte mich an *unsere* Arbeit. Tante Mariechen hatte mir dringlichst ans Herz gelegt – dreimal hatte sie es getan –, daß ich nur *unsere* Geräte, *unsere* Töpfe und *unsere* Seife benutzen dürfe, sonst gäbe es Streit. Sie hätte einmal einen solchen miterleben müssen, und zwar um den Topfkratzer der Frau Brumbusch! Nie wieder, in ihrem ganzen Leben wollte sie so etwas mitmachen!

»Ich sage dir, Ameikind«, rief sie, »es war schlimm! Deshalb sei vorsichtig und laß dich ja nicht erwischen!«

Kaum hatte ich mit dem Abspülen angefangen, wurde die Tür aufgerissen, und herein trat der Knickerbockermann. Er war beladen mit all den guten Sachen, die Herr Brumbusch in seinem Eisschrank so schmerzlich vermißte, und ließ seine Herrlichkeiten auf *unsere* Seite vom Küchentisch fallen, die ich gerade sorgfältig abgewischt und trockengerieben hatte. Er könne sich nichts Schöneres vorstellen, so sagte dieser Heuchler, als mit mir zusammen Geschirr zu spülen, aber leider müsse er sofort wieder verschwinden und ob ich eine Zigarette wolle?

»Nein! Keine Zigarette!«

»Aber ich könnte eine brauchen«, sagte Herr Brumbusch vom Eisschrank her, den er gerade wieder durchsucht hatte. Der Knickerbockermann hatte ein Einsehen. Herr Brumbusch bekam eine Schachtel Zigaretten und ich ein Kaugummipäckchen. Dann stürmte er davon und hinterließ die Küche unordentlich wie immer. Herr Brumbusch und ich hatten lange zu tun, bis alles aufgeräumt war. Zum Glück kam Frau Brumbusch später als erwartet.

»Seit wann übst du in der Küche, Kurt?« fragte sie. »Und wer hat hier geraucht?«

Wir antworteten beide nicht, weil man auf zwei Fragen keine gescheite Antwort geben kann.

Mein erster Eindruck von Uni, Studenten und Studium war niederschmetternd. Ich betrat das »Auditorium Maximum« im grünen Prachtmantel, eine Kollegmappe unter dem Arm, die mir meine Schwester Beate geschenkt hatte.

Wahrhaftig, es gab sie, die Hundertschaften der roten Martha! Wenn ich sie nicht schon auf dem Gang gehört hätte, brüllend, lachend, lärmend, ich wäre vermutlich in Ohnmacht gefallen. Ich war auch so nahe daran, denn so weit mein Auge blickte, es sah keine Sitzmöglichkeit und keinen wohlerzogenen jungen Mann, der Anstalten getroffen hätte, seinen Platz für mich zu räumen. Sollte ich mich etwa mit meinem neuen Mantel auf die Stufen zu Füßen der Herren setzen? Nun beschlug sich zu allem hin noch meine Brille. Das tat sie gern. Es war eine ihrer üblichen Schikanen, die mich aber nicht schrecken konnte. Ich sah zwar nichts mehr, aber ich hörte genug, um zu wissen, daß sie alle noch da waren. Ich lehnte die Mappe an das Rednerpult hinter mir und machte mich daran, die Brille zu putzen. Endlich, ich war schon in der Schlußphase der Reinigung, steigerte sich der Lärm zu einem urzeitlich schaurigen Trommelwirbel. Der große Schrecken hätte einen ankommen können. Dann aber – welche Erlösung! – wurde es totenstill. Jemand tippte von hinten auf meine Schulter. Wenn ich etwas nicht leiden kann, dann sind es Anbiederungen dieser Art. Ich drehte mich also um, bereit, dem frechen Menschen die Meinung zu sagen, da merkte ich auch ohne Brille, daß er kein Student sein konnte, denn er war sehr viel älter als die anderen hier und er sprach in die Stille hinein: »Können wir anfangen, meine Dame, oder benötigen Sie noch ein weiteres Viertelstündchen?« Dies hielt er offenbar für witzig, denn er blickte beifallheischend in die Runde, und die Herren Studenten wußten, was sich gehörte, und brachen in Lachen aus.

Ich nützte die Zeit, bis sie sich beruhigt hatten, und schaute nach einem freien Plätzchen aus. Siehe da! Ein Wunder war geschehen! In der ersten Reihe, direkt am Gang, winkte ein leerer Sitz, und neben ihm lächelte eine Frau zu mir herüber. Eine Frau? Was sage ich? Ein leibhaftiger Engel, vom Himmel herniedergestiegen, mir zu helfen.

Sie zog mich an wie ein Magnet, schon war ich unterwegs, schon saß ich neben ihr. Von diesem bevorzugten Platz aus hatte ich einen freien Blick auf den Herrn hinter dem Pult. Seine Züge wirkten eher grämlich als durchgeistigt, sein Auge matt, sein Haar schütter. So hatte ich mir einen Professor nicht vorgestellt. Ich dachte immer, es wäre etwas Besonderes an ihnen, nicht gerade ein Heiligenschein, aber doch eine gewisse Ausstrahlung. Schließlich hatten solche Professoren jede Menge Prüfungen hinter sich gebracht und beherrschten ihr Fach wie sonst niemand auf der Welt. Und nun, wie sah es mit diesem hier aus? Sein Anzug war abgetragen, seine Rocktaschen verbeult, und zu meinem Entsetzen trug er sogar Hosenträger. Dazu redete er pausenlos und fischte immer neue Zettel aus seinen Taschen. Von diesen »Spickzetteln« – ich kann sie nicht anders nennen – las er ab, ohne sich zu genieren und ohne ein einziges Mal aufzuschauen. Während der Professor seine Vorlesung hielt und Zettel aus der Tasche zog, betrachtete ich entzückt und verstohlen das Antlitz des Engels, der neben mir saß. Himmlisch das schwarze glatte Haar, in der Mitte gescheitelt und im Nacken zu einem Knoten geschlungen. Ich verabscheue Knoten, die kleinen wie die großen, nenne sie »Glaubensfrüchte« und »Hallelujazwiebeln«, aber vor der Pracht dieses Knotens wandelte sich meine Abscheu in schiere Bewunderung. Ihr

Gesicht, ebenmäßig und zartbraun, kannte keinen Pickel und keine Sommersprosse. Wie kam eine solche Prinzessin in einen solchen Hörsaal? Warum war sie nicht längst von liebeshungrigen Jägern zur Strecke gebracht und von einem Königssohn über die Schwelle seines Schlosses getragen worden? So dachte ich und verstand die Welt nicht mehr. Die Schöne flüsterte Interessantes in mein Ohr, daß sie zum Beispiel »Eva« heiße und schon einige Semester Jura studiere und daß es ein irrsinnig großes Gebiet sei. Nach langer Zeit klappte der Professor seinen Mund zu, raffte den Zettelsalat zusammen und verschwand. Wieder ertönte der urzeitliche Trommelwirbel.

»Warum macht man das, Eva?«

»Weiß ich doch nicht!« sagte sie. »Es ist halt so. Vorher und nachher wird getrommelt, wenn's nicht gar so schlecht war, sonst kannst du auch mit den Füßen scharren, aber man hört es sowieso nicht.«

Was für ein Glück für mich, daß ich diese himmlische Eva an meiner Seite hatte. Sie kannte alles, sie wußte alles, und es kam mir vor, als mache es ihr geradezu Spaß, mich in das studentische Leben einzuführen.

Ob ich schon fechten könne, fragte sie.

»Nein, natürlich nicht! Wo hätte ich es denn lernen sollen? In der Schule haben wir immer nur Bockspringen gemacht oder Völkerball gespielt.« Zum Glück fiel mir Onkel Wilhelm ein. »Aber ich hab' einen Onkel, der kann fechten. Jedenfalls hat er eine gräßliche rote Narbe im Gesicht. Einen Schmiß, so nennt er das, und ist richtig stolz darauf. Er sagt, es ist ein Zeichen seiner Tapferkeit!«

»Na, du hast vielleicht einen klugen Onkel«, meinte die schöne Eva. »Wieviel hundert Jahre ist der denn schon alt? Heutzutage bringt man sich keine Schmisse mehr bei. Da geht es um den Sport und nicht um verrücktgewordene Haudegen. Also, wenn du noch nicht fechten kannst, dann mußt du es lernen. Mit Studentenausweis kostet es dich keinen müden Penny und macht irrsinnigen Spaß. Keine Sorge, ich führ' dich da ein! Du könntest es natürlich auch mit Jiu Jitsu probieren. Kannst du was einstecken?«

»Wie meinst du das jetzt mit dem Einstecken? Also, wenn ich mit meinen Brüdern kämpfe, dann siege ich meistens, weil ich sie beiße oder kneife ...«

»Nun ja«, meinte sie, »das war natürlich nicht gemeint. Aber einen Sport mußt du unbedingt treiben, du siehst ziemlich schlapp aus!«

Zusammen mit Eva ging ich in die nächste Vorlesung ›Deutsches Privatrecht‹. An ihrer Seite fand ich immer einen Platz. Die Herren Kommilitonen brachten sich schier um, wenn sie Eva sahen, winkten und schnipsten mit den Fingern, um uns zu sich zu locken.

In dieser Universität war man dauernd auf Wanderschaft, denn jede Vorlesung fand in einem anderen Hörsaal statt. Der vornehmste von allen und auch der größte war das »Audimax«* mit zweihundert Plätzen. Man saß wie im Amphitheater und schaute hinunter auf die Arena. Leider gab es dort unten nur wenig zu sehen. Keine wilden Tiere brüllten, keine Gladiatoren kämpften. Nur ein einsamer Professor stand hinter dem Rednerpult und las vor. Es spritzte kein Blut und nur wenig Geist. Meistens war es langweilig, aber nicht immer.

Da gab es einen Professor von Tietke, in früheren Zeiten eine Koryphäe der Rechtswissenschaft, jetzt vielleicht schon ein bißchen alt. Er kam herein, klein und mit einem Hörrohr bewaffnet, stellte sich hinter das Pult und krähte. Ja, er krähte wie ein gut trainierter Hahn, ob er's tat, um den Morgen zu verkünden und die schlafenden Studenten zu wecken – wer wußte das. Jedenfalls war das Krähen sehr komisch, aber kein Kommilitone lachte oder verzog auch nur eine Miene. Offenbar hatten sie sich daran gewöhnt.

---

* Abkürzung von Auditorium Maximum = größter Hörsaal.

Jetzt endlich kam Beates Kollegmappe mit Heft und Stiften zu Ehren. Ich schrieb so schnell, daß mir die Finger zitterten, denn alles, was er krähte, schien ungeheuer wichtig zu sein. Die schöne Eva gab mir einen Schubs. »Um Himmels willen, du brauchst nicht alles mitzuschreiben!« zischte sie mir ins Ohr. »Wer wird denn gleich zum Äußersten schreiten. Er hat ein Gedächtnisbuch veröffentlicht, da steht alles drin, was er später mal hören will, in Prüfungen und so. Verlaß dich drauf, gleich wird er es empfehlen!«

Es waren keine fünf Minuten vergangen, da hielt er es schon in die Höhe und empfahl es wärmstens. Es war ziemlich teuer, aber ich würde es trotzdem kaufen.

Professor von Tietke krähte nicht nur, nein, er räusperte sich auch in einer Weise, die mich wahnsinnig machte. Tante Mariechens morgendliche Räusperorgien waren Musik dagegen.

Zuerst hoffte ich, er hätte vielleicht einen Frosch im Hals, aber die schöne Eva meinte, das wäre seine Art, und ich würde mich daran gewöhnen.

Doch alle Sonderbarkeiten nahm man gerne in Kauf, denn dieser Professor hatte einen unschätzbaren Vorzug: Er war niemals langweilig. Ein Satz von ihm machte auf mich einen besonders tiefen Eindruck, obwohl die schöne Eva fand, er sei irrsinnig blöd.

»Ein Richter«, so krähte er, »muß sein wie ein griesegrimmer Löwe, der sich alles 123mal überlegt!«

Als ob es irgendwo auf der Welt einen Löwen gäbe, der sich alles 123mal überlegt!

Nach der Vorlesung trommelten die Studenten wie besessen. Ich machte mit, erst vorsichtig und leise, dann aber mit immer größerer Begeisterung.

Der Professor ging mit kleinen Schlurfeschritten zur Tür. Er lächelte selig, denn für diesen Applaus brauchte er kein Hörrohr.

Kaum war er draußen, da schleppte mich meine Beschützerin in eine Vorlesung über ›Deutsches Steuerrecht‹.

Das wäre ein Pflichtfach für das erste Semester, behauptete sie. Wieder einmal mußte ich erleben, wie dumm ich war, daß ich keinen Durchblick hatte und überhaupt in der falschen Fakultät saß. Ich erzählte der schönen Eva, ich wolle Jugendrichterin werden und bräuchte mich deshalb mit Steuerrecht nicht zu belasten. Sie lachte nur und meinte, meine Vorstellungen vom Studium wären irgendwie rührend, ja fast ein bißchen lächerlich, und ob wir jetzt zusammen in der Mensa essen gehen wollten?

Ich hätte gerne gewollt, aber Tante Mariechen fand die Mensa zu teuer. Sie wollte, daß ich im Frauenverein äße, da kostete die Mahlzeit zwei Mark fünfzig.

»Als arme Pfarrerstochter kannst du es dir nicht leisten, wählerisch zu sein. Das Essen im Frauenverein ist recht ordentlich und die Gesellschaft auch.«

Ich nahm mir vor, die zwei Mark fünfzig zu sparen. So viel Geld einfach hinunterzuschlucken, nein, da wäre ich schön dumm.

Zu Eva sagte ich, das Steuerrecht hätte mir den Appetit verdorben, und ich müßte jetzt ganz schnell nach Hause. Sie nahm es freundlich hin und lächelte einem Kommilitonen zu, der in der Nähe stand. Er strahlte auf, warf sich an ihre Seite, und schon waren sie im Gedränge verschwunden.

Auch den Ausdruck »Kommilitone« hatte ich von Eva gelernt. »Es klingt irrsinnig blöd, wenn du sagst: Der ist auch ein Student oder gar: der ist ein Mitstudent!« sagte sie und runzelte die schöne Stirn. »Und wenn du jemanden vorstellst mit den Worten, ›das ist meine Freundin‹ oder ›mein Bekannter‹, dann machst du dich absolut lächerlich. Es heißt Kommilitone und Kommilitonin. Du mußt es einfach lernen!«

Bei Tante Mariechen nahm ich mir den Duden vor. Dort stand: *Kommilitone = Studiengenosse*. Kein Zweifel, Kommilitone klang besser.

Ohne Tante Mariechen fand ich unser Zimmer eigentlich ganz angenehm. Ich konnte das Radio andrehen und am Schreibtisch sitzen, sooft ich Zeit und Lust hatte. Lust hätte ich schon gehabt, aber keine Zeit, denn ich hatte mir vorgenommen, am Nachmittag in eine psychologische Vorlesung zu gehen. Schon zu Hause hatte ich mit dem Gedanken an die Psychologie geliebäugelt, und während dieser steuerrechtlichen Vorlesung war es mir vollends klargeworden: Eine zukünftige Jugendrichterin mußte vor allen Dingen psychologisch gebildet sein! Darum war es nötig, daß ich beide Fächer belegte: Psychologie und Jura, aber vorher wollte ich mir die Sache näher betrachten. Also auf zur ›Psychologie der Jugend‹.

Der Weg zum Psychologischen Institut dehnte sich qualvoll. Trotzdem war es ein Schritt in die richtige Richtung, denn bei den Psychologen gefiel es mir. Dort ging es richtig menschlich zu, und man konnte auch für sich selber etwas lernen.

Der Psychologieprofessor saß auf einem Sessel, die Beine übereinandergeschlagen, und verbreitete eine behagliche Atmosphäre. Er sprach über Prüfungsängste und wie unnötig sie wären. Dann gab er uns einen wunderbaren Rat.

»Stellen Sie sich«, sagte er, »die Prüfer einfach in Unterhosen vor, womöglich in langen, loddeligen, und schon haben Sie die leidige Angst überwunden!«

Wenn das der Sohn von Minister Neumann gewußt hätte, dann hätte er nicht in Ohnmacht fallen müssen. Dr. Brosch allerdings, soweit ich ihn kannte, wäre mit diesem psychologisch so wertvollen Rat nicht zufrieden gewesen. Es klang mir noch in den Ohren, wie er geschimpft und gesagt hatte: »Hätte der faule Bursche gelernt, dann wäre ihm das nicht passiert!«

Was mich betrifft, so war mir der Rat des Psychologen lieber. Ich besitze eine blühende Phantasie und kann mir ohne weiteres Leute in Unterhosen vorstellen, selbst wenn es Professoren sind. Deshalb beschloß ich, lieber meine

Phantasie walten zu lassen, als für ein juristisches Examen zu büffeln. Abends erzählte ich Tante Mariechen vom guten Rat des Professors.

»Ist es nicht toll, Tante Mariechen? Was sagst du dazu?«
»Dieser Professor sollte sich schämen!«

Die erste Fechtstunde hatte ich schon hinter mir, den Muskelkater nicht. So anstrengend hatte ich mir das Fechten nicht vorgestellt. Ich dachte, man würde gleich ein Florett in die Hand bekommen, und dann ging's los mit hopphe und immer tüchtig drauf. Von wegen! Eine geschlagene Stunde verrichteten wir Beinarbeit und übten den »Ausfall«. Mir zitterten die Knie, und ich war einem Zusammenbruch nahe. Dem Fechtlehrer aber machte die Sache Spaß. Er strahlte übers ganze Gesicht, besonders wenn er Evas schöne Beine betrachtete ... Sonst gab es nicht viel zu sehen und zu bewundern. Unsere Köpfe waren hinter Gittermasken versteckt, unsere Brüste hinter wattiertem Brustschutz geborgen.

Diese erste Fechtstunde machte mich nachdenklich. Ich mußte an Onkel Wilhelm denken und an die scheußliche rote Schramme in seinem Gesicht. Natürlich hatte Onkel Wilhelm damals mit bloßem Degen gefochten, unsere Florette hatten sogar noch eine Kugel auf der Spitze, damit ja nichts passieren konnte. Aber, wie sagt Tante Mariechen? »Wer sich in Gefahr begibt, kommt darin um!«

Das einzig Schöne am Fechten war die warme Dusche im Waschraum. Sie genoß ich von ganzem Herzen und nahm dafür Fechtlehrer und Muskelkater in Kauf. Mit jeder Fechtstunde wuchsen meine Zweifel, ob es nicht klüger wäre, Jiu Jitsu zu lernen. Fast jeden Abend lief ich über den Wall, mutterseelenallein. Bis jetzt war mir noch niemand zu nahe getreten, trotzdem, es konnte ja mal einer kommen. Ein paar Griffe und Kniffe zu beherrschen würde beruhigend sein und die Männer in Schach halten. Darum entschloß ich mich, zum Jiu Jitsu zu gehen.

Eva sagte, ich würde mein blaues Wunder erleben, und lachte dabei, als hätte sie einen tollen Witz gemacht. Vor der Turnhalle, in der die Jiu-Jitsu-Leute trainierten, verabschiedete sie sich, wünschte viel Glück und sagte, sie könne es sich heute nicht zumuten, sie habe ihre Tage.

Also mußte ich allein der Sache entgegentreten. Ich war guten Mutes, bis ich vor der Tür stand und unerfreulich krachende, knallende Geräusche hörte. Ich dachte, was machen die denn, das hört sich ja scheußlich an! Dann trat ich ein und schnell wieder hinaus. Sie übten das Fallen. Sie warfen sich gegenseitig um. Zwar verbissen sie den Schmerz, aber es sah grauenvoll aus.

Da wurde ich wieder nachdenklich. Warum, um alles in der Welt, sollte ich mir die Knochen freiwillig brechen lassen? Wenn jemand mich anfallen würde, könnte ich beißen und kneifen. Schließlich hatte ich zwei große Brüder und war noch immer mit ihnen fertig geworden. Dazu brauchte ich kein Jiu Jitsu. Nach gründlicher Überlegung gelangte ich zu dem Schluß, mich lieber dem Studium zu widmen, anstatt derart gefährlichen Sport zu treiben.

Ich mußte an Vater denken und was er zu mir gesagt hatte mit den Kleinen und daß er sie mir anvertrauen wolle. Nein, da durfte ich nicht nur an mich denken, da mußte ich auch auf etwas verzichten können.

Die schöne Eva sollte ruhig weiter Sport treiben. Sie sah nicht so aus, als ob ihr kleine Geschwister an den Rockschößen hingen.

Abends im Bett überlegte ich mir, warum gerade sie, die Schönste aller Schönen, mich unter ihre Fittiche genommen hatte. Vielleicht hatte ich ihr Mitleid erregt, weil ich mit meiner Brille gar so hilflos und ungeschickt wirkte. Es konnte natürlich auch möglich sein, daß sie mich als passenden Hintergrund wählte, zum gefälligen Vergleich: Schaut euch das an, Leute! So können Frauen aussehen und so auch ... Ich seufzte.

Da sagte Tante Mariechen aus ihrer Kissenburg heraus:

»Ich an deiner Stelle würde keine Brille aufsetzen. Sie steht dir nicht! Schlaf schön, träum schön, laß dir's wohl ergehen!« Langsam glaubte ich daran, daß Tante Mariechen Gedanken lesen kann.

Horrortrip im Audimax

Ach, die Lieben zu Hause! Endlich, nach sechs Tagen, kam ein Brief von Mutter und ein Kruschtpäckchen von Gitti. Mutter schrieb:

Halte durch, mein Kind! Ich denke immer an Dich und bete für Dich. Du mußt lernen, Deinen Mund zu halten und die Tante nicht unnötig zu reizen!

Ach, sie hatte ja nicht die geringste Ahnung von dem, was ich erduldete! Nur weil sie meine Mutter war und ich sie liebte, nur deshalb wollte ich ihr nicht wünschen, daß sie so lange wie ich mit Tante Mariechen in einem Zimmer leben mußte und ihr Gebiß auf dem Eßtisch ertragen und die Wascherei vor jedermanns Augen. Aber vielleicht hätte es ihr gutgetan, wenigstens einen Tag mit der Tante zu verbringen. Dann hätte sie vermutlich nicht geschrieben, ich solle meinen Mund halten und Tante Mariechen nicht reizen. In Gittis Kruschtpäckchen fand ich drei Glanzbilder, eine angelutschte Lakritzstange und ein paar bunte Steinchen. Lauter unnütze Dinge, trotzdem rührten sie mein Herz. Ich kämpfte mit den Tränen und dachte voller Liebe an die kleine Schwester.

Auch an Tante Mariechen konnte ich seit ein paar Tagen nur noch in Liebe denken. Die Arme! Sie hatte ein Furunkel am Po und mußte in einem Rettungsring sitzen, weil es sonst unerträglich für sie gewesen wäre. In die Augenklinik ging sie, Gott sei Dank, immer noch, getreu ihrem Wahlspruch: »Gelobt sei, was hart macht!« Aber zu Abendveranstaltungen raffte sie sich nicht mehr auf, denn mit dem Rettungsring unter dem Arm konnte sie beim besten Willen nicht in Konzerten und Vorträgen erscheinen.

Am Freitagabend lockte die Kantorei mit einer Kantate von Ernst Pepping. Tante Mariechen blieb allein, aber ihre Traurigkeit hielt sich in Grenzen. Musik bekam sie von Brumbuschs frei Haus geliefert, und mit Pepping und moderner Kirchenmusik hatte sie ohnehin nichts im Sinn. Also ging ich allein und freute mich auf den Kunstgenuß, und weil ich früh dran war, bekam ich sogar einen guten Platz. Aber schlurfte da nicht im letzten Augenblick ein Mensch durch den Mittelgang, ließ sich auf den freien Platz neben mir fallen, rülpste, fluchte und war ganz fürchterlich betrunken? Meine Andacht schwand dahin. Ich konnte mich nur noch ärgern.

Was das Furunkel betrifft, so sollte niemand annehmen, daß es das reine Honigschlecken für mich war. Ich mußte kochen und putzen und Tante Mariechen aufmuntern, wenn sie von der Augenklinik kam und sich aufjaulend im Rettungsring niederließ. So leid sie mir tat, ich sehnte mich hinaus, unter Menschen. Auf dem Weg zur Uni traf ich ein Mädchen, keine Juristin, ich sah es auf den ersten Blick und tippte auf Germanistin, was sie dann auch war. Sie lud mich in die Studentengemeinde ein. Dort gäbe es Kaffee und Kuchen und eine Menge Kleinkreise, für jeden Geschmack einen.

Mit Kaffee und Kuchen kann man mich nicht ködern, mit »Kreisen« noch viel weniger. Mir wird schlecht, wenn ich an all die Kreise denke, die ich als Pfarrerstochter besuchen mußte: Bibelkreis und Singkreis, Jungmädchenkreis, Frauenkreis, Handarbeitskreis und schließlich noch den Vorbereitungskreis für all die anderen. Wohl gefühlt habe ich mich in keinem, aber hingegangen bin ich doch. Mutter konnte so kummervoll gen Himmel blicken und dabei hauchen: »Tu's für deinen Vater, Kind!« Wer wollte da widersprechen und sagen: »Nein, diesmal nicht! Ich geh' ins Kino!«

Ich habe etwas gegen Kreise, aber gegen Tante Mariechens Abendzeremonie habe ich noch viel mehr, vor allem gegen die Streiterei mit Brumbuschs. Komisch, ins Konzert geht sie gern. Bei Mozart und Bach schließt sie selig die Augen, und ich sitze neben ihr und kann es nicht fassen.

»Tante Mariechen«, sage ich, »warum kannst du Brumbuschs nicht leiden? Sie spielen gut, ja wirklich, und schöner können wir's doch gar nicht haben. Wir liegen gemütlich im Bett, hören zu und zahlen keinen Penny!«

»Genau das ist es«, antwortete die Tante. »Alles zu seiner Zeit und am rechten Ort. Wenn ich Musik hören will, gehe ich ins Konzert und zahle dafür, was ich schuldig bin. Wenn ich aber im Bett liege, will ich schlafen und keine Musik hören, schon gar nicht die von Brumbuschs!« So hat sie ihre Prinzipien, und was soll man dagegen einwenden. Nichts!

»Ade, Tantchen!« kann man sagen. »Sei mir nicht böse, aber ich muß heute in die Studentengemeinde gehen. Ich hab's versprochen! Gell, das verstehst du?«

»Natürlich verstehe ich das! Ich bin ja auch einmal jung gewesen! Aber eines muß ich dir sagen! Ich fürchte sehr, daß in der Studentengemeinde nur Theologen herumschwirren. Kein böses Wort über die Theologen, nichts liegt mir ferner, aber, und das wirst du von deinem Elternhaus her wissen, mit weltlichen Gütern sind sie nicht gesegnet. Da lob' ich mir einen Arzt mit gutgehender Praxis oder einen Rechtsanwalt.«

»Tante Mariechen«, antwortete ich, »damit das klar ist! Ich bin nicht hier, um Bekanntschaften zu schließen, ich will studieren und Jugendrichterin werden!«

»Ja, ja, Kind, es ist schon recht, und daß du mir ja nicht zu spät nach Hause kommst. Punkt zehn Uhr ist Zapfenstreich!«

Der Weg vom Goldgraben zum Haus der Studentengemeinde führt über den westlichen Wall. Tagsüber ist es schön dort, nachts nicht. Ich sauste denn auch den Weg entlang wie eine Rakete und atmete erleichtert auf, als ich das Haus der Studentengemeinde hell erleuchtet unten liegen sah. Es herrschte reges Treiben. In jedem Zimmer saß ein anderer Kreis beieinander. Die Kurrende sang, der Laienspielkreis spielte Theater. Sie probten ein Krippenspiel und lachten dabei so unbändig, daß einer vom Stuhl fiel. Das stieß mich ab. Schließlich geriet ich in eine Gruppe, die sich »Juristenkleinkreis« nannte, so klein aber auch nicht war. Ich zählte drei Mädchen und etwa dreißig Männer. Sie diskutierten über christliche Politik und waren so ins Gespräch vertieft, daß sie gar nicht merkten, wie ich Platz nahm. Ich sah ein paar Juristen, die ich aus Vorlesungen kannte, und ich hörte schwäbische Laute. Ach, wie klang das so heimatlich und vertraut!

Nichts gegen die Juristen, aber sie sind, das muß man einfach sehen, etwas langweilig. Sie reden und reden und flechten Fremdwörter ein und lassen niemanden sonst zu Wort kommen. So etwas kann ich schwer verkraften, und ich dachte, daß die alte Redewendung: »Er war Jurist, und sie war auch dumm!« nicht ganz aus der Luft gegriffen sei.

Da gefielen mir die Schwaben schon besser. Die nette Germanistin flüsterte mir ins Ohr, es handle sich bei ihnen um Theologen, und sie seien richtig süß. Leider diskutierten auch sie, daß ihnen die Köpfe rauchten, und weil die Kuchenteller schon alle leer gegessen waren, konnte man ihnen die Münder nicht einmal mit Kuchen stopfen. Zehn Minuten vor zehn diskutierten sie immer noch! Ich war kein einziges Mal zu Wort gekommen, obwohl auch ich so einiges zur christlichen Politik zu sagen gehabt hätte. Es half alles nichts, ich mußte fort, denn Tante Mariechen konnte so spitz wie eine Stecknadel werden, wenn ihr etwas nicht paßte. Ich rankte mich vorsichtig empor, obwohl ich ohne aufzufallen hätte brüllen können wie ein Löwe. Die Herren waren viel zu sehr mit sich selber beschäftigt, um mich auch nur wahrzunehmen. Einer der Schwaben hob allerdings erstaunt den Kopf und fragte: »Ja wie? Wollet Se scho gehe? Jetzt fangt's doch erst richtig a.«

Ja, bei ihm, da fing es jetzt vielleicht »erst richtig a«. Bei mir war Zapfenstreich!

Als ich über den dunklen Wall heimwärts rannte, wäre es jedem Menschen schlecht ergangen, der sich an mich herangetraut hätte. Auch ohne Jiu Jitsu und Fechttraining hätte ich ihn fertiggemacht. Aber es kam keiner.

Zu Hause war die Sache mit Brumbuschs bereits gelaufen. Tante Mariechen lag im Bett, aber anstatt froh und glücklich zu sein, daß ich so pünktlich zur Stelle war, fing sie an, mit mir herumzuzetern, weil ich, man höre und staune, allein gekommen war!

»Ja wie, ja was? Hat dich denn niemand nach Hause gebracht? Warum trägst du auch diese häßliche Brille!«

»Weil ich ohne Brille nichts sehen kann! Ich bin nämlich kurzsichtig, falls du das noch nicht bemerkt hast, Tante Mariechen!«

»Na gut, dann bist du eben kurzsichtig! So genau braucht man nicht alles zu sehen!« Sie stopfte sich eines ihrer tausend Kissen unter den Kopf, dann fing sie wieder an. »Und daß du mir ja nicht mit einem alleine ankommst! Mindestens zwei müssen es sein! Am besten drei!«

»Und woher soll ich sie nehmen?«

»Nimm ein Lasso und fang sie dir ein!« Dann drehte sie sich auf die Seite, sagte: »Schlaf schön, träum schön«, und schlief ein.

An jedem Montagmorgen um Viertel vor acht versammelte sich die Studentengemeinde, oder wenigstens ein paar Getreue, in der Nicolaikirche zu einer Morgenwache. Durch die nette Germanistin hörte ich davon und ging hin, obwohl es mir schwerfiel, so früh am Morgen aufzustehen. Ich dachte aber, es könnte auf keinen Fall schaden, mit Gottes Wort in die neue Woche zu gehen.

Die Kirche lag im angenehmen Dämmerlicht. Ich fror leise vor mich hin und träumte von meinen Lieben zu Hause.

Als wir das Schlußlied gesungen hatten, war mir's kalt bis ans Herz hinan, aber ich hatte ein gutes Gefühl und die feste Hoffnung, der Himmel werde nun auch ein Einsehen haben und alles zum Besten wenden, was mir in Göttingen nicht gefiel.

Tatsächlich, es passierte etwas, aber leider nicht das, was ich erhofft hatte. Ein unansehnlicher Mensch mit pickeligem Gesicht und strähnigem Haar gesellte sich zu mir. Ich wandte mich ab und tat, als hätte ich nichts bemerkt. Aber er stiefelte tapfer neben mir her, räusperte sich und wollte offensichtlich etwas loswerden. »Stimmt es, daß Sie Juristin sind?«

»Ja das stimmt. Und jetzt muß ich mich beeilen.«

»Kennen Sie die Evangelischen Studententage?«

»Nein, ich kenne sie nicht und ich will sie auch nicht kennenlernen, weil ich nämlich zur Vorlesung muß!«

Er äußerte sich nicht dazu und legte los: »Es ist wichtig, daß gerade die Juristen von den Evangelischen Studententagen erfahren. Werben Sie dafür! Laden Sie dazu ein! Gleich jetzt im Audimax!«

»Nein, das tu' ich nicht. Das kommt überhaupt nicht in Frage. Suchen Sie sich eine andere aus.«

Er kramte in seinen Taschen.

»Hier ist ein Prospekt mit den wichtigsten Daten!« Er drückte mir ein zerknittertes Papier in die Hand, bog in eine Seitenstraße ein und ließ mich in Zorn und Verwirrung zurück.

»Halt, mein Lieber«, hätte ich sagen sollen und ihn festhalten am speckigen Kragen. »Was fällt Ihnen ein! Wie komme ich dazu, für Ihre Studententage zu werben? Machen Sie das gefälligst selber!« Ja, so hätte ich sagen sollen, und jede vernünftige Person hätte es auch getan. Aber auf solche Typen fiel ich herein. Da brauchte jemand nur ärmlich auszusehen und ein trauriges Gesicht zu machen, schon floß ich über vor Mitleid, bekam ein schlechtes Gewissen und machte Sachen, die mir von Herzen zuwider waren. Ich helfe gerne, aber diesen spottlustigen Juristen im Audimax die Evangelischen Studententage ans Herz zu legen, das ging zu weit, das konnte kein Mensch von mir verlangen. Die schöne Eva fiel mir ein, und wie sie die Lippen kräuseln würde und die edle Nase rümpfen. Nein, ich war nicht die Richtige! Ich konnte nicht mit Jesaja sprechen: »Hier bin ich, Herr, sende mich!« »Zeugnisablegen« war mir schon immer ein Greuel. Auch wenn sich nach einer Evangelisation der ganze Mädchenkreis bekehrte und Zeugnis ablegte, ich nicht, ich nie! Ich genierte mich zu Tode.

Das Audimax war wie immer besetzt bis auf den letzten Platz. Da saßen und standen sie herum, brüllten sich Witze in die Ohren und hielten ihre Bäuche vor Lachen. Professor Freese mit seiner ›Deutschen Rechtsgeschichte‹ würde nicht lange auf sich warten lassen. Wenn überhaupt, dann mußte ich jetzt vor das Volk treten. Ich versuchte, einen Ton herauszuquetschen. Es ging nicht! Auch wenn ich hätte reden wollen, ich brachte nichts zustande. Ich war stumm geworden! Entsetzlich!

Der Psychologieprofessor fiel mir ein mit seinem todsicheren Tip. In Unterhosen sollte ich mir die Leute vorstellen, die mir Angst einflößten, in langen, loddeligen. Ich versuchte es, hielt aber der Horrorvorstellung nicht lange stand. Mit einem oder zwei Professoren hätte die Sache vielleicht geklappt, aber nicht mit zweihundert Studenten. Ich ließ die Unterhosen fallen und schickte dafür ein Stoßgebet gen Himmel. Dann stellte ich mich vor das Pult und tat das, was mir Tante Mariechen schon lange geraten hatte. Ich zog die gelbe Hornbrille von der Nase, steckte sie in die Tasche und lächelte freundlich in die Runde. Da wurde es, o Wunder, mucksmäuschenstill im Hörsaal, und ich begann in aller Ruhe, die Evangelischen Studententage anzupreisen. Was für Gesichter die Damen und Herren Kommilitonen machten, sah ich nicht. Ob die schöne Eva wie immer in der vordersten Reihe saß, sah ich auch nicht, denn ohne Brille bin ich blind wie ein Maulwurf.

Kaum war ich fertig, da hielt auch schon Professor Freese Einzug. Man klopfte Beifall, für ihn, für mich, mir war's egal. Ich hatte es hinter mich gebracht, sogar mit Anstand.

»So, sind Sie auch mal wieder da?« fragte der Professor, als er mich vorne stehen sah. »Man sieht Sie selten!«

Ich setzte die Brille wieder auf die Nase, fand einen Platz und tat, als ob ich interessiert zuhörte. In Wirklichkeit aber versuchte ich, meine Fassung zurückzugewinnen und ruhig durchzuatmen. Erst beim Schlußapplaus war ich soweit und wanderte wie gewohnt zur nächsten Vorlesung.

Plötzlich stand der unansehnliche Mensch, der Wurzelzwerg, vor mir und versperrte den Weg. Diesmal zog er kein zerknittertes Papier aus der Tasche, sondern einen rotbackigen Apfel und hielt ihn mir entgegen.

Eigentlich hatte ich sagen wollen: »Behalten Sie ihn! Ich esse keine Äpfel aus fremden Hosentaschen!« Aber ich brachte es wieder einmal nicht fertig. Ich nahm den Apfel, sagte brav: »Danke schön! Der wird mir aber schmecken« und ging weiter.

»Tatü, tata!« rief die schöne Eva, als ich mit dem Apfel in der Hand an ihr vorbeikam. »Darf man mal beißen?«

»Du kannst ihn ganz haben!« sagte ich und gab ihr den Apfel. Sie biß hinein, daß es nur so knirschte. Als sie ihn aufgegessen hatte, verriet ich ihr nicht, daß er aus der Hosentasche eines schmuddeligen Burschen stammte. Ich verzichtete darauf und bewies damit, daß ich auf dem besten Weg war, ein neuer, besserer Mensch zu werden.

Badevergnügen in der Bahnhofshalle und die Fackel in der Regentonne

Drei Wochen lang mußte ich ohne Bad dahinvegetieren und mich von Hand waschen, zwar gründlich von oben bis unten, aber ohne jegliches Vergnügen. Dann war es endlich soweit, ich durfte baden.

Doch der Genuß hielt sich in Grenzen. Vielleicht hätte ich es genossen, wenn dieses Bad in einem netten Rahmen stattgefunden hätte, zum Beispiel in einem normalen Badezimmer, abschließbar und heimelig. Aber das Bad, in das Tante Mariechen mich führte, war so weit entfernt von einem normalen Bad, daß ich erst viele Male schlucken mußte und tief Luft holen, bis ich Tante Mariechen auf ihre Frage, wie es mir gefalle, mit »gut!« antworten konnte.

Es war erschreckend groß und belebt wie eine Bahnhofshalle, weißgekachelt bis zur Decke, Regale an den Wänden mit furchterregenden Instrumenten darauf. Dieses Bad befand sich in der Augenklinik.

Die Wanne bildete den Mittelpunkt des Raumes, und ganze Völkerscharen von weißgekleidetem Krankenhauspersonal wälzten sich durch die eine Tür, an mir und der Wanne vorbei und durch die andere Tür wieder hinaus.

Die rechte Freude und Gemütlichkeit wollte nicht aufkommen. Es fehlte das wohlriechende Badesalz. Statt dessen hatte die gute Tante ein Desinfektionsmittel ins Badewasser gespritzt, das nach Krankenhaus roch, und nicht einmal das Wasser trübte.

Immer wieder nahte ein weißgekleideter Mensch und wollte wissen, was ich hier zu suchen hätte und zu welcher Abteilung ich gehörte und ob ich tatsächlich glaubte, dieses Bad würde meinen Augen guttun? Blieb einer zu lange stehen, dann schoß Tante Mariechen herbei, musterte ihn mit kaltem Blick und fragte mit wünschenswerter Deutlichkeit, was er denn hier zu suchen hätte?

»Tante Mariechen«, klagte ich auf dem Heimweg, »Tante Mariechen, ich halte das nicht aus! Ich bin es nicht gewohnt, in einer Bahnhofshalle zu baden und nackt zur Schau gestellt zu werden! Ich weiß nicht, was Mutter dazu sagen würde!«

»Was deine Mutter dazu sagen würde, ist mir egal!« erklärte die Tante, »aber wenn es dir nicht gefällt...«

»Nein, es gefällt mir ganz und gar nicht! Es ist keine Gemütlichkeit dabei und keine Ruhe! Ja, wenn ich einen Wandschirm hätte, dann wäre ich wenigstens von einer Seite abgeschirmt und nicht rundherum neugierigen Blicken preisgegeben!«

»Einen Wandschirm ... einen Wandschirm ...« Tante Mariechen blieb stehen, um zu überlegen. »Wenn mich nicht alles täuscht, dann hab' ich einen Wandschirm auf dem Speicher! Ameikind, morgen ist Sonntag, da holen wir ihn runter, putzen ihn und stellen ihn vor das Waschbecken im Zimmer. Dann schaut dir kein Mensch mehr zu! Na, wäre das was?«

»Ja, Tante Mariechen, das wäre schon was, aber am Sonntag darf man nicht arbeiten! Vater sagt, da ruht kein Segen drauf, und Mutter...«

»Was deine Mutter sagt, weiß ich schon! Gut, wie du willst, dann mußt du eben warten!«

Nein, warten wollte ich nicht, und so begannen wir am Sonntag nach dem Mittagessen mit der Arbeit.

Viel Zeit hatten wir nicht, weil wir abends zu einem Vortrag über Bergengruen gehen wollten.

Der Wandschirm oben auf dem Speicher war so unbeschreiblich verstaubt, daß wir hinterher nicht nur die Treppe, nein, auch den Gang, unser Zimmer und uns selber putzen mußten.

Wir brachten das störrische Ding zwar heil die Treppe hinunter, aber unterwegs stießen wir auf Frau Brumbusch, welche sonntäglich geputzt und gekleidet, sich nicht genug verwundern konnte über unsere Kittelschürzen und Kopftücher. Zwar versetzte Tante Mariechen ihr einen Stoß mit dem Wandschirm auf das Hinterteil, aber ein Rest Zorn blieb doch in ihr, und den ließ sie an mir aus und tat, als hätte ich Frau Brumbusch zu dieser Zeit auf die Treppe bestellt, damit sie Tante Mariechen in ihrer Schmach sehen könnte.

Im weiteren Verlauf der unseligen Aktion schlug der Wandschirm an die Glasplatte und riß sie samt den Zahngläsern in die Tiefe. So gab es auch noch Scherben, und als ich sie auflesen wollte, schnitt ich mich und ließ aus purer Bosheit, wie Tante Mariechen meinte, das Blut auf den teuren Teppich tropfen. Alles ging schief, und wir zankten uns, daß die Wände wackelten.

Ich hielt mich zurück, solange ich konnte, bis nämlich die Tante sagte, ich wäre der ungeschickteste Mensch der Welt und hätte zwei linke Hände und würde ihr ganzes Zimmer demolieren, da endlich wagte ich es, auch ihr einmal die Wahrheit zu sagen, daß sie nämlich fremde Briefe lesen und sich nicht einmal schämen würde. Und was ich von ihrer Sonntagsarbeit hielt, sagte ich auch, und daß Vater entsetzt wäre, wenn er hören müßte, was seine Schwester vom dritten Gebot hielt ... Da bekam sie eine fürchterliche Wut, schrie, ich wäre eine unerträgliche Pharisäerin und ich sollte ihr gefälligst dankbar sein!

»Wofür?« schrie ich zurück. »Wofür soll ich dankbar sein?«

Zum Schluß versöhnten wir uns und sagten, daß wir es nicht so gemeint hätten, und gaben uns einen Kuß. Wir zerrten den Wandschirm vor das Waschbecken. Schön sah es nicht aus, aber alles kann der Mensch nicht haben. Wenigstens besaßen wir jetzt ein richtiges kleines Badezimmer.

Eigentlich waren wir beide nach so harter Arbeit und Gemütsbewegung nicht mehr auf den Bergengruen-

Vortrag versessen, aber wir sagten uns, daß wir an diesem Sonntag wenigstens etwas für unsere Seele tun sollten. Also machten wir uns auf den Weg zum Albani-Gemeindehaus. Im Saal war es sehr warm und sehr voll. Wir mußten zu zweit auf einem Stuhl sitzen, obwohl Tante Mariechens Furunkel noch nicht ganz abgeheilt war. Als sie sich niedersetzte, konnte sie ein schmerzliches Jaulen nicht unterdrücken, dann aber biß sie die Zähne zusammen und sagte: »Es ist recht so, dann können wir wenigstens nicht einschlafen!«

Aber wir konnten es doch, alle beide, schon nach einer halben Stunde. Der Vortrag plätscherte über uns hinweg, und als wir zwei Stunden später heimwärts wankten, meinten wir beide, daß es eine gerechte Strafe sei und daß wir das dritte Gebot von nun an besser beherzigen wollten.

Seit ich denken kann, führe ich Tagebuch. Aber ich schreibe nicht so einfach drauflos, nein, ich stelle zusammen, was ich an Besonderem erlebt habe, damit ich einen Überblick behalte. »Festtage« so heißt zum Beispiel eine Rubrik und »Schreckenstage« eine andere. Ich gebe zu, es klingt kindisch, aber auf irgendeine Weise muß der Mensch Ordnung in seine Gefühle bringen.

Der 10. November 1951 steht in beiden Rubriken, und wie so etwas geschehen kann, will ich gleich erzählen.

An diesem 10. November kam Bundespräsident Theodor Heuss nach Göttingen, um uns Studenten zu besuchen und eine Rede zu halten. Wir empfingen ihn mit einem Fackelzug vor dem Rathaus und zogen dann mit ihm hinauf zum Theater.

Die schöne Eva und ich marschierten in der ersten Reihe, denn wer das Glück hatte, zu ihren Freunden zu gehören, der befand sich immer vorn. Ich hatte das bald bemerkt, konnte aber auch vor den Nachteilen meine Augen nicht verschließen. *Sie* war der Blickfang. Alle männlichen Wesen starrten *sie* an. Für mich blieb kein einziges

Blickchen übrig, obwohl es mir in der Seele wohlgetan hätte. Der Unterschied war einfach zu groß – hier eine leibhaftige Räuberbraut, roter Fackelschein auf dem Gesicht, neben ihr eine biedere Handarbeitslehrerin, die gelbe Brille auf der Nase. Nun hätte ich die Brille ja abnehmen können, aber so wichtig waren mir die Blicke der Herren Kommilitonen nun auch wieder nicht, daß ich deswegen Theodor Heuss nur verschwommen hätte sehen wollen. Man trifft ihn schließlich nicht alle Tage.

Irgendwann wurde die schöne Eva von meiner Seite gespült, und so konnte es geschehen, daß ich auf der Theatertreppe neben dem Bundespräsidenten zu stehen kam, ein Platz, den mir die schöne Eva sicher abgenommen hätte, wäre sie in meiner Nähe gewesen.

Der Bundespräsident winkte den Studenten unten leutselig zu und hielt dann eine Rede, eine sehr bedeutende, wie ich später in der Zeitung las. Leider blieb ich schon nach den ersten Worten verzückt am Klang seiner Stimme hängen, denn er sprach Schwäbisch, und wer mich kennt, der weiß, daß ich bei diesem Dialekt sofort abhebe oder vor Rührung weine. Aber ich kam wieder auf die Erde zurück, schneller als mir lieb war, denn nun folgte der zweite, der unerfreuliche Teil des Abends.

Ein kleiner Junge drängelte sich durch die Volksmassen, baute sich vor mir auf und erklärte: »Ich will deine Fackel!«

Daß er eine wollte, konnte ich verstehen, aber daß er seine Hand nach meiner ausstreckte, wollte mir nicht gefallen. Sollte ich wie eine der törichten Jungfrauen aus dem Gleichnis ohne Fackel im Dunkeln stehen und verworfen werden, nur weil dieser kleine Junge eine Fackel tragen wollte? Ich hatte in meinem ganzen Leben noch keine in der Hand gehabt, und wenn die schöne Eva nicht gewesen wäre, hätte ich auch diesmal keine mehr erwischt. Wenigstens »bitte« hätte er sagen können! »Bitte, könnte ich vielleicht Ihre Fackel bekommen!« Das klingt schon besser und macht einem das Geben leichter.

Leider gehöre ich zu den Menschen, denen es schwerfällt, sich zu entscheiden, aber dann überzeugten mich die traurigen Augen des Kindes. Ich senkte die Fackel auf seine Nase. Es war aber nicht mehr die des kleinen Jungen, sondern die eines ausgewachsenen Kommilitonen, ein paar Stufen unter mir. Ich solle gefälligst aufpassen, schimpfte er, wenn ich mit Fackeln nicht umgehen könne, solle ich die Finger davon lassen!

Mir war der ganze Spaß verdorben. Theodor Heuss entschwand aus meinem Blickfeld. Ich suchte nach den traurigen Augen des kleinen Jungen, aber ich konnte sie nirgends finden. Ein dickes Mädchen an der Hand seiner Mutter erschien mir auch traurig. Deshalb drückte ich ihm die Fackel in die Hand, ich wollte keine mehr haben. Das dicke Mädchen auch nicht. Es stieß die Fackel von sich, und beide, Mutter und Tochter, bedachten mich mit bitterbösen Blicken. Am liebsten hätte ich die Fackel gelöscht, aber ich wußte nicht, wie ich das anstellen sollte. Sie brannte und brannte und wurde nicht kleiner. Schließlich legte ich sie vor unserem Haus in einen Rhododendronbusch. Ich dachte, da wäre sie gut aufgehoben und würde bald von selber ausgehen.

Tante Mariechen schlief schon, als ich kam. Ich putzte mir so leise wie möglich die Zähne, öffnete das Fenster und sah unten einen unheimlich flackernden Lichtschein. Er kam aus dem Rhododendron und sah so überirdisch aus, daß meine Haare sich sträubten.

Was alles konnte passieren? Ein Feuer im dürren Gesträuch ausbrechen, die Polizei auftauchen und mich als Brandstifterin entlarven ...

Ich zog Tante Mariechens pompösen roten Morgenrock über mein schlichtes Hemdchen. Er war viel zu eng und ging vorne nicht zu, egal. Ich lief die Treppen hinunter. Von unten sah die Sache noch viel gefährlicher aus. Es blieb mir nichts anderes übrig, ich mußte diese Fackel vergraben, und weil ich keine Gartengeräte zur Hand hatte, griff ich in der Not zu meinen eigenen Fingern und begann ein Loch zu scharren. Plötzlich ertönte hinter mir eine Stimme: »Was soll denn das geben?«

Ich dachte, es wäre ein Gespenst, und erschrak so sehr, daß ich nach hinten überkippte. Zum Glück fiel mir ein, daß Gespenster im allgemeinen nicht sprechen, und wenn, dann mit hohler Stimme und nicht mit der eines Mannes, dessen Beine in Knickerbockern steckten. Es war kein Gespenst und kein Polizist, es war »der Mann, der immer die Küche so hinterließ«.

»Sind Sie Student?« fragte ich, weil mir nichts Besseres einfiel.

»Nein«, antwortete er. »Es gibt auch normale Menschen in Göttingen, aber jetzt sagen Sie mir bloß, was Sie im Rhododendron suchen, mitten in der Nacht!«

»Ich muß die Fackel vergraben. Sie geht einfach nicht aus.«

»Ah ja«, sagte er, nahm die Fackel und versenkte sie in der Regentonne. Pfüt, war sie aus! Ich dankte ihm überschwenglich und hielt dabei Tante Mariechens roten Morgenrock vorne zusammen.

»Hat sie ihn freiwillig hergegeben?« fragte er.

Offenbar kannte er den Morgenrock von einer der nächtlichen Musikschlachten zwischen der Tante und den Brumbuschs. Ab und zu würde er sich einmischen, hatte mir die Tante erzählt, aber es wäre nicht ersichtlich, auf welcher Seite er eigentlich stünde. Manchmal hätte sie sogar den Eindruck, er würde sich nur über sie lustig machen.

Oben in unserem Zimmer ging das Licht an, und Tante Mariechen steckte ihren Lockenwicklerkopf aus dem Fenster.

»Ameikind, bist du das?« schrie sie. »Was machst du denn da unten?«

»Meine Fackel ertränken, Tantchen!«

Der Kopf verschwand vom Fenster.

»Gleich wird sie hier sein!« sagte der Knickerbockermann.

»Nein, wird sie nicht. Bloß im Nachthemd geht sie nicht die Treppen runter. Jetzt sucht sie erst nach dem Morgenrock.«

»Sie haben eine prachtvolle Tante«, sagte er.

O Himmel, Tante Mariechen eine prachtvolle Tante! Der Mann hatte ja keine Ahnung! Wie es schien, wußte er nicht einmal, was die Damen so hinter seinem Rücken flüsterten. Er hielt mir die Haustür auf und verschwand dann hinter den Rhododendronbüschen.

Als ich nach oben kam, lag die Tante bereits wieder in ihrer Kissenburg.

»Wieso kommst du jetzt schon? Mit wem hast du gesprochen? Warum trägst du immer noch diese gräßliche Brille? Hast du Professor Heuss gesehen?«

Wie soll ein einziger Mensch so viele Fragen auf einmal beantworten? Aber mein Herz floß über vor Ärger und Traurigkeit. Also legte ich los: »Ja, ich habe ihn gesehen, aber nur weil ich die Brille aufhatte. Gesprochen hab' ich mit dem Mann, der immer die Küche so hinterläßt, und jetzt schon komm' ich, weil ich unglücklich bin!« Ich heulte los.

»Das langt«, sagte die Tante, »schlaf schön, träum schön...«

»Er hat übrigens gesagt, du wärest eine prachtvolle Frau!«

Da war sie glockenhell wach und saß aufrecht im Bett. »Wer hat das gesagt?«

»Der Mann, der immer die Küche...« Die Tante winkte ab und ließ sich im Bett zurücksinken.

»Ach so«, sagte sie, »bloß der... Und wenn du das nächste Mal meinen Morgenrock benutzt, dann frag mich vorher!«

Akademische Prachtentfaltung

Am Samstag, dem 17. November 1951, wurde ich immatrikuliert. Ein scheußliches Wort. Ich hatte es vorher noch nie gehört, und es klang mir in den Ohren wie »stranguliert« und »inhaftiert«. Aber es war nichts Gefährliches, sondern nur meine feierliche Einschreibung als Studentin der Georg-August-Universität in Göttingen. Das Herz ging mir auf, als ich die Pracht erblickte, die der Lehrkörper entfaltete. Sonst wirkten die Professoren eher unauffällig. Jedenfalls sah man ihnen die Intelligenz nicht an, die sie doch zweifellos hatten. Jetzt aber, als sie einmarschierten und, so weit das Auge reichte, nichts anderes zu sehen war als Professoren in roten, violetten und schwarzen Talaren, da war es einfach umwerfend. Einige kannte ich schon, aber im Talar wirkte jeder unvergleichlich viel besser als im verbeulten Jackett und mit dem Barett auf dem Kopf viel vorteilhafter als nur mit Glatze.

Es kam mir so vor, als ob ich beim Vorbeimarsch der Talare auch den Menschen entdeckt hätte, der »immer die Küche so hinterließ«, aber das war sicher eine Täuschung. Meine Augen waren geblendet von so viel Pracht. Ich dachte bei mir, daß solch eine Universität um Klassen höher stünde als unser verlodertes »Brontë-Mädchengymnasium«. Ein durchgesessenes Sofa wäre hier nicht möglich gewesen, und ein Studienrat Schnulzer schon gar nicht.

Meine Hochstimmung sank deutlich bei dem nun folgenden langweiligen Vortrag über Psychiatrie, von dem ich kein Wort verstand. Also setzte ich mich bequem zurück und entschwand mit meinen Gedanken in andere Gefilde.

Ich trug wie bei allen Festlichkeiten, seit ich erwachsen war, Mutters Silberhochzeitskleid, schwarz mit weißem

Spitzenkrägelchen. Ach, wie fühlte ich mich wohl und geborgen in der glatten Seide, wie schnupperte ich entzückt den mütterlichen Duft nach »Tosca«. Aber es gab Ärger mit Tante Mariechen. Ich stand vor dem Spiegel, Tante Mariechen vor dem Frühstückstisch.

»Wie gefalle ich dir, Tante Mariechen?«
»Schlecht!«
»Wie findest du mein Kleid?«
»Spießig!«
»Es ist Mutters Silberhochzeitskleid!«
»Dann wundert mich nichts mehr.«
»Tante Mariechen, du bist schlechter Laune!«
»Und du bist schlecht angezogen!«

So ging es, Schlag auf Schlag. Ich zitterte vor Zorn, trotzdem verkniff ich mir den Fuchspelz, und wie scheußlich ich ihn fand, denn wir hatten keine Zeit mehr zum Streiten. Ich mußte gehen.

Zum Glück saß die schöne Eva nicht an meiner Seite. Sonst hätte sie sicherlich spitze Worte über Mutters Silberhochzeitskleid gefunden.

Als der Vortrag überstanden war und das Publikum dankbar, aber zurückhaltend klatschte, kehrte ich mit meinen Gedanken wieder in die Aula zurück. Das Studentenorchester spielte ein Mozart-Rondo, Wasser in der Wüste nach dem strohtrockenen Vortrag.

Nun endlich kamen wir an die Reihe, wir, die neugebakkenen Studenten. Wir wurden nacheinander alphabetisch aufgerufen, gingen nach vorn, bekamen eine Urkunde, ja sogar einen Händedruck von Professor Bockelmann, unserem Dekan, und marschierten zurück. Schon beim Buchstaben »A« begab ich mich an die Arbeit und tat das Menschenmögliche, um aus der braven Pfarrerstochter eine beachtenswerte Studentin der Rechte zu machen.

Zuerst einmal ließ ich das Spitzenkrägelchen verschwinden, öffnete mehrere Knöpfe am Ausschnitt, drapierte mein rotes Halstüchlein hinein, krempelte die Ärmel hoch und zog den Gürtel fest um die Taille. Die beiden Studenten rechts und links schauten interessiert zu. Sie waren so in Betrachtung versunken, daß sie sogar ihren Auftritt verpaßten. Zuerst erregte der mit Buchstabe G Ärgernis, weil man ihn dreimal aufrufen mußte, und dann hörte auch der mit K seinen Namen erst beim zweiten Mal. Beide kehrten zurück mit hängenden Köpfen und schämten sich.

Nachdem ich mein Kleid so vorteilhaft verändert hatte, machte ich mich daran, den Weg zum Podium zu lernen. Ich ging ihn dreimal, zwar nur mit den Augen, aber sehr konzentriert: Ich merkte mir den Standort von Professor Bockelmann. Ich prägte mir ein, wie er mit der Rechten vorschnellte zum Händedruck. Auch die vier Stufen hinauf zum Podium konnte ich blind ersteigen. Das war es, was ich wollte! Ohne die gelbe Hornbrille wollte ich immatrikuliert werden.

Alles klappte. Ich hörte meinen Namen, nahm die Brille ab, legte sie auf meinen Stuhl und machte mich auf den Weg. Ich zählte die Schritte bis zum Podium, stieg, ohne zu zögern, die vier Stufen hinauf, bekam Urkunde und Händedruck, und, wenn ich es richtig erkannt hatte, ein freundliches Lächeln des Professors. Die Schlacht war geschlagen. Ich drehte mich um und wollte an meinen Platz zurück, aber ich mußte mit Schrecken bemerken, daß ich bei allen Vorbereitungen den Rückweg sträflich vernachlässigt hatte. Ich fand meine Stuhlreihe nicht mehr. Zum Glück war die allgemeine Aufmerksamkeit nach vorne auf das Podium gerichtet. So konnte ich in Ruhe zweimal den Mittelgang hinauf und hinunter schreiten. Ich fächelte mir dabei mit der Urkunde Kühlung zu, damit es locker aussähe und nicht so, als suchte ich etwas. Als aber der feierliche Akt beendet war, und alles wieder auf den Plätzen saß, ergriff mich Panik.

Ich sah eine winkende Hand oder meinte sie zu sehen, stürzte in die Reihe hinein auf einen leeren Stuhl und ließ mich mit einem dankbaren Seufzer fallen. Es knackte.

»Jetzt isch se he«, sagte der Schwabe hinter mir.

Während das Orchester zum gewaltigen Finale ansetzte, versuchte ich, mich so leicht wie möglich zu machen, aber ich wußte bereits, daß es zu spät war.

Die roten, violetten und schwarzen Talare zogen dem Ausgang zu. Sie redeten, gestikulierten, lachten. Ich fand sie nicht mehr so überwältigend wie am Anfang. Das Fest war vorüber, die Brille in zwei Teile gebrochen. Ich tappte den Goldgraben hinauf, neben mir ging der Schwabe.

»So ebbes hält koi Brill aus!« sagte er in belehrendem Ton. »Da darf mer sich net oifach draufsetze!«

Ich liebe den schwäbischen Dialekt und die meisten Schwaben auch, aber dieser hier ging mir gewaltig auf die Nerven.

»Wissen Sie, manchmal muß ich mich einfach auf meine Brille setzen. Es hört sich so wundervoll an, wenn sie knackt!« Ich lächelte ihm freundlich zu und schmetterte die Gartentür hinter mir ins Schloß, denn wir waren am Goldgraben 6 angelangt.

»Ha, jetzt so ebbes!« stammelte er.

In der Wohnung lief ich Tante Mariechen in die Arme.

»Was ist passiert?« fragte sie. Ich legte die zerbrochene Brille auf den Tisch und wartete auf ein Wehgeschrei. Aber Tante Mariechen tat selten das, was man von ihr erwartete. Sie warf einen Blick auf die zerbrochene Brille und sagte: »Na endlich!«

Am Abend, im Bett, nahm ich noch einmal meine Urkunde vor. Es stand darin, daß ich in die Gemeinschaft der Akademischen Bürger aufgenommen sei.

»Willst du's hören, Tante Mariechen, oder nicht?«

»Ja, natürlich will ich es hören! Wenn nur die Brumbuschs nicht so laut fideln würden! Man versteht ja sein eigenes Wort nicht mehr! Also los, Ameikind, aber etwas lauter bitte!«

»*Sie hat sich dabei verpflichtet, die Verfassung der Universität und die Satzungen der Studentenschaft zu achten.*«

Ich zitierte mit großer Lautstärke, denn ich wußte wohl,

daß Tante Mariechen die Brumbuschs ärgern wollte und daß sie die Situation schamlos ausnutzte. Die Musik bei Brumbuschs verstummte, man hörte jemanden über den Gang stürmen und an unsere Tür hämmern.

Tante Mariechen stieg aus dem Bett, nahm den roten Morgenmantel über die Schultern und schritt zur Tür.

»Womit kann ich dienen, Frau Brumbusch?«

Die schnappte nach Luft.

»Das Geschrei«, keifte sie. »Es ist unerhört. Wir können nicht mehr musizieren! Ich verbitte mir das!«

»Ach, was für ein armes Geschöpf Sie doch sind!« sprach Tante Mariechen und schmolz dahin in falschem Mitleid, »daß Sie die Freude der jungen Studentin nicht verkraften können! Sie deklamierte mir eben ihren akademischen Schwur, und die Begeisterung riß sie hin! Komm, Kind, sei leise. Flüstere mir deinen Schwur ins Ohr.« Sie nickte mir aufmunternd zu: »Los! Flüstere!« Ich tat es:

»Ehre und Ordnung der akademischen Gemeinschaft zu wahren, mit Ernst und Wahrhaftigkeit ...«

Hier trat Herr Brumbusch in Erscheinung.

»Nein«, sprach er, »flüstern Sie nicht! Wir alle wollen ihn hören, diesen Schwur! Sprechen Sie ihn laut und deutlich!«

»Von wo an denn? Doch nicht das Ganze noch mal?«

»Nein!« rief Frau Brumbusch. »Nicht das Ganze! Wir wollen ja noch musizieren!«

»Komm, Kind, dann nur die Hälfte«, sprach die Tante in ihrem neuen salbungsvollen Ton. »Frau Brumbusch wird es zuviel. Du hast es ja gehört.«

»Wo ist denn die Hälfte?«

»Ehre und Ordnung«, sagte Herr Brumbusch. »Von da an, bitte meine Liebe!«

»Ich gehe!« schrie Frau Brumbusch. Es war aber nur ein leeres Versprechen, denn sie dachte nicht daran zu gehen.

Ich gab mir Mühe, die Sache so schnell wie möglich hinter mich zu bringen:

»*Ehre und Ordnung der akademischen Gemeinschaft zu wahren, mit Ernst und Wahrhaftigkeit der Wissenschaft zu dienen und in Treue zu Volk und Vaterland für die Sache der Menschheit zu wirken.*

Göttingen, den 17. November 1951«

»Wunderbar!« rief Herr Brumbusch. »Am liebsten würde ich es noch einmal hören und ein Gläschen Sekt dazu trinken!«

»Reiß dich zusammen, Kurt!« zischte seine Gattin.

Tante Mariechens große Stunde nahte.

»Hol du die Gläser, Ameikind! Ich bringe den Sekt!« Sie rauschte durch die Tür, den Gang entlang in die Küche und kehrte zurück, die Sektflasche im Arm.

Als der Korken knallte, erschien auch noch der Mann, der die Küche immer so hinterließ. Er wollte, daß ich den ganzen Akademischen Eid noch einmal zu Gehör brächte. Herr Brumbusch wollte es auch, aber ich nicht. Ich sagte, ich wäre heiser und meine Kehle ganz trocken, und ich bräuchte jetzt ein Gläschen Sekt. Damit waren sie einverstanden.

»Ameikind«, sagte Tante Mariechen später, als wir im Bett lagen. »Dies war ein schöner Abend, einer der schönsten, die ich erlebt habe! Wer hätte auch gedacht, daß diese alte Akademische Formel noch soviel Leben hat. Schlaf schön, träum schön...«

Tanztee in der Quäkerstube

Das Leben ohne Brille war hart. Ich sah die Leute einfach nicht, das heißt, ich sah sie schon, aber ich konnte sie nicht erkennen. Später kamen sie angelaufen und fragten, was denn los wäre und ob sie mich beleidigt hätten. Warum ich sie nicht gegrüßt und nicht angelächelt hätte und einfach an ihnen vorbeigelaufen wäre?

Ich sagte, ich hätte gerade ein Problem überdenken müssen. Dann wollten sie das Problem wissen, und ich mußte mir eines aus den Fingern saugen... Am peinlichsten aber war es für mich, wenn ich den Hörsaal betrat und die freien Plätze nicht entdeckte. Es gab jetzt genug nette Menschen, die mir einen Platz freihielten, aber das half mir nichts. Clevere Leute standen auf, winkten, schnippten mit den Fingern und machten auf sich aufmerksam, aber das kam selten vor.

»Setz doch endlich deine Brille auf!« zischte die schöne Eva. »Jedesmal dasselbe Affentheater! Soll ich Blindenhund spielen, oder wie?« So gemein konnte sie sein! Das wäre der netten Germanistin von der Quäkerstube niemals über die Lippen gekommen, das mit dem Blindenhund.

Schließlich ging ich mit der zerbrochenen Brille zum Optiker. Er war ein selten unfreundlicher Mensch, faßte die eine Hälfte zwischen zwei Fingern und fragte, ob er beide Teile wegwerfen dürfe oder was er sonst damit anfangen solle?

Ich ließ meine Stimme erbarmungswürdig zittern, sagte, es wäre ein Erinnerungsstück und mein Herz hinge daran, und ich würde gerne wissen, ob man die Brille vielleicht reparieren könnte...

»Natürlich kann man das«, antwortete er, »aber es ist Wahnsinn und reine Zeitverschwendung!«

»Wieviel würde es denn kosten?«

»Sieben Mark fünfzig! Rausgeschmissenes Geld, wenn Sie mich fragen! Da schauen Sie her!« Er stellte eine Schublade mit Brillengestellen auf den Ladentisch. »Lauter billige Modelle. Wenn Sie zum Beispiel dieses betrachten wollen! Ein formschönes Gestell, hell, fast durchsichtig und billig! Mit dem wären Sie gut bedient. Bitte setzen Sie es auf, ganz unverbindlich!«

Ich setzte mir das Gestell auf die Nase und hielt mein Gesicht ganz nah an den Spiegel. Wahrhaftig, diese Brille war kaum zu erkennen, sie rutschte nicht auf der Nase herum, sie saß fest.

»Wieviel würde sie denn kosten?«

»Fünfzehn Mark mit allem Drum und Dran!«

Ich hatte zehn Mark zusammengespart, aber was waren zehn Mark, wenn sie fünfzehn kostete? Wollte ich diese Brille haben, blieb mir nichts anderes übrig, als Tante Mariechen zu bitten. Ach, wie unangenehm mir das war! Wie über alle Maßen peinlich!

Zum Optiker sagte ich, daß ich mir die Sache noch einmal überlegen wollte. Dann steckte ich die Brillenhälften in die Tasche, damit er sich nicht noch einmal so ekeln mußte, der widerliche Kerl.

»Tante Mariechen, kannst du mir Geld borgen?« fragte ich am Abend.

»Nein!« Damit hatte ich gerechnet.

»Ohne Brille kann ich aber nicht leben. Auf der Straße muß ich etwas sehen, sonst bin ich weg vom Fenster, und von der Tafel muß ich ablesen können, sonst wird das nichts mit dem Examen. Und die gelbe Hornbrille setz' ich nicht mehr auf!«

»Da tust du gut daran! Wieviel kostet eine neue?«

»Fünfzehn Mark mit allem Drum und Dran!«

»Wucher! Was ist alles ›Drum und Dran‹?«

»Weiß ich auch nicht. Er hat's halt gesagt. Tante Mariechen, zehn Mark kann ich selbst bezahlen!«

»Woher hast du zehn Mark?«
»Gespart!«
»Von was gespart?«
Das geht dich gar nichts an, hatte ich auf der Zunge, aber ich sagte nur: »Das ist mein Geheimnis!«
»Ich weiß es auch so! Meinst du, die Damen vom Frauenverein würden ihren Mund halten? Es ist mir seit langem bekannt, daß du nicht mehr bei ihnen erscheinst. Für wie blöd hältst du mich eigentlich?«
An diesem Abend sprachen wir nicht mehr über die Sache. Vor dem Gutenachtvers drückte ich aber noch ein paar freundliche Worte aus mir heraus. Ich sagte, und meinte es ehrlich: »Ich will keine neue Brille, Tante Mariechen, denn ich weiß ganz genau, wieviel Geld du für mich ausgeben mußt. An die Hornbrille hab' ich mich gewöhnt, und morgen lass' ich sie kleben.«
Vom anderen Bett her kam nur ein Seufzer. Dann schlief ich ein und schlief gut.
Als ich mich morgens zum Frühstück setzte, Tante Mariechen war schon in der Augenklinik, entdeckte ich auf meiner Serviette ein Päckchen. Es war Geld darin, zwölf Mark fünfzig! Typisch Tante Mariechen! Ich sah im Geist ihren erhobenen Zeigefinger und hörte sie sprechen: »Also meine Liebe, zwei Mark fünfzig kannst du wirklich selber zahlen!«
Ich wusch mich im Eiltempo und nicht so gründlich, wie das geliebte Tantchen es gerne gesehen hätte, dann sauste ich die Treppe hinunter. Gleich nach der Gartentüre, ich wollte eben die Straße überqueren, bremste ein Auto, daß es nur so quietschte, und ein Mann brüllte, ob ich lebensmüde sei! Nein, ich war es nicht, ich war wütend! Da brausten diese Autofahrer den Goldgraben hinunter und stellten den Motor nicht an, um Sprit zu sparen, und was passierte den unglückseligen Menschen, die nicht gut sehen konnten und sich auf ihr Gehör verließen? Sie wurden glatt überrollt und dazu noch übel beschimpft. Nun ja,

ich war noch einmal mit dem Schrecken davongekommen und der Autofahrer auch. Es wäre ärgerlich gewesen, gerade jetzt überfahren zu werden, wo ich mit einer neuen Brille ein neues Leben anfangen wollte.

Der Optiker hatte noch nicht einmal geöffnet. Aber ich machte mich bemerkbar, klopfte und schrie, bis er endlich verdrossen auftauchte und meine Bestellung entgegennahm.

»Jetzt haben Sie's aber eilig!« brummte er.

»Ich bin eben fast überfahren worden, weil ich nichts sehen kann!«

»Grauenhaft, gräßlich!« sagte er und gähnte, daß ich ihm bis hinter die Mandeln sehen konnte: »Würden Sie mir bitte für kurze Zeit Ihre Erinnerungsstücke anvertrauen oder wollen Sie neue Gläser? Es würde die Sache verlängern und verteuern.«

»Nein, um Himmels willen!« Ich reichte ihm die beiden Brillenstücke.

»An was der Mensch doch so hängt«, bemerkte der charmante Herr. »Man sollte es nicht glauben. Ist es erlaubt, diese Brillengläser zu putzen, oder stört es den Erinnerungswert? Heute um fünf Uhr können Sie die neue Brille holen. Ich bitte um eine Anzahlung.«

Ich leistete die Anzahlung und brütete über ein Wort, das ihn zerschmettern sollte, aber mir fiel nichts ein ... An diesem Vormittag ging ich nicht mehr in die Uni. Ich putzte unser Zimmer, damit Tante Mariechen eine Freude habe.

Ich scheuerte sogar das Waschbecken, daß es glänzte wie die liebe Sonne, und wusch das Geschirr in der Küche. Offenbar war gerade vorher der Mensch, »der immer die Küche so hinterläßt«, am Werk gewesen. Ich mußte sogar den Boden aufwischen, so schmuddelig sah er aus. Zwischendurch kam er, wie immer in Knickerbockern und mit einer großen Tüte, tappte im Nassen herum und sagte, er hätte eine Idee. Jetzt, wo hier alles naß und ungemütlich wäre, sollten wir uns einfach eine Insel suchen und gemeinsam ein zweites Frühstück einnehmen, ob ich vielleicht eine Ahnung hätte, auf welche Insel wir uns zurückziehen könnten. Leider fiel mir überhaupt nichts Inselähnliches ein. Vielleicht auf einem Schrank im Flur, oder auf einer Kommode, das könnte doch ganz nett werden. Aber nein, das wollte ihm alles nicht behagen, ob ich nicht etwas Besseres wüßte – mit mehr Gemütlichkeit. Ich tat so, als hätte ich keine Ahnung, daß auch Tante Mariechens Zimmer als Insel in Frage kommen könnte. Jetzt, nachdem ich alles geputzt hatte, sollte dort niemand Krümel oder Wursthäute hinterlassen.

Nach einem Augenblick Peinlichkeit stellte er seine Tüte auf den Küchentisch und begann auszupacken. Frische Brötchen und Wurst und Honig und jede Menge Colabüchsen. Ich legte Zeitungen auf die Stühle, weil sie noch naß waren und es doch gemütlich sein sollte, dann nahmen wir Platz und futterten. Frau Brumbusch segelte an unserer Insel vorbei und machte verwunderte Augen. Kurze Zeit später erschien auch Herr Brumbusch, die Geige vom Üben noch in der Hand. Er bekam eine Wurstsemmel und trottete beglückt von dannen. Der Knickerbockermann fragte, warum ich nicht zur Vorlesung ginge.

»Weil ich heute eine neue Brille kriege!« sagte ich.

Er antwortete, er kriege zwar keine neue Brille, aber er habe trotzdem keine Lust, zur Vorlesung zu gehen. Das machte mich stutzig, denn irgendwann hatte er zu mir gesagt, er wäre ein normaler Mensch und kein Student, und ich hatte es ihm auch noch geglaubt.

Als Tante Mariechen heimkehrte, empfing ich sie mit der neuen Brille auf der Nase.

»Hübsch häßlich«, war alles, was sie sagte, aber mittlerweile wußte ich ja, daß sie es freundlich meinte, wenn etwas besonders giftig klang. Ich führte sie durch unser gründlich geputztes Zimmer.

»Schon mal was von Staubwedeln gehört? Nein, nicht?

Dort hinten in der Ecke steht er. Vitrinen putzt man mit Staubwedeln!«

Auch für die Tante fand ich kein niederschmetterndes Wort. Wie sollte man auch eines finden, wenn man so glücklich war wie ich. Ich konnte wieder sehen, in die Nähe, in die Ferne und sah dabei gar nicht mal schlecht aus!

Als ich die Tante in die Küche führte, freute ich mich darauf, daß sie nun wirklich Grund zum Ärgern bekam. Dort standen noch die Reste von unserem Inselfrühstück herum. Es sah schlimm aus. Aber da lief sie zu einsamer Größe auf.

»Sei nicht traurig, Ameikind!« tröstete sie. »Wir wissen ja, wer die Küche so hinterlassen hat! Er ist ein armer Mensch!«

So arm fand ich ihn nun wieder nicht, bei all den guten Sachen, die er anschleppte, aber ich hütete mich davor, die Tante aufzuklären.

Die nette Germanistin, sie hieß Henriette Meier, lud mich zum Tanztee in der Quäkerstube ein. Ich winkte ab und sagte, ich könne nicht tanzen, aber sie meinte, das würde überhaupt nichts ausmachen. Beim Tanztee in der Quäkerstube würde man Tee trinken und sich unterhalten, und wenn man gerade mal Lust hätte, ein Tänzchen zu wagen, dann könnte man das tun. Pflicht sei es nicht.

Die nette Henriette war zwar lange nicht so attraktiv wie die schöne Eva, aber wen störte das? Mich nicht, im Gegenteil, ich fühlte mich wohl in ihrer Nähe. Sie merkte, daß mir die Sache mit dem Tanztee nicht so recht paßte, darum lachte sie und meinte, wenn es mir nicht gefiele, könnte ich auf der Stelle kehrtmachen und wieder nach Hause gehen, aber das hätte sie noch nie erlebt.

Es gefiel mir sehr gut, und ich ging erst um Mitternacht, als alle anderen auch aufbrachen, genauso, wie Tante Mariechen es haben wollte!

Als Tischherren hatte mir die nette Jette einen Juristen im ersten Semester beschert. Wir hatten also Gesprächsstoff genug, klagten über die Professoren, die sich nicht um uns kümmerten, und über die älteren Semester, die uns von oben herab betrachteten und sich unerträglich arrogant benahmen. Wir fühlten uns wohl, bis ein Wahnsinniger auf die Idee kam, den Plattenspieler anzustellen. Die Musik dröhnte, daß man sein eigenes Wort nicht verstehen konnte. Alle, auch mein Tischherr, sprangen auf. Tische wurden verrückt und Teetassen umgeworfen.

Beim ersten Tanz blieb ich sitzen, obwohl ich mehrfach aufgefordert wurde. Ich lächelte traurig und sagte, mein Fuß wäre umgeknickt, und ich müßte ihn noch ein wenig schonen. Sie hielten sich nicht mit Beileidsbeteuerungen auf, sondern wandten sich sofort an andere tanzlustige Damen.

Beim Zuschauen stellte ich fest, daß die wenigsten Herren tanzen konnten. Sie hüpften herum wie die Hühner, und die Damen versuchten, sich anzupassen. Wer das konnte und sich führen ließ, dem ging es gut, denn solche Damen waren als hervorragende Tänzerinnen hochbegehrt. Ich würde nie zu ihnen gehören, denn führen ließ ich mich ungern, besonders nicht von Herren, die selber nicht wußten, was sie wollten. Einen Tanz lang welkte ich als Mauerblümchen dahin, dann fiel ich dem nächsten Tänzer, der mich aufforderte, wie eine reife Frucht in die Arme. Ich tanzte so graziös, wie ich nur konnte. Ich lächelte sogar, obwohl mir nicht danach zumute war, denn ich fand nicht heraus, nach welchem Schema mein Partner die Füße bewegte. Zwischendurch, an allen möglichen und unmöglichen Stellen, machte er einen seltsamen Hopser, mit dem ich nicht zurechtkam. Schließlich gab ich es auf, zu zählen und zu kombinieren, denn er tanzte offenbar nicht nach einer festgesetzten Schrittfolge, sondern so, wie ihn die Lust ankam. Ich hoppelte mit, so gut es ging, und bemühte mich, meine Füße nicht unter seine derben Schuhe zu bringen.

Dann aber stand der in der Tür, den sie alle »Mister Hallo!« nannten, ein dunkelhäutiger Kommilitone aus Afrika, der bei uns Volkswirtschaft studierte. Wie er das schaffte mit den wenigen deutschen Brocken, die er ab und zu hervorwürgte, war mit schleierhaft. Er also forderte mich auf und lachte mit blendendweißen Zähnen. Oh, wie er mir gefiel! Aber nur bis zu dem Augenblick, wo er störrisch wurde und keinen Walzer mehr tanzen wollte, keinen Marsch und keinen Fox. Ihm stand der Sinn nach Boogie Woogie, nach Chachacha und Jive, von denen ich nur die Namen kannte. Er tanzte sie mit weichen Knien und angewinkelten Ellenbogen und meist mit sich allein. Ab und zu schlenkerte er mich um sich herum, fing mich auf oder ließ mich fallen, und jedesmal bedankte ich mich mit einem kräftigen Fußtritt. Ich tat es nicht aus Rachsucht, sondern aus Versehen, und er lachte und sagte: »Wonderful!« und tat so, als ob er es wirklich wonderful fände.

Nach dem ersten Tanz floh er nicht, wie ich insgeheim gehofft hatte, nein, er wollte mehr, und zwar immer nur mit mir, und so fand ich mich auf einmal als begehrte Tänzerin. Schließlich zogen alle Tänzer mit mir singend über den Wall, dem Goldgraben entgegen. Es war später geworden, als ich gedacht hatte, aber einen Tanztee in der Quäkerstube, noch dazu mit »Mister Hallo«, gab es nicht alle Tage.

Wenn Tante Mariechen etwas mehr Humor besessen hätte, dann wäre das Ende des Abends ebenso harmonisch verlaufen wie der Anfang. Aber nein, sie steckte den Lokkenwicklerkopf, der ihr gar nicht stand – auch das muß einmal gesagt werden –, aus dem Fenster und schrie nach Art des nächtlichen Musiktheaters: »Ruhe unten! Es gibt auch noch Menschen in dieser Stadt, die nachts schlafen wollen.« Dann schmetterte sie das Fenster zu, und der Kommilitone neben mir, ich glaube sogar, es war mein Tischherr, sagte laut und vernehmlich: »Na, das ist vielleicht 'ne Hexe!«

Gut, manchmal ist sie eine, das kann ich bestätigen.

Aber es ist trotzdem eine unerhörte Frechheit, als Fremder so etwas von Tante Mariechen zu behaupten! Darum drehte ich mich zu ihm um und sagte: »Sie ist zufällig meine Tante, Chefin der Augenklinik und sehr gefürchtet. Falls Sie je am Star erkranken, sie wird ihn stechen!«

So setzte ich mich ein für Tante Mariechen und log sogar, daß sie Chefin wäre, weil es mehr Eindruck machte. Und wie hat sie es mir gedankt? Sehr schlecht.

Als ich strümpfig ins Zimmer schlich, weil ich hoffte, sie sei vielleicht wieder eingeschlafen, da fuhr sie im Bett hoch, daß ich mich schier zu Tode erschreckte. Sie wollte nicht hören, wie es beim Tanztee zugegangen war und wie ich mit »Mister Hallo« getanzt hatte und schließlich mit vielen Leuten nach Hause gegangen war. Nein, sie lachte hämisch und sagte, sie könne sich lebhaft vorstellen, was das für ein Tee gewesen sei, den wir da getrunken hätten, wo wir uns hinterher so aufgeführt und sogar gesungen hätten. Dann aber kam das Schlimmste. Sie sagte, und das fand ich einfach unerhört: »Hauch mich mal an, Ameikind!«

Ich antwortete: »Tante Mariechen, jetzt bist du zu weit gegangen! Oder sind wir hier im Polizeirevier?«

Da sagte sie nichts mehr und kroch unter ihre Decken. Von »Schlaf schön, träum schön...« konnte nicht mehr die Rede sein.

Am nächsten Morgen war sie wieder freundlich gesinnt, ließ mich schlafen und ging allein in die Kirche. Dafür begleitete ich sie am Nachmittag, ohne zu murren, auf den Friedhof zu ihrem Sonntagsvergnügen, denn es war Totensonntag.

Der Lustmolch und der Herzensbrecher

Oh, wäre ich nur zu Hause geblieben, hätte Weihnachtsgebäck gebacken, das Zimmer adventlich geschmückt und das getan, was Tante Mariechen wollte. Aber nein, was machte ich? Ich ließ mich von einem Kommilitonen ins Kino einladen, von einem, den ich nicht einmal richtig kannte. Er hatte mir schon mehrere Male einen Platz freigehalten, wenn ich zu spät zur Vorlesung kam, aber das war auch alles.

Von dem Film hatte ich gehört, daß er sehr lustig sei, und ich fand, eine Aufmunterung sei mir wohl zu gönnen. Der erste Advent nahte, und noch immer war kein Päckchen von Zuhause angekommen. Sie hatten mich einfach vergessen. Das tat weh!

Tante Mariechen meckerte natürlich wieder und sagte, auf mich könne man sich nicht verlassen, sie habe so gehofft, ich würde ihr beim Backen helfen. Nun kann ich gar nicht backen, dennoch wäre es besser gewesen, ich hätte zu Hause das Weihnachtsgebäck verdorben, als mit diesem Wolf im Schafspelz ins Kino zu gehen. Aber hinterher ist man immer klüger. Der Film hieß ›Die Hose‹ und war ein uralter Stummfilm. Der Mensch holte mich ab. Er beehrte Tante Mariechen mit einem Diener und wirkte irgendwie brav und rührend. Vermutlich lag das an den Haaren, die er mit Pomade an den Kopf geklebt hatte. Mir war schon der Geruch nicht lieb, aber ich dachte, daß ich mich positiv einstellen müßte, denn schließlich hatte er mir die Eintrittskarte spendiert. Als dann aber im Kino das Licht ausging und ich mir in aller Ruhe und Vorfreude die Brille aufsetzte, da entpuppte er sich als ganz übles Früchtchen. Der Film, wie alle Stummfilme, sparte nicht mit großen Gesten, aber er war lustig, und als ich gerade recht von Herzen loslachte, da legte mir dieser Lümmel seine Hand aufs Knie. Ich dachte erst, ich fühle nicht recht, weil ich den weiten Mantel anhatte, aber es stimmte schon, sie lag auf meinem Knie. Ich schüttelte sie ab, schon war sie wieder da. Was weiter im Film geschah, weiß ich nicht mehr. Ich konnte mich einfach nicht konzentrieren. Da saß ich in zermürbendem Kleinkrieg: Hand rauf, Hand runter, Hand rauf, Hand runter. Dazu Dunkelheit ringsumher und donnernde Begleitmusik. Ich rutschte so weit von ihm weg, wie es ging, aber in diesen Kinosesseln gab es kaum eine Möglichkeit auszuweichen. Raus konnte ich auch nicht, weil wir in der Mitte der Reihe saßen. Ich hätte mich an mindestens hundert Leuten vorbeidrücken müssen und hätte den Zorn sämtlicher Kinobesucher auf mich geladen.

Als der Film endlich aus war, schoß ich hoch wie eine Rakete und aus dem Kino. Und als er draußen neben mich trat, da bekam er eine Ohrfeige, eine gesalzene, mit all der aufgestauten Wut von anderthalb Stunden. Leider war es nicht der Richtige, den ich erwischte, sondern einer, der ganz zufällig von hinten herantrat. Er wußte nicht, wie ihm geschah, aber bevor er protestieren konnte, schrie ich, er solle sich scheren, sonst bekomme er noch eine von dem Kaliber. Offenbar hatte er kein gutes Gewissen, denn er ging tatsächlich.

Ich marschierte zügig über den Wall, dem Goldgraben zu. Es war schon ziemlich dunkel, und jemand verfolgte mich. Aber ich war so zornig, daß ich fast keine Angst hatte. Na, komm nur, dachte ich. Als er aber tatsächlich aufholte und an meiner Seite erschien, nicht sein Haupt verhüllte und sich offenbar nicht einmal schämte, da wurde es mir doch etwas ängstlich zumute.

Auf einmal räusperte er sich. Ich dachte, aha, jetzt will er um Verzeihung bitten, und es ist ihm peinlich. Aber er dachte nicht daran, mich um Verzeihung zu bitten. Er fragte, wie mir denn der Film gefallen hätte! Ich sagte:

»Schlecht!« Er ließ nicht locker, der dumme Kerl, er bohrte weiter.

»Aber lustig war's doch!«

»Nein, überhaupt nicht lustig! Scheußlich!«

Nun endlich hatte er begriffen, daß eine Unterhaltung nicht erwünscht war. Wir sprachen kein Wort mehr, bis wir vor Tante Mariechens Haustür standen. Da mißbrauchte er die Zeit, in der ich mit Schlüsselsuchen und Aufschließen beschäftigt war, um seine Arme von hinten um mich zu schlingen und mir einen Kuß aufzudrücken. Diesmal aber reagierte ich blitzschnell. Ich drehte mich um und schlug zu. Der Schlag war so fürchterlich, daß es richtig krachte und meine Hand lange geschwollen blieb. Ich erwischte ihn nämlich nicht, weil er sich duckte, und so landete meine Hand auf der Haustür. Das Licht ging an. Er bekam es mit der Angst zu tun und entfloh.

Vorbei an Brumbuschs und an dem Mann, der immer die Küche so hinterließ, wankte ich die Treppen hinauf in Tante Mariechens Zimmer.

Dort war alles adventlich geschmückt. Im Radio sangen sie: ›O Heiland reiß die Himmel auf!‹ Und am Adventskranz brannte das erste Lichtlein. Schluchzend sank ich an Tante Mariechens Brust. Auch sie war zu Tränen gerührt, weinte und sagte, es freue sie, daß ich den Advent auch so liebte mit seiner Traulichkeit.

Von dem Lustmolch sagte ich nichts, er hätte nur die Stimmung verdorben.

Tante Mariechen kniete nieder und fischte etwas unter ihrem Bett hervor. Es war Mutters Adventspäckchen, auf das ich so schmerzlich gewartet hatte. O diese Tante! Sie hatte es einfach abgefangen und versteckt und kein Wörtchen davon gesagt!

Morgen früh hätte sie es mir auf den Frühstückstisch gelegt, beteuerte sie, damit ich eine rechte Adventsfreude hätte. Aber weil ich nun so traurig wäre und ihrem Herzen nahegekommen, wolle sie es mir jetzt schon überreichen.

Also, ehrlich, sie ist schon ein Biest, aber sie hat auch ihre guten Seiten.

Aus Mutters Brief klang so viel Liebe, daß ich gleich wieder zu weinen anfing. Elses »Spitzbuben«, »Bärentatzen« und »Butter-S« schmeckten wundervoll. Tante Mariechens Pfefferkuchen dagegen waren allesamt angebrannt und hart wie Stein. Aber ich sagte kein Wort davon, verdrehte nur entzückt die Augen und hob ein Kuvert aus Mutters Päckchen. Sie hatte ein rotes Band darum geschlungen. Es war das Geld für meine Heimreise an Weihnachten. Ich werde also Weihnachten zu Hause feiern und erst am 7. Januar wieder zurück nach Göttingen fahren! Was für eine Freude! Tante Mariechen wußte schon Bescheid. Wahrscheinlich hatte Vater ihr einen Extrabrief geschrieben. Jedenfalls machte sie einen sehr gefaßten Eindruck.

»Bist du froh, Tante Mariechen, daß du mich los wirst?«

»Na, das kannst du mir glauben! Was hast du denn an deiner Hand? Die sieht ja schlimm aus!«

»An meiner Hand? Ja richtig, jetzt sehe ich es auch. Da muß ich mich unten an der Haustür verletzt haben.«

»An der Haustür? Komisch, da hat sich noch niemand verletzt. Ich mach' dir einen Umschlag mit essigsaurer Tonerde ... Wie war der Film?«

»Blöd!«

»Und der junge Mann?«

»Noch blöder!«

»Das hätte ich nicht für möglich gehalten. Ach Ameikind, was schleppst du immer für Leute an!« Dann machte sie mir unter ständigem Kopfschütteln einen Umschlag. »An der Haustür? Die Stelle mußt du mir zeigen. Niemand außer dir bringt so was fertig.«

»Tante Mariechen, wenn du jetzt nicht aufhörst ...«

Am Montagmorgen in der Pause zwischen Rechtswissenschaft und Deutschem Privatrecht erzählte ich der schönen

Eva, was mir am Samstagabend widerfahren war. Ich tat's ganz vorsichtig, damit sie nicht in Ohnmacht fiele oder einen Schlaganfall erlitte. Aber davon war sie weit entfernt. Sie lächelte. Ich nahm an, es wäre ein ungläubiges Lächeln, und fing noch einmal von vorne an. Aber sie winkte müde ab.

»Ach geh! Das versucht der doch bei jeder!«

Ich fragte, ob auch bei ihr? Sie nickte und meinte, ja, so ungefähr wär's auch bei ihr gewesen. Sie hätte es allerdings nicht soweit kommen lassen, denn sie beherrsche die hohe Kunst der Selbstverteidigung. Ich wäre ja nicht gerade fleißig beim Training gewesen, habe sie gehört, und ich solle mir ja nicht einbilden, daß ich mit einer einzigen Übungsstunde die Männer reihenweise umlegen könne!

»Aber eine Ohrfeige, eine gesalzene, hat er gekriegt!«

»Pah!« machte sie und schnippte mit den Fingern. »Ohrfeige! Daß ich nicht lache! Mit Ohrfeigen kommst du nicht weit bei richtigen Männern! Dieses Würstchen da ... diese halbe Portion mag vielleicht vor Ohrfeigen zurückschrecken. Aber jeder richtige Mann wird durch Ohrfeigen eher ermutigt! Hast du etwa einen Handkantenschlag probiert? Deine Hand sieht ja bös aus.« Damit wandte sie sich ab und ließ mich allein zurück.

Da hatte ich gedacht, dieser widerliche Jüngling sei in Liebe zu mir entbrannt, und jetzt machte er offenbar solche Sachen bei jeder. Nicht, daß ich ihn hätte leiden können. Er war mir zuwider vom klebrigen Haarschopf über die feuchte Hand bis hin zum blitzenden Stiefel, aber das Gefühl, daß sich ein männliches Wesen derart in mich verliebt hatte, daß es zu so unlauteren Mitteln griff, dieses Gefühl hatte mich irgendwie gehoben. Jetzt lag ich auf der Nase, schlimmer als vorher, und von Männern wollte ich nichts, aber auch gar nichts mehr wissen!

Nach dem Deutschen Privatrecht ging ich heim. Ich wollte meine Ruhe haben und keinen Menschen sehen. Wer kam mir da auf der Treppe entgegen? Der Mann mit den Knickerbockern. Wie immer trug er einen vollen Korb am Arm und versperrte jedermann den Weg.

»Wie wär's mit einer Schinkensemmel und mit einem Schwätzchen?«

»Nichts wär's!«

»Keinen Appetit? Auf nichts? Was ist denn passiert?«

»Ich hasse die Männer!«

»Na so was! Warum denn?«

»Weil sie gemein sind!«

»Alle oder nur einer?«

»Einer, aber die andern werden auch nicht besser sein.«

»Was hat denn der eine Böses getan?«

»Mich ins Kino eingeladen ...«

»Das ist ja eigentlich nicht so hassenswert ...«

»Ja, das sagen Sie, weil Sie ein Mann sind!«

»Können Sie darüber sprechen?«

»Nein, nie! Ich bring' es nicht über die Lippen!«

»Das ist ja schrecklich! Aber vielleicht sollten Sie Ihr Urteil über die Spezies Mann nicht auf ein einziges Exemplar stützen. Es gibt auch andere. Ich hatte Ihnen eigentlich etwas erzählen wollen, aber wenn Sie gerade keine Lust dazu haben ... Wie wär's mit einer Schinkensemmel?«

»O ja«, sagte ich, »das wäre wunderbar!«

Nach diesen schmerzlichen Erfahrungen nahm ich mir vor, die Veranstaltungen der Studentengemeinde nicht mehr zu besuchen, dafür aber eifrig zu lernen. Ich setzte mich also hin und war fleißig, aber es machte mir weniger Freude, als ich gedacht hatte. Zuerst einmal versuchte ich, zu entziffern, was ich während der Vorlesungen in mein Kollegheft geschrieben hatte. Es war bestürzend wenig. Dann machte ich mich über Professor von Tietkes ›Gedächtnisbüchlein‹ her und lernte auswendig, was mir wichtig schien.

Ich hatte immer gern und schnell auswendig gelernt. ›Die Bürgschaft‹, ›Die Glocke‹ – kaum gelesen, hatte ich sie schon fest im Kopf. Aber das waren Gedichte mit Reim und Rhythmus, Gedichte, die ich liebte. Bei dem, was vor mir lag, handelte es sich um Paragraphen in fürchterlichem Deutsch, ohne Reim, ohne Rhythmus! Schrecklich! Kein Wunder, daß der Sohn von Minister Neumann beim ersten Examen in Ohnmacht gefallen war! Mir würde das gleiche passieren, wenn ich nicht sofort Tanz und Kino und alles Schöne beiseite ließe.

Ich bekam Hunger. Das passiert mir jedesmal, wenn ich unglücklich und traurig bin. Immer wieder ging ich in die Küche, und auch Herr Brumbusch kam dorthin. So standen wir vor leeren Eisschränken und warteten auf unseren Knickerbockermann und das, was er vielleicht mitbringen würde.

Ach, wie gern hätten wir nach seinem Erscheinen die Küche aufgeräumt. Aber er war spurlos verschwunden. Herr Brumbusch seufzte und schaute mich traurig an. Ich hob die Schultern und schüttelte den Kopf. Nein, wir wußten nicht, wo er geblieben war, und wir merkten erst jetzt, was wir an ihm gehabt hatten.

Bei der nächsten Deutschen Rechtsgeschichte saß die schöne Eva in der ersten Reihe und hatte einen Platz neben sich freigehalten. Das geschah nicht mehr so oft wie früher. Wir hatten uns auseinandergelebt, jetzt aber winkte sie mir zu, lächelte sogar und sagte: »Du lebst ja noch! Ich dachte schon, das kleine Abenteuer im Kino hätte dir aufs Gemüt geschlagen. Ach geh, so etwas schluckt man runter, ohne mit der Wimper zu zucken! Übrigens, heute abend spricht Professor Iwand im Juristenkleinkreis über das Thema ›Sprache des Gewissens‹. Na, wär das nichts für dich und deinen Jugendrichtertick?«

»Mal sehen«, sagte ich und war fest entschlossen, den Abend mit Tante Mariechen und dem BGB zu verbringen.

Aber Tante Mariechen war unausstehlich und kein bißchen dankbar dafür, daß ich bei ihr bleiben wollte. Sie ließ das Radio auf voller Lautstärke Volksmusik spielen.

Eine halbe Stunde hielt ich es aus, dann zog ich meinen Mantel an.

»Wohin des Wegs?« fragte die Tante.

»Professor Iwand hält einen Vortrag über die Sprache des Gewissens.«

»Dann laß dich nicht aufhalten!«

Kam es mir nur so vor, oder war es wirklich so, daß ihre Stimme erleichtert klang? Die schöne Eva sah ich nicht im Juristenkleinkreis. Ich weinte ihr auch keine Träne nach, denn was hörten meine entzückten Ohren? Schwäbische Laute! Das hätte ich mir nie verziehen, wenn ich diesen Vortrag versäumt hätte ... Er gefiel mir sehr und berührte mich tief. Trotzdem, und das war mir ganz unverständlich, wollte ich hinterher nicht gleich nach Hause gehen, um in Ruhe über die Sprache des Gewissens nachzudenken. Nein, ich spürte eher das Bedürfnis, noch ein bißchen dazubleiben und den Abend vergnügt zu beschließen. Auch den anderen ging es so. Sie sprangen auf, schlenkerten Arme und Beine und riefen: »Wie wär's mit einem Glühwein?«

Gut wär's, wunderbar, nötig wär's, denn im Haus der Studentengemeinde wurde man kühl gehalten! Sie sparten mit Heizmaterial. Ich war daran gewöhnt, denn bei uns daheim sparte man auch. Ich saß gern im kalten Zimmer und konnte auf diese Weise meinen schönen neuen Mantel anbehalten und vorführen.

Ein Schwabe setzte sich neben mich, einer von der netten Sorte. Ich hatte ihn schon mehrmals aus der Ferne gesehen und hatte ihm vorsichtig zugelächelt, denn nicht alle Schwaben gehörten zu der umgänglichen Art. Ich sehe immer noch rot, wenn ich an den Burschen denke, der bei der Immatrikulation hinter mir saß und ruhig zusah, wie ich mich auf meine Brille setzte. So etwas hätte dieser Schwabe, der jetzt neben mir saß, niemals zugelassen, da war ich ziemlich sicher. Er erzählte Witze am laufenden Band und hieß ganz einfach »Müller«, »Manfred Müller«.

Ich finde, es ist egal, wie die Leute heißen, wenn sie nur nett sind, und das war er, sehr nett!

Um Mitternacht endlich brachen wir auf, und er fragte mich, ob er mich nach Hause bringen dürfe.

»Ja gern, wenn es kein Umweg für Sie ist!«

Er beteuerte, daß es keiner wäre, obwohl er noch gar nicht wissen konnte, wo ich wohnte.

Leider hatte mich vorher schon ein anderer gefragt, ein Jurist, den ich von der Quäkerstube her kannte. Wir hatten uns damals recht ordentlich unterhalten, aber gegen Manfred Müller und sein Schwäbisch kam er nicht an. Natürlich hatte ich ihm zugesagt, denn woher sollte ich wissen, daß im Laufe des Abends noch ein anderer mit mir nach Hause gehen wollte, zudem ein so netter Mensch wie dieser Schwabe?

Das mit dem Nachhausebringen ist eine leidige Sache. Entweder man begnügt sich mit dem erstbesten, der fragt, und lebt den ganzen Rückweg in Furcht und Schrecken, denn weiß man, was er im Schilde führt? Oder man sagt jedem zu. Dann muß man allerdings belastungsfähig sein, um ertragen zu können, daß sie allesamt schlechter Laune sind und man ihnen jedes Wort aus der Nase ziehen muß.

Tante Mariechen hatte mir versichert: »Ameikind, drei sind am besten, da kann einfach nichts passieren!«

Wir zogen los und waren sehr vergnügt, besonders Herr Müller. Er sprühte vor Witz und Geist und schlug Funken, so daß ihm ein Freund nachrief: »Manfred, tu langsam!« Dieser Aufforderung hätte es nicht bedurft, Herr Müller wurde ohnedies langsamer. Als er den Juristen an meiner anderen Seite sah, hörte er auf zu sprühen und musterte ihn unfreundlich.

»I bring' se schon heim«, knurrte er.

»Ich auch«, sagte der andere. »Ich war zuerst da!«

Beide hatten sie den dritten noch nicht bemerkt, der sich bescheiden im Hintergrund hielt. Weil er so erbarmungswürdig dreinschaute, hatte ich ihm ebenfalls erlaubt, mich nach Hause zu begleiten.

Tante Mariechen hatte die Sache schon richtig gesehen. Diese Konstellation: Eine Dame, drei Herren erwies sich in jeder Hinsicht als gefahrlos für die Dame. Rechts und links von ihr zwei frustrierte Herren, hinten eine Nachhut, alle drei verfeindet und streng darauf bedacht, daß niemand auch nur einen Zentimeter näher heranrückte. Unter solchen Umständen war es unmöglich, ein heiteres Gespräch in Gang zu halten. Ich versuchte es trotzdem und lächelte dem lustigen Schwaben zu. Aber er lächelte nicht zurück. Er kam sich betrogen vor, das wurde mir langsam klar. Auch der Jurist an meiner anderen Seite war unzufrieden. Nach dem dritten schaute ich mich vorsichtshalber gar nicht um. So kamen wir an den Goldgraben und vor Tante Mariechens Haus.

»Hier also steht meine Burg«, sagte ich, aber sie äußerten sich nicht dazu. Schließlich hätten sie ja »Aha!« sagen können oder »Eine hübsche Burg!« oder sonst etwas Nettes, aber nein, sie hatten sich offenbar dazu entschlossen, mich durch Schweigen zu strafen. Sie standen vor der Haustür wie die Ölgötzen und sahen zu, wie ich das Licht anknipste, das Haus aufschloß und die Tür nach innen drückte. Keiner regte auch nur den kleinen Finger. Ich sagte: »Na dann gute Nacht, meine Herren!« und machte die Tür hinter mir zu.

Wer hatte auch ahnen können, daß mir gerade an diesem Abend der nette Herr Müller über den Weg lief.

Wenn ich ihn jemals in meinem Leben wiedersehen würde, dann sollte er erfahren, daß ich nicht schuld an diesem Heimwegsdrama war, sondern allein Tante Mariechen mit ihrer seltsamen Dreier-Strategie. Ich spähte durch das Flurfenster, da standen die drei noch im Garten und konnten sich offenbar nicht trennen.

Ich schlief lange nicht ein, und als es mir endlich gelang, da hatte ich einen schrecklichen Traum. Er war so schlimm, und ich fürchtete mich so sehr, daß ich über den Tisch kletterte und zu Tante Mariechen ins Bett kroch. Tante Mariechen wußte nicht, wie ihr geschah, aber als ich ihr etwas vorzitterte und nicht sprechen konnte vor lauter Entsetzen, da rückte sie zur Seite, damit ich neben ihr liegen konnte. Nach einer Weile, als meine Zähne langsamer klapperten, fragte sie: »Na, was gibt's denn, Ameikind?«

»Oh, Tante Mariechen, ich hab' was Furchtbares geträumt!«

Sie seufzte und gähnte, aber schließlich sagte sie doch: »Erzähl's, wenn du willst!«

Ich wollte schon, aber ich konnte nicht. Wie sollte ich ihr von dem schrecklichen Berg erzählen, der immer näher rutschte und unter dem ich in Kürze ersticken würde. Es war ein Berg aus lauter schwarzen Socken mit faustdicken Löchern darin. Und hinter diesem Berg stand der Schwabe Müller, lächelte traurig und zeigte auf die Löcher. Es gab keinen Zweifel, er wollte, ich sollte sie stopfen. Aber ich konnte nicht stopfen, ich konnte sie höchstens zusammenziehen.

»Dein junger Mann steht schon unten!« Tante Mariechen seufzte, nachdem sie einen Blick aus dem Fenster geworfen hatte.

»Es ist nicht mein junger Mann«, knurrte ich und kroch aus dem Bett. Tatsache war, daß er jeden Morgen kam, um mich zur Vorlesung abzuholen. Da stand er mit seiner braunen Cordsamthose und der Baskenmütze, die ich nicht leiden konnte, unten im Garten und wartete geduldig. Seitdem gab es morgens bei uns keine Ruhe mehr. Ich mußte früher als sonst aufstehen, kam der Tante in die Quere und störte sie bei ihren Waschungen. Das einzig Gute war, daß ich auf diese Weise pünktlich in die Uni kam.

Er hörte in der ersten Stunde Homiletik, ich Deutsche

Rechtsgeschichte. Professor Freese nickte anerkennend, wenn er zur Tür hereinkam und mich schon sitzen sah. Manchmal sagte er auch: »Schön, daß man Sie wieder mal sieht!« Das war aber nicht unfreundlich gemeint, er hatte es sich einfach so angewöhnt.

Herr Müller kam immer mit dem Fahrrad, aber er fuhr nicht, sondern schnallte nur unsere Mappen auf den Gepäckträger. Ich hätte mich gerne auch noch darauf gesetzt, weil ich so schrecklich müde war und es zur Uni abwärts ging, aber das wollte er nicht.

»Noi, des mache mir net. Mir wollet doch miteinander schwätze!« Wer schwätzte, das war allein er. Morgens in aller Herrgottsfrühe war ich noch nicht zum Reden aufgelegt.

Ich wunderte mich, daß er immer sein Rad mitschleppte, obwohl er doch nie damit fuhr. So schwer waren die Kollegmappen nun auch wieder nicht. Aber ich kam ihm bald auf die Schliche. Es ging um den »kleinen Umweg« vom Goldgraben zum »Weißen Stein«.

Daß er dort, »Am weißen Stein«, wohnte, hatte er irgendwann einmal gesagt, ich hatte es aufgeschnappt und im Kopf behalten. Kurz darauf mußte ich für Tante Mariechen einkaufen, ging und ging, ganz in Gedanken versunken, und als ich nach einer halben Stunde zufällig in die Höhe blickte, da stand auf dem Straßenschild »Am weißen Stein«. Aha, dachte ich, hier wohnt er also. »Direkt« auf dem Weg zum Goldgraben, nur ein halbes Stündchen Umweg. Darum hatte er das Fahrrad immer dabei, für die Rück- und Umwege.

Es traf mich hart, daß Tante Mariechen immer von »deinem jungen Mann« sprach. Ich hatte mich zwar ein bißchen an ihn gewöhnt und hörte ihn gerne Schwäbisch sprechen, aber »mein junger Mann« war er deshalb noch lange nicht. Das zeigte sich besonders bei den Vorbereitungen zu den großen Studentenfesten, die jetzt näher rückten.

Da war das Theologenfest, das Juristenfest, das Schwabenfest, das Psychologenfest, das Winterfest ... Eins jagte das andere, und wo man sich auch blicken ließ, überall standen tanzlustige Studenten und suchten mit Sperberblick nach Damen, auf die sie sich stürzen konnten. Zwar waren die Verhältnisse nicht ganz so katastrophal wie bei der roten Martha mit ihren Hundertschaften, aber auch in Göttingen mußten die Herren Studenten sich beeilen, wollten sie eine halbwegs passable Partnerin erwischen. Sie lauerten auch mir auf. Ein Jurist verstellte mir als erster den Weg, einer, der ewig beleidigt war und bei dessen Anblick mein Herz keinen Schlag schneller schlug. Ich versuchte mich zu drücken und hinter der nächsten Ecke zu verschwinden, aber hinter der stand bereits ein beutegieriger Psychologe, ein freundlicher Mensch, mit dem man reden, aber nicht tanzen konnte. Mit seiner Hilfe hatte ich schon manchen schmerzlichen Zusammenstoß erlitten. Ich sagte, daß ich es mir noch einmal überlegen wollte, wenn es ihm nichts ausmachen würde. Er antwortete, es mache ihm gar nichts aus, aber wenn ich ihm morgen Bescheid sagen könnte, dann wäre es ihm recht. »Mister Hallo« überschüttete mich mit vielen »Wonderfuls« und einem Redeschwall, aus dem ich entnehmen mußte, daß er mich ebenfalls als Partnerin begehrte.

Am ärgerlichsten aber war mir ein arroganter Jüngling aus dem Adel. Wir hatten uns beim Fechten kennengelernt. Er beging den Fehler, mich unablässig zu besiegen und diese bedauerliche Tatsache auch noch überall herumzuerzählen.

So etwas tut man nicht! Es fördert den Klassenhaß und den Kampf der Geschlechter und ist auch sonst nicht diplomatisch. Er also lud mich zum Juristenball ein und – man höre und staune – zu allen anderen Festen auch, die bei mir noch frei wären. Er kaufte sozusagen meine Restbestände auf, eine Handlungsweise, die mich zutiefst verletzte. Immerhin muß ich zugeben, daß jede Dame den

Kopf nach ihm verdrehte und ihm schöne Augen machte, denn er tanzte wunderbar!

Ich hatte es selber erlebt, mehrere Male sogar, wie himmlisch er Walzer tanzte und wie man die böse Welt dabei vergessen konnte. Wenn er nur seinen Mund gehalten hätte!

Seine Redseligkeit war sein größter Fehler und bei einem Ball der Volkswirtschaftler trat er offen zutage. Wir tanzten, und während er sich und mich im Walzer wiegte, flüsterte er mir nicht etwa süße Liebesworte ins Ohr, nein, er mokierte sich über die Tänzer und Tänzerinnen und machte ironische Bemerkungen.

Ich hatte bald genug davon, denn ironisch kann ich selber sein. Er spottete auch über die kleinen Mädchen, die alles dransetzen würden, schon im ersten Semester das Studienziel zu erreichen.

»Sie wissen, was für ein Studienziel ich meine?«

Ich grub in meinem Kopf, förderte Fleißprüfungen zutage, Auslandssemester und alles mögliche ...

»Jetzt erzählen Sie mir bloß nicht, daß Sie das nicht wissen!« Er lachte so hämisch wie früher Studienrat Schnulzer. »So naiv kann man gar nicht sein! Das weiß doch jeder! Das Studienziel der kleinen Mädchen im ersten Semester ist ein Mann! Na, war das so schwer zu raten?«

Ich tat, als ob ich mich nicht ärgerte, und sann auf Rache. Ich brauchte nicht lange zu warten.

»Da schauen Sie sich die Jungfer an, die im blauen Kleid! Sieht sie nicht aus wie eine Pfarrerstochter? Und sie sieht nicht nur so aus, sie ist auch eine! Vor Pfarrerstöchtern muß man sich hüten, denn man wird sie schlecht wieder los!«

»Ach, so ist das! Dann will ich aber ganz schnell aus Ihrem Blickfeld verschwinden! Halten Sie sich fest: Ich bin auch eine!«

Es war ein herrlicher Augenblick! Einer, wie er den Menschen nur selten beschieden ist. Ich genoß ihn in vollen

Zügen. Dann hörte ich den Burschen sagen: »Ich fall' auf der Stelle tot um!« Aber er tat es leider nicht! Er schickte versöhnliche Geschenke, schrieb einen tränentriefenden Brief, der Heuchler, und hatte zwei Wochen später, beim Fechten, sogar die Frechheit, mich zum Juristenball und sämtlichen Restfesten einzuladen! Ich würdigte ihn keines Blickes, legte das Florett nieder und verschwand im Damen-Waschraum zu langer, beglückend warmer Dusche ... Damit war ich das ungeliebte Fechten los und den ungeratenen Jüngling auch.

Bewerber hatte ich mehr als genug! Nur einer hielt sich vornehm zurück, der Schwabe Manfred Müller! Vielleicht dachte er: Gut Ding will Weile haben, aber da täuschte er sich, hier gab es keine Zeit zu verlieren. Noch vor den Weihnachtsferien mußte jeder Herr seine Dame haben und jede Dame ihren Herrn. Auf dem Weg zur Uni sprachen wir über Gott und die Welt, nur nicht über diese dringliche Angelegenheit, und ich hätte mir lieber die Zunge abgebissen, als selber damit anzufangen. Wenn er mich nicht haben wollte, dann sollte er's eben lassen; ich würde ihm gewiß nicht hinterherlaufen!

Zwei Tage vor Weihnachten putzte ich unser Zimmer und Tante Mariechens Bäumchen. Es war winzig klein und stand in einem Blumentopf auf dem Schreibtisch. Bei uns zu Hause reichte der Weihnachtsbaum vom Boden bis zur Decke, und wenn er das nicht tat, dann weinte Mutter und sagte, es wäre kein richtiger Baum. Erst nachdem sie einen Tag daran geschmückt hatte, war er wie immer richtig und schön. Da ging es mit unserem Bäumchen schneller. Schon nach einer halben Stunde war es mit Lametta und bunten Kugeln reichlich bestückt und sah schön aus.

Als Tante Mariechen nach Hause kam, war sie entzückt. Wir zündeten die fünf Kerzen an und feierten. Sie sang, und ich spielte Flöte dazu. Dann überreichte sie mir mein Weihnachtsgeschenk.

Es war ein wundervoller, glänzend blauer Stoff für ein Abendkleid. Die Frage, woher ich ein Festkleid nehmen sollte, hatte mich in der letzten Zeit mehr beschäftigt als sämtliche BGB-Paragraphen. Ich brauchte eines, auch wenn dieser Herr Müller kein Interesse für mich an den Tag legte. Tante Mariechen drapierte mir den Stoff über Kopf und Schultern.

»Wunderbar!« rief sie. »Es steht dir wunderbar zu Gesicht! Aber ohne Brille, das bitte ich mir aus!«

Ich versprach es und gab ihr sogar einen Kuß, so glücklich war ich. Von mir bekam sie einen Toaster, damit das Affentheater am Sonntagmorgen ein Ende hätte. Aber dieses Geschenk machte ihr keine Freude. »Was denn?« rief sie. »Wir haben doch einen! Ich hatte mich so an ihn gewöhnt!«

»Aber Tantchen, die Toaste waren immer schwarz!«

»Das lag nur daran, daß sie zu lange drin waren...«

»Bei dem neuen Toaster springen sie von ganz allein hoch, man braucht nicht mehr aufzupassen und durch den Gang zu rasen!«

»Die ganze Spannung ist weg«, klagte die Tante, »und manchmal waren sie ja auch eßbar. Ich hab' ihn von Tante Luischen bekommen. Er war mir immer eine liebe Erinnerung.« Sie zog die Nase hoch und angelte nach ihrem Taschentuch.

»Na so was, Tantchen. Ich dachte, du freust dich...«

»Ja, ich freue mich auch, aber mein Herz hängt eben an diesen lieben Dingen.«

»Gut, dann tausche ich ihn nach Weihnachten um.«

»Nein, auf keinen Fall! Was man geschenkt bekommen hat, muß man behalten! Vielen Dank, liebes Kind! Du hast dir soviel Ausgaben gemacht und es gut gemeint...«

Als ich nach den Weihnachtsferien wieder im Goldgraben auftauchte, hatte sie den ungeliebten neuen Toaster geschickt auf die Seite gebracht, und zwar auf Brumbuschs Tischseite in der Küche.

»Darfst du ihn denn dahin stellen, Tante Mariechen?«

»Pscht, Kind«, flüsterte sie. »Komm in unser Zimmer, ich erklär' dir's!«

Sie hatte das ungeliebte Geschenk weitergegeben und es an Weihnachten schön verpackt in Frau Brumbuschs Arme gelegt. Die war voller Dank und Reue und hatte seither immer vor zehn Uhr aufgehört zu musizieren. Daß dieser Zustand lange währen würde, wagte ich zu bezweifeln. Tante Mariechens Augen waren ganz glanzlos geworden, so sehr vermißte sie die nächtlichen Streitereien.

Am Morgen des 23. Dezember brachte sie mich zum Bahnhof. Wir zogen gemeinsam den Handwagen der Familie Brumbusch. Er quietschte nicht, denn Frau Brumbusch hatte ihn geölt, auch stand kein schwerer Reisekorb mehr darauf, sondern nur ein Koffer mittlerer Größe. Wir kamen viel zu früh auf den Bahnsteig, standen herum und froren.

»Wo bleibt denn dein junger Mann?« fragte die Tante.

»Er ist nicht mein junger Mann, das hab' ich dir schon hundertmal gesagt, Tante Mariechen! Falls du aber Herrn Müller meinen solltest, der ist vermutlich irgendwo auf der Autobahn zwischen Göttingen und Heilbronn. Er fährt per Anhalter, soviel ich weiß.«

»Nun ja, für Männer ist diese Art von kostenloser Fortbewegung nicht ganz so gefährlich wie für Frauen. Hoffen wir, daß er wieder gut zurückkehrt. Du sagst, er ist Schwabe?«

»Ja, das habe ich gesagt, und es stimmt auch.«

»Spricht er etwa Schwäbisch?«

»Ja, das tut er, und ich mag es besonders gern.«

»Das kann ich verstehen, denn es ist ein netter und treuherziger Dialekt. Wenn er seine Bitte in Schwäbisch vorbringt, dann öffnen sich alle Herzen und Autotüren, da kannst du sicher sein, mein Kind.«

»Ach, Tante Mariechen, was sagst du für Sachen!«

»Die Wahrheit, Kind, nichts als die Wahrheit. Er studiert Theologie? Das stimmt doch?«

»Ja, es stimmt.«

»Hoffentlich predigt er nicht in Schwäbisch! Es gibt nichts Gräßlicheres als Pfarrer, die Gott im Dialekt loben. Diesem und jenem mag es vielleicht gefallen, aber im allgemeinen macht es einen schlechten Eindruck. Sag ihm das bitte mit einem Gruß von mir, einer fleißigen Kirchgängerin und Pfarrerstochter.«

Zum Glück fuhr gerade der Zug ein, sonst wäre ich vor Wut geplatzt und hätte der Tante auch ein paar Wahrheiten zu schlucken gegeben, solche, an denen sie die ganzen Weihnachtsferien zu beißen gehabt hätte, mit und ohne Gebiß! Aber wem fällt schon so was im rechten Augenblick ein?

Der Zug hielt, wer aber stand plötzlich neben mir, schleppte den Koffer in ein Abteil und hievte ihn in das Gepäcknetz? Der Knickerbockermann war's, der Mensch, der immer die Küche so hinterließ und der uns so lange allein gelassen hatte.

»Sag ein Wort von bleibendem Wert!« rief die Tante.

Da gab ich dem Knickerbockermann einen Kuß. Es war zwar nur einer von der schwesterlichen Art, aber er ärgerte die Tante mehr als sämtliche vergifteten Wahrheiten, denn sie konnte ihn nicht leiden und hatte immer gehofft, daß er nie zurückkehren werde.

»Schinken oder Käse?« fragte er.

»Beides!«

Er drückte mir zwei Päckchen in die Hand, eine Colabüchse dazu und sprang aus dem Zug. Es war höchste Zeit.

Weihnachten wie immer und doch ganz anders

Beate und die Kleinen holten mich am Bahnhof ab. Sie freuten sich, daß ich kam, und konnten es kaum erwarten, daß ich den Koffer auspackte und all die süßen Sachen herausholte, die ich sicher für sie mitgebracht hätte. Vater saß an der Predigt, Mutter schmückte den Baum. Beide kamen nur schnell gelaufen, drückten mich ans Herz und machten sich wieder an die Arbeit. Alle, sogar Else, sagten: »Schön, daß du wieder da bist!«

Ich hatte mich auch sehr gefreut und fand es schön, daß ich wieder zu Hause war, aber ich mußte immer an Göttingen denken und ertappte mich dabei, daß ich die Tage bis zum 7. Januar zählte. In meinem Zimmer herrschte Eiseskälte. Ich fror, denn ich hatte mich an Tante Mariechens warmes Stübchen gewöhnt. Das Zimmer gehörte nun Beate. Sie hatte die Möbel umgestellt und meinen Schreibtisch in Besitz genommen. Wo früher ein Foto der Eltern gestanden hatte, stand jetzt eines von Florian, ihrem Verlobten. Mir machte das nichts aus. Wir hatten das ja vorher besprochen: Beate blieb zu Hause bis zur Hochzeit, und ich kam nur in den Semesterferien zurück.

Ich packte aus und gab den Kleinen, was ich an Süßigkeiten mitgebracht hatte. Sie zogen hochbeglückt von dannen, und ich zeigte Beate meinen blauen Stoff. Sie befühlte ihn, ließ ihn auf dem Tisch Wellen schlagen und hielt ihn unters Licht.

»Der soll von Tante Mariechen sein?« fragte sie schließlich.

»Ja, von Tante Mariechen! Von wem sonst?«

»Das fällt mir wirklich schwer zu glauben. Alles ist in bester Ordnung! Ein guter, teurer Stoff. Kein Webfehler darin und das Ganze großzügig bemessen. Tante Mariechen hat sich selber übertroffen. Du wirst wundervoll darin aussehen!«

»Denk dir, Beate, wir hatten da einen aus Afrika, der hat immer ›wonderful‹ gesagt, wenn ich ihm beim Tanzen auf den Fuß getreten bin. Gell, du wirst ein schönes langes Kleid für mich nähen.«

»Natürlich werd' ich das! Laß erst mal Weihnachten vorbeigehen.«

Ich strich durch das Haus, ging in alle Zimmer. Bei Stefan lag noch ›Der Löwe von Flandern‹ auf dem Schreibtisch. Es war nicht lange her, zwei Monate vielleicht, da hatte ich ihm daraus vorgelesen, und jetzt fühlte ich mich so fremd hier ... als wäre es gar nicht mein Zuhause.

Jedem stand ich im Weg herum, selbst die kleinen wollten in aller Heimlichkeit Päckchen packen und hatten ihre Tür zugeschlossen. Also ging ich in die Kirche. Schon von draußen hörte ich, daß jemand Orgel spielte. Ich setzte mich unten ins Schiff und hörte ein Weilchen zu. Hier in der Kirche war ich zu Hause, bloß saß ich auf dem falschen Platz. Und ich hatte es mir so oft ausgemalt, wie schön es sein würde, wenn ich das erste Mal nach langer Zeit wieder an der Orgel sitzen würde.

Die fremde Organistin ging, und ich setzte mich auf ihren Platz. Jetzt endlich, auf der Orgelbank, fühlte ich mich glücklich und daheim. Aber das Glück währte nicht lange. Ich holte Bachs geliebtes ›Orgelbüchlein‹ hervor, schlug die Nummer 41 auf ›Vom Himmel hoch, da komm' ich her‹ und wollte so richtig voll in die Tasten greifen und es brausen lassen, aber ich griff daneben. Ein neuer Versuch, schon wieder falsch! Noch einmal das Ganze! Was war denn mit den Füßen los? Sie kannten ihren Weg, aber sie gingen ihn nicht. Dabei hatte ich dieses Stück so wundervoll spielen können. Was für ein Jammer.

Heiligabend war wie immer hektisch und schön. Die kleine Gitti saß hinter dem Weihnachtsbaum und stopfte wie immer Weihnachtsgebäck in sich hinein. Zum Essen gab es wie immer Kartoffelsalat und Würstchen, und als wir wie immer zur Bescherung schritten, da klingelte das Telefon. Vater knurrte: »Wer ist denn das? Wer ruft denn an Heiligabend an?«

Michael spritzte hoch und rief: »Ich glaube, das ist für mich.« Kaum war er weg, da kam er wieder. »Für dich, Amei! Mensch, spricht der Mann komisch! Bayrisch oder so was!«

Es war »mein junger Mann«. Er sprach ganz dicht an meinem Ohr: »I möcht Ihne bloß e bsonders schöns Weihnachtsfest wünsche!«

»Ich auch«, stammelte ich. »Ich wünsch' Ihnen das auch!« Da lachte er, aber nicht so laut und so lange wie sonst! Es knackte, und er war weg.

»Wer war denn das?« fragte Mutter. »Ein Bayer? Aber Kind!«

»Ach wo, kein Bayer! Ein Schwabe, ich hab' ihn in Göttingen kennengelernt.«

»Ein Student?«

»Ja!«

»Was studiert er?«

»Theologie!«

»Theologie? Paul-Gerhard, hast du gehört, er studiert Theologie!«

»Gut, dann muß ich mich einmal mit ihm unterhalten...«

»Nein, Vaterle, du brauchst dich nicht mit ihm zu unterhalten! Ich kenne ihn nur ganz flüchtig...«

»Ist er vielleicht dein herzallerliebster Schatz?« rief der freche Michael. Aber anders als sonst gab ich ihm keine Ohrfeige, obwohl er es verdient hätte, nein, ich lächelte freundlich und sagte: »Ach, du kleines Dummerle!« Das klang nicht böse in den elterlichen Ohren und ärgerte ihn noch viel mehr als alles andere.

Den ganzen Heiligen Abend lang war ich engelsgleich und milde. Ich brachte die Kleinen ins Bett, deckte sie alle drei zu und machte sogar Anstalten, ihnen Gute-Nacht-Küsse zu geben, aber Christoph drehte den Kopf weg und brummte: »I glaub', du bisch krank!«

Da merkt man, wie der Mensch sich positiv verändert, wenn er an etwas Schönes denken kann. Wie hatte er gesagt? »I möcht' Ihne bloß e schöns Weihnachtsfest wünsche!« Nein, ein Wort fehlte ... »I möcht' Ihne bloß e bsonders schöns ...« Er hatte mir ein *besonders* schönes Fest gewünscht. Was wollte ich mehr?

So ging Weihnachten glücklich vorbei, und mit Elses Hilfe gab es an Silvester ein Festtagsmenu, das wir überlebten.

Beate und ich hatten im Wohnzimmer eine Schneiderwerkstatt eingerichtet. Dort saßen wir, hörten Radio und nähten.

Beate hatte ein Phantasiegewand nach eigenem Entwurf geschaffen, eines, bei dem nur eine Mondsichel auf meinem Haupt fehlte und ich hätte ausgesehen wie die Königin der Nacht höchstpersönlich. Auf die Brille allerdings mußte ich verzichten. Tante Mariechen hatte recht gehabt, sie zerstörte den ganzen Eindruck. Während das Prachtgewand sich entfaltete und immer schöner wurde, mußten Beate und ich erkennen, daß unser Geschmack weit auseinander driftete.

»Nein, Beate, das ist zu weit! Da pass' ich ja dreimal rein!«

»Was? Noch enger? Du siehst ja eh schon aus wie eine Wurst, gleich wirst du platzen!«

»Warum willst du keine Ärmel reinmachen?«

»Weil Ärmel schwierig zu nähen sind, und weil das Kleid ohne Ärmel viel schöner ist!«

»Bitte, Beate, mach den Ausschnitt tiefer!«

»Gut, wie du willst! Aber dann muß man es oben auspolstern, sonst sieht es komisch aus.«

»Willst du damit sagen, daß ich ...«

Florian kam, um nach dem Rechten zu sehen und weil man unsere Streitigkeiten bis nach draußen hörte. Er strich Beate liebevoll übers Haar und sagte: »Nur Geduld! Wir werden das auch noch überstehen!« Mich aber fuhr er an: »Jetzt sei mal dankbar! Schließlich macht sie das alles für dich!«

»Ich bin ihr ja dankbar! Aber ab und zu muß ich auch was sagen dürfen! Ich soll es ja tragen!«

»Wenn es dir nicht gefällt, brauchst du es bloß zu sagen!«

Beate weinte, ich weinte, und Florian flüchtete. Dann baten wir uns um Verzeihung und fingen wieder von vorne an.

Endlich war es geschafft. Ich stand im blauen Prachtgewand vor der versammelten Familie, und jeder fand mich schön, sogar Else.

»Det haste jut jemacht«, sagte sie zu Beate.

Was Stefan und Michael brummelten, nahm ich nicht zur Kenntnis. Halbwüchsige Brüder muß man ertragen.

Am 7. Januar nahm ich tränenreichen Abschied von der Familie, aber der Blick in die Zukunft war nicht mehr so verhangen wie noch vor zwei Monaten. Im Koffer lag das Prachtgewand, Feste lockten, Herr Müller wartete auf mich mit seinem anheimelnden Schwäbisch und der Knickerbockermann mit seinen Wurstsemmeln.

An die Fleißprüfungen wollte ich nicht denken, irgendwie würde ich sie schon hinter mich bringen; Tante Mariechen blieb zwar immer noch ein Problem, aber eines, mit dem ich leben konnte.

Auf dem Bahnsteig in Göttingen erwarteten mich freudige Überraschungen. Zuerst einmal sah ich im Vorbeizischen das Fahrrad des Herrn Müller. Er stand daneben und spähte nach mir aus. Aber der Zugführer schien das Bremsen vergessen zu haben, denn der Zug fuhr und fuhr, und ich dachte mit Grausen an den Gepäckmarsch, der vor mir lag. Aber ich wurde schnell aller Sorge enthoben, denn jemand machte sich an meinem Koffer zu schaffen. Es war der Knickerbockermann, der ihn im Handwagen verstaute.

»Von der Dame Brumbusch«, sagte er, »natürlich frisch geölt, wenn Ihre Majestät heimkehren. Die Tante ist noch in der Augenklinik und läßt grüßen. Ich bin das Empfangskomitee!«

»Un i au!« sagte Herr Müller und stieg vom Rad.

So ist es in unserer Welt. Entweder es holt einen niemand ab oder gleich ein ganzes Regiment. Was war jetzt zu tun? Die Herren vorstellen? Wie macht man das, wenn man den einen nicht beim Namen kennt und beim anderen nur mit Müller dienen kann? Man tut sein Bestes.

»Dies ist der Knickerbockermann«, sagte ich, »und dies der Schwabe Manfred Müller!«

Sie nickten sich zu, kühl und ohne Herzlichkeit. Der eine sagte: »So, des freut mi jetzt aber!«, obwohl ein Blinder hätte sehen können, daß es ihn überhaupt nicht freute. Der andere griff nach einer Plastiktüte und holte allerhand daraus hervor.

»Ich dachte mir, es ist eine weite Reise. Vielleicht haben Sie Hunger?«

Und wie ich Hunger hatte! Dankbar nahm ich eine Schinkensemmel in Empfang. Auch Herr Müller bekam eine und rief, nun wirklich voller Freude: »A Wurstweckle! Des isch aber e feine Sach! Dank schö!«

Damit waren unsere zwischenmenschlichen Schwierigkeiten zwar nicht beseitigt, aber doch entschärft. Wir aßen, und essend setzten wir uns in Bewegung. Der Knickerbockermann zog den Handkarren mit dem Koffer, Herr Müller schob sein Fahrrad und erzählte dabei, wie erfolgreich er per Anhalter nach Heilbronn gekommen war, schneller als mit dem Zug und billiger, von Würzburg bis Heilbronn sogar im Mercedes. Alle Autotüren hätten sich ihm geöffnet.

»Auch die Herzen?« fragte der Knickerbockermann.

Ehe Herr Müller antworten konnte, waren wir am Goldgraben angelangt. Es war ein kurzweiliger Weg gewesen, und nun standen wir vor der Haustür. Der Knickerbockermann hob den Koffer aus dem Handwagen und schloß die Tür auf. Herr Müller sah es und wunderte sich.

»Ja, wie isch mer's denn? G'höret Sie au dazu?«

»Ja, mit Ihrer gütigen Erlaubnis. Ich bewohne ein Zimmer im gleichen Stock.«

»Und er sorgt dafür, daß ich nicht verhungre!« ergänzte ich.

»Des isch recht, des freut mi, aber i muß jetzt onbedingt mit Ihne spreche, Fräulein Lassahn!«

»Ich stell' schon mal den Koffer vor Ihr Zimmer«, sagte der Knickerbockermann. »Soll ich einen Kaffee machen?«

»Sonst immer, aber heut net. 's geht um Termine. I bin spät dra...« So, jetzt endlich hatte er es gemerkt.

Der Knickerbockermann verschwand mit dem Koffer im Haus. Herr Müller wandte sich mir zu: »Fräulein Lassahn, i möcht' Sie einlade zum Juristenball. Gell, i bin spät dran?«

»Das kann man laut sagen, Herr Müller. Der Juristenball ist leider schon vergeben.«

»Aber des Schwabefest, des hen Se doch freig'halte?«

»Nein, natürlich nicht! Ich konnte nicht wissen...«

»Doch, des hättet Sie wisse könne! Isch der Theologeball au scho vergebe?«

»Ich hab' bis kurz vor Weihnachten gewartet... Wir waren so oft zusammen, und Sie haben nie ein Sterbenswörtchen gesagt...«

»Und Sie hättet natürlich au keins sage könne, kei Sterbenswörtle!«

»Nein, das hätte ich nicht sagen können!«

»Was isch mit dem Winterfest der Studentengemeinde? Au scho weg?«

»Nein, das hab' ich mir freigehalten auf die Gefahr hin, daß ich nachher sitzenbleibe...«

»Oh, schwätzet Se doch net so raus!«

»Ich schwätze nicht so raus! Und ich lass' mich nicht von Ihnen anschreien!«

Er rang nach Luft und nach Fassung, dann räusperte er sich und sprach mit rauher Stimme: »Wenigstens ebbes! Des Winterfest! Hebet Sie's auf. Gibt's sonst no ebbes? No schreibet Sie mi ganz obe auf die Warteliste. Bis morge! I hol' Sie ab!«

Er schwang sich aufs Rad, fuhr den Gartenweg hinunter, stieß mit dem Fuß die Gartentür auf und brauste den Goldgraben hinunter wie die Feuerwehr.

So, das war ihm recht geschehen, dem Schlamper! Meint, er bräuchte sich nicht um mich zu bemühen und er könnte mich anschreien, wenn er Lust dazu hätte. Und wer muß es ausbaden? Ich! Ich mußte mit Leuten tanzen, die ich nicht ausstehen konnte und die mir auf die Füße traten und dumm daherschwätzten. Gut, er war auch angeschlagen, aber was hilft einem Menschen der schönste Triumph, wenn er ihn nicht genießen kann.

Heulend ging ich die Treppe hinauf.

»Jetzt brauchen wir doch einen Kaffee«, sagte der Knikkerbockermann.

Die billige Amei

Tatsächlich, er holte mich ab. Ich hatte nicht mehr mit ihm gerechnet, aber da stand er unten mit seinem Fahrrad und wartete. Wir gingen nebeneinander her und versuchten einen unverfänglichen Gesprächsstoff zu finden, einen, der nichts mit Festen und Einladungen zu tun hatte.

»Übermorge isch Sonndag«, bemerkte Herr Müller.

»Ja, das stimmt«, antwortete ich.

Eine Weile wanderten wir schweigend, dann fing er wieder an: »In der Jakobikirche predigt Professor Gogarten...«

»Ist das nicht der Schöne mit den weißen Haaren, der immer so gut anzogen ist?«

»Ja, der isch's, der wunderschöne Friedrich! Woher wisset Sie des?«

»Ach, ich kenn' ein paar Theologen, die haben mich einmal zu einer Vorlesung mitgenommen. Verstanden hab' ich nicht viel von dem, was er sagte, aber aussehen tut er toll!«

»Ja, da habet Sie recht. Übrigens, bloß daß Sie's wisset, i könnt' Sie au mal mitnehme, zum Trillhaas vielleicht oder Käsemann...«

»Nein danke, ich hab' genug Vorlesungen am Hals, aber wenn ich mal bedürftig bin, dann sag' ich's.«

»Hinterher, nach em Gottesdienst gibt's in der Aula e Akademische Morgenmusik. Wenn Sie do au hinwollt oder zum Gottesdienst oder zu beidem, no könntet mir ja mitnander gehe...«

Ich sagte, das wäre eine prima Idee, es könnte allerdings passieren, daß meine Tante mitwollte, ob ihm das etwas ausmachen würde?

Er lächelte ein bißchen auf den Stockzähnen und meinte schließlich, ohne Tante wär's ihm lieber, aber wenn »ohne

Tante« auch heißen würde »ohne Nichte«, dann wolle er lieber die Tante mit in Kauf nehmen. Das gefiel mir, und ich dachte, daß Tante Mariechen sich schämen mußte, weil sie doch so häßlich über ihn und seinen Dialekt gesprochen hatte.

In diese Gedanken hinein hörte ich ihn sagen: »Sie sehet aus, als könntet Sie gut tanze!«

Wie kam er darauf? Wollte er mich ärgern? Ich und tanzen! Da konnte der schwarze »Mister Hallo« noch so laut »wonderful« schreien, es war eben nicht so! Ich konnte nicht tanzen, auch wenn ich in Herrn Müllers Augen so aussah ... Trotzdem blieb ich ganz ruhig und wartete ab, was aus der Sache werden sollte.

Er räusperte sich, und dann kam's schlückchenweise, mal im Dialekt und mal in Hochdeutsch: »Mir wollet nämlich beim Winterfest eine Française aufführe ... Nichts Schwieriges, noi, ebbes ganz Eifachs, nach der Musik von der Fledermausquadrille, kennet Sie die?«

»Nein, ich kenne sie nicht, aber ich werde sie vermutlich kennenlernen, wenn Sie nämlich damit herausrücken, was Sie im Schild führen.«

»'s isch nix Schlimm's, glaubet Sie mir. Neun Paare habet mir scho, eins fehlt.«

»Und dieses eine Paar sollen wir beide sein!«

»Ja, des sehet Sie richtig, und 's wär eifach wunderbar!«

Absagen konnte und wollte ich nicht. Ich mußte mir etwas einfallen lassen. Vorerst sagte ich, und damit war eigentlich nichts abgelehnt und nichts versprochen: »Das klingt verlockend!«

Er strahlte wie die liebe Sonne, aber nur kurz, dann verdüsterte sich sein Blick.

»Heut abend isch die erst Prob ... Könnet Se komme? I weiß ja, i ben spät dra ...« Bloß nicht wieder damit anfangen, ich fuhr ihm in die Rede.

»Heute abend, ja, da geht es! Da hab' ich noch frei!«

Eigentlich hatte ich Tante Mariechen in ein Dudelsackkonzert eingeladen, aber sie hatte gleich die Nase gerümpft und gemeckert, sie wisse nicht, ob ihr diese Art von Musik gefalle und ob sie wirklich wertvoll sei. Darauf konnte ich sie festnageln. Tante Grete, ihre Freundin würde gerne für mich einspringen, da war ich sicher.

»Oh, wenn's no klappe tät!« jammerte der Schwabe.

»Es klappt«, versicherte ich und fing an zu überlegen, wie ich es anstellen sollte, bei dieser Française mitzumachen, ohne zu tanzen...

Es dauerte nicht lange. Schon zu Beginn des Deutschen Privatrechts kam mir die rettende Idee. Sie war vorzüglich! Ich lächelte selig vor mich hin. Das sah die schöne Eva.

»Na, was gibt's denn zu lachen?« fragte sie.

»Ach nichts. Mir ist nur gerade was eingefallen.«

»Mir ist auch was eingefallen, das muß ich dir erzählen, es wird dich vielleicht interessieren. Weißt du, warum die Herren Studenten dich so gerne einladen?«

»Nein, warum denn?«

»Weil du so billig bist!«

»Was sagst du da? Ich bin billig?«

»Ja, es scheint so. Jedenfalls posaunst du überall herum, daß du eine ganze Festnacht lang mit einer Flasche Sprudel zufrieden bist. Da greifen sie natürlich zu, die armen Teufel!«

»Ich hab' nie so was gesagt! Ich wüßte nicht, zu wem!«

»Aus den Fingern werden sie sich's nicht gesogen haben.«

Professor von Tietke sah ärgerlich zu uns herüber. Hören konnte er schlecht, aber sehen wie ein Adler. »Ich lese zwar über Privatrecht«, krähte er, »aber Privatgespräche bitte ich zu unterlassen!«

Ich hing ganz gebrochen auf meinem Platz neben der rabenschwarzen Eva. Hatte ich tatsächlich so etwas gesagt? Im Spaß vielleicht? Und war es möglich, daß mich diese Burschen nur eingeladen hatten, weil sie wenig Geld für mich ausgeben mußten?

Es gab niemanden, den ich fragen konnte, ganz gewiß nicht den Herrn Müller. Und Eva! Da saß sie strahlend schön wie ein leibhaftiger Engel und war doch ein richtiger Satansbraten!

In Tante Mariechens umfangreicher Hausapotheke fand ich, was ich brauchte, nämlich einen dicken elastischen Verband und Pflaster. Beides steckte ich in meine Handtasche, zog mich hübsch an und wappnete mich zum Kampf mit Tante Mariechen und den Dudelsackpfeifern. Leicht würde es nicht werden, das war mir klar.

Sie kam und sagte ungewohnt freundlich: »Schön, daß du da bist, Ameikind! Ich sehe, du hast dich schon umgezogen ...«

»Ja, weißt du, Tante Mariechen, es ist so ...«

»Kind, ich muß es dir gleich sagen. Ich kann heute nicht mit dir zu diesem Dudelsackkonzert gehen. Bitte, sei nicht traurig, aber ich muß zu Tante Grete. Sie hat mich angerufen. Es geht ihr nicht gut. Sie braucht einen Menschen!«

»Ach, die Arme!« rief ich vor übergroßer Erleichterung fast zu laut und glücklich. »Da wird Dudelsackmusik nicht das Richtige für sie sein.«

»So ist es, Kind. Ich glaube, für Dudelsack muß man sich einfach gut fühlen. Darum, nicht wahr, verstehst du, daß ich das Konzert ausfallen lassen und zu Tante Grete gehen muß. Es war so eine wunderhübsche Idee von dir, mich einzuladen ... Aber du bist ja ein tüchtiges Mädchen und findest den Weg auch allein. Leb wohl und viel, viel Freude!« Damit war ich entlassen und sogar in Gnaden. Es war alles über Erwarten gut gegangen, ich hatte nicht mal lügen müssen, und wenn mir nicht Evas Sprudelflasche im Magen gelegen hätte, ich wäre direkt glücklich gewesen.

»Wiedersehen, Tante Mariechen, grüß Tante Grete von mir!«

»Ja, Kind, das will ich gerne tun!« rief sie und ließ sich mit einem Seufzer der Erleichterung in den Sessel fallen.

Ich war früh dran, nahm aber trotzdem den Weg über den Wall und ließ mich auf einer Bank nieder. Bei dem neblig-trüben Wetter waren nur wenige Leute unterwegs, so konnte ich mich in aller Ruhe meinem linken Fuß widmen, Schuh und Strumpf auszuziehen und ihn verbinden. An eine Schere hatte ich leider nicht gedacht, und dieser Verband war sehr lang. Ihn durchzureißen wollte mir nicht gelingen, also wickelte ich weiter. Schließlich wirkte der Fuß sehr geschwollen, mehr als eigentlich nötig gewesen wäre. Bis ich den Strumpf über dieses Elefantenbein gezerrt und den Schuh angezogen hatte, vergingen kostbare Minuten.

Herr Müller stand wartend vor der Tür des Studentengemeindehauses. Er sah mich näher hinken, und schon eilte er zu mir.

»Ja, was isch denn passiert? Oh, Sie arm's Tröpfle!«

»Unsere Treppe ... Ich habe eine Stufe übersehen, und schon war der Fuß umgeknackst...«

»Des sieht ja bös aus! Da könnet Se net tanze! Aber daß Sie trotzdem komme sind, des find i arg lieb von Ihne!«

»Ich habe gedacht, daß ich mich einfach ein bißchen dazusetze und aufpasse, damit ich die Schritte schon mitlernen kann. Oder was meinen Sie?«

»Des wär' natürlich 's allerbest. No verlieret mir kei Zeit!«

An seinem Arm hielt ich Einzug, hinkend, aber eindrucksvoll. Man verschaffte mir ein bevorzugtes Plätzchen, so daß ich die Sache in aller Ruhe betrachten konnte.

Die Française hatte mit Walzer und Fox und Boogie Woogie nicht das geringste gemeinsam. Hier wurde nicht im Kreis gedreht, bis einem schlecht war, hier wurde nicht gehüpft und geschwenkt, hier ging es gravitätisch zu. Man marschierte vier Schritte vor und vier zurück, vier nach rechts und vier nach links, und dazwischen verbeugten sich die Herren und knicksten die Damen. Das alles beherrschte ich, besonders das Knicksen. Kaum konnte ich als Kind auf meinen Füßchen stehen, schon knickste ich vor den Tanten und Onkels, denn so hatte ich es gelernt und so zauberte es Schokoladentafeln und andere gute Sachen aus ihren Taschen.

Während die Tänzer schritten und Diener machten, knicksten und lächelten die Damen. Das hatte die Tanzlehrerin ihnen eingeschärft, sie sollten lächeln nach links und rechts und zu ihrem Partner hin. Sie taten das vor allem in die Richtung meines Schwaben. Schon nach kurzer Zeit erkannte ich, wie leicht diese Française zu bewältigen war und daß ich ganz schnell zu den Damen stoßen müßte, damit sie mir meinen Tanzherrn nicht entführten. Als sie ein bißchen verschnaufen mußten, machte ich mich auf, hinkte näher, und begrüßte »meinen jungen Mann« mit dem tiefsten aller Knickse und dem strahlendsten Lächeln aus meiner Kollektion.

Wir lernten eine Tour nach der anderen, wechselten die Plätze und kehrten lachend und knicksend wieder zueinander zurück. Meinen Hinkefuß hätte ich völlig vergessen, wenn er mich nicht so behindert und Herr Müller nicht immer wieder besorgte Blicke darauf geworfen und gesagt hätte: »Jetzt machet mir beide a Päusle!«

Dann mußte ich meinen Fuß hochlegen und sah aus wie Tante Mariechen, wenn sie abends ihre geschwollenen Füße massierte. Mein hübscher Fuß, dick, unförmig. Und das hatte ich für eine gute Idee gehalten!

Herr Müller kam und schwenkte eine Sprudelflasche in der Hand: »Gell, des möget Sie jetzt«, sagte er und hatte es bestimmt gut gemeint, aber ich fuhr hoch wie von der Tarantel gestochen: »Nein, ich will keinen Sprudel! Ich will eine Cola oder Glühwein!«

»Glühwein«, Herr Müller schüttelte ungläubig den Kopf. »Bei dere Hitz hier drin Glühwein! Aber wenn Sie obedingt wollet.«

»Nein, dann will ich Sekt! Was ist teurer?«

»Sekt!« sagte Herr Müller und verschwand.

Er kam wieder und trug in jeder Hand ein Glas Sekt.

»Sie habet wirklich recht«, sagte er. »Alles hat klappt, des Füßle hat sich erholt, und i breng Sprudel! Da könnsch grad! Sekt müsset mir trinke, mir beide!«

Wir stießen an, sahen uns in die Augen und tranken. Die Damen und Herren vom Tanzkreis staunten.

»Sekt schmeckt mir besser als Sprudel«, erklärte ich so laut, daß es alle hören konnten. »Ab heute trinke ich nur noch Sekt.«

»I glaub', mir gehet«, sagte Herr Müller, »'s war heut alles a bißle viel für Sie. Erst der Unfall auf der Trepp ...

»Welcher Unfall auf der Treppe?«

»Ha jetzt so ebbes, Fräulein Lassahn, wisset Sie des nimmer? Wo Sie sich's Füßle so verknackst habet.«

»Ach ja.«

»Und dann die Française, des war fei anstrengend mit dem kaputte Füßle. Und auf des alles no der Sekt ... Für heut reicht's. Mir gehet!«

Wir schlenderten langsam über den Wall nach Hause. »Mein junger Mann« hatte den Arm um mich gelegt, um den kranken Fuß zu entlasten. So wäre ich wie auf Wolken geschwebt, wenn da nicht etwas gewesen wäre, das mich zu Boden drückte. Ich mußte es in Ordnung bringen.

»Ich will Sie mal was fragen ...«

»Bitte fraget Se!« Er legte seinen Arm fester um mich und machte es mir dadurch noch schwerer, meine Gedanken zusammenzuhalten.

»Die Sache ist die: Wenn ich auf einmal keine Lust mehr auf Sprudel hätte und wollte nur noch Sekt trinken oder Glühwein, würden Sie mich da auch noch einladen?«

»Wieso? Habet Sie no a freis Plätzle g'funde?«

»Nein, wirklich, Herr Müller, es ist mir wichtig. Würden Sie mich da noch einladen?«

»Des kannsch mir glaube, Mädle!«

»Ich meine, Sekt ist doch furchtbar teuer, und wenn ich die ganze Nacht Sekt trinken würde ...«

»Des tätet Sie nie. Sie sind ja scho von einem Gläsle

beschwipst. Was isch denn des für a komische G'schicht mit dem Sekt und dem Sprudel? Ich hab' Sie no nie Sekt trinke sehe. Seit wann sind Sie denn so scharf drauf?«

»Ich bin ja gar nicht scharf drauf, aber das dürfen Sie niemandem sagen, sonst denken alle, ich sei billig!«

»Noi, des gwieß net!«

Ich brach in Tränen aus.

»Tante Mariechen sagt immer: ›Mädchen du kommst mich teuer.‹«

»Ja, so rum paßt's scho besser!«

Zu Hause angelangt, setzte ich mich auf die Treppe vor unsere Wohnung und zog Schuhe und Strümpfe aus, denn der Teufel ist ein Eichhörnchen, und wenn die Tante noch wach wäre und den Verband sehen würde, dann hätte sie sich sehr gewundert und viel gefragt. Also schnell runter mit dem Verband! Während ich ihn abwickelte, kam jemand die Treppe herauf.

»Haben Sie sich verletzt?« fragte der Knickerbockermann.

»Nein, kein bißchen, warum?«

»Wegen dem Verband.«

»Den hab' ich bloß so zum Spaß angelegt.«

»Haben Sie Lust auf was?«

»An was dachten Sie?«

»Vielleicht an ein Gläschen Sekt ...«

»Keinen Sekt, aber vielleicht einen Sprudel ...«

»Sie enttäuschen mich, seit wann trinken Sie Sprudel?«

»Seit mir schlecht ist!«

»Das ist was anderes!« Er schloß die Wohnungstür auf, schlich zu unserer Zimmertür, lauschte und flüsterte: »Vorsicht, sie schläft nicht!« Er winkte mir zu und verschwand hinter der dritten Tür rechts.

Tante Mariechen lag im Bett, hatte eine Brille auf der Nase und ein Buch in der Hand.

»Diese Dudelsackpfeifer waren aber wirklich unermüdlich«, sagte sie. »Vier Stunden pfeifen! Ich wundere mich, daß deine Ohren nicht geplatzt sind. Du brauchst dir übrigens deine Schuhe und Strümpfe nicht auszuziehen, bevor du ins Zimmer kommst. Es ist unnötig. Ich höre dich trotzdem. Mit wem hast du denn auf dem Flur gesprochen?«

»Auf dem Flur? Ach so, das war der Mensch, der immer die Küche so hinterläßt!«

»Sieh dich vor, mein Kind. Er schmeichelt sich bei allen ein! Als du fort warst, hab' ich ihn mal ertappt, wie er mit Herrn Brumbusch in der Küche saß und Wein getrunken hat.«

»Haben sie nichts dazu gegessen?«

»Doch, mein Kind, das haben sie! Bratkartoffeln mit Spiegelei, und das am Nachmittag, als ich freihatte. Die ganze Wohnung hat gestunken! Und die Küche sah aus! Ich darf gar nicht daran denken. Es hilft nichts, er muß raus!«

»Warum denn, Tante Mariechen?«

»Weil er nicht reinpaßt! Schlaf schön, träum schön...«

Eine sturmfreie Bude

Ich redete mit Menschen- und mit Engelszungen, aber Tante Mariechen wollte nicht mit uns in die Jacobikirche gehen. Ihr wäre die Albanikirche lieb und wert, dort könne sie nach dem Gottesdienst noch ein Schwätzchen mit ihren Freunden halten und auf Professor Gogarten würde sie eben verzichten, so weh es ihr täte. Mir machte sie nichts vor. Ich wußte ganz genau, warum sie nicht mit uns gehen wollte. Der Gottesdienst in Jacobi fing eine halbe Stunde früher an als der in Albani, und sie saß noch in ihrem roten Morgenrock am Frühstückstisch und kratzte Toaste ab. Was sie aber besonders abschreckte, war die Akademische Morgenmusik hinterher in der Aula. Musik am Vormittag verabscheute sie ebenso sehr wie die von Brumbuschs am späten Abend. Also trat ich allein vor die Haustür. Dort stand schon Herr Müller und wartete.

»Ja, wo isch denn das liebe Tantchen?« rief er mit heuchlerischer Trauer. »Mir werdet doch net allei gehe müsse?«

Wir mußten, wir Armen, und machten uns auch gleich auf den Weg. Die Jacobikirche war besetzt bis auf den letzten Platz, und dieser letzte Platz schien wie für uns geschaffen. Ich gebe zu, er war sehr eng, aber wir drückten uns trotzdem hinein, denn mit etwas gutem Willen geht alles, und den hatten wir. Die anderen Leute in der Reihe leider nicht. Sie schimpften hinter vorgehaltenem Gesangbuch, was man in der Kirche nicht tun sollte, besonders nicht in diesem Fall, wo die Gemeinde zum größten Teil aus Pfarrern und Theologiestudenten bestand. Sie konnten sich nicht verleugnen. Spätestens beim Gesang wußte es jeder, denn so, als müßte jeder einzelne eine störrische Gemeinde vor sich hertreiben, singen nur Pfarrer.

Herr Müller sang betont leise und gepflegt. Professor

Gogarten sah schön aus und predigte gut, so jedenfalls kam es mir vor, wenn meine Gedanken von irgendwelchen Streifzügen zurückkehrten und sich der Predigt zuwandten.

Kaum war das Orgelnachspiel verklungen, da drückten wir uns durch die Volksmassen, um noch rechtzeitig zur Akademischen Morgenmusik zu kommen. Was für ein Glück! Wir fanden in der Aula sogar zwei Plätze nebeneinander. Langsam gewann ich wieder Gefallen daran, neben einem Menschen zu sitzen, Musik zu hören oder Vorträge, vielleicht sogar einen Film anzusehen. Der Lustmolch damals hatte mir den Spaß daran gründlich verdorben. Gnade ihm Gott, wenn er mir jetzt begegnen würde! Ich spähte in die Runde, ob er vielleicht irgendwo versteckt lauerte. Nein, er nicht, aber Tante Grete. Sie saß an der Fensterwand mit freiem Blick auf unsere Reihe. So ein Pech! Tante Grete, die immer bei Tante Mariechen hockte und ihr alles erzählte, was so in Göttingen und rundherum passierte. Jetzt hatte sie uns im Visier.

Das Konzert begann mit Händel, Telemann folgte mit Cembalo, Flöte und Gambe. Zum Hinschmelzen schön! Wir tauchten in eine Wolke der Glückseligkeit. Aber Tante Gretes Geierblick zog mich wieder auf die Erde zurück. Ein ganzes Rondo rauschte unbeachtet an uns vorbei, bis ich Herrn Müller klargemacht hatte, daß ich nicht aus Lieblosigkeit oder mangelndem Interesse meine Hand aus seiner gezogen hätte, sondern nur, weil Tante Grete so bedrohlich mit einem Bonbonpapier knisterte.

Die Welt war verschneit, und die Sonne schien, als wir vom Konzert heimgingen.

»Jetzt sollt' mer spazieregehe«, sagte Herr Müller und seufzte. Ach, wie haderte ich mit mir und ihm und unserem Geschick.

»Sollte es Ihnen entgangen sein, Herr Müller, daß heute um 18 Uhr der Juristenball beginnt?«

»Noi, des isch mir net entgange, aber mer hofft halt auf Wunder, und bis 18 Uhr hat's ja no a bißle Zeit!«

»Haben Sie eine Ahnung! Ich muß mich noch umziehen. Schade, daß Sie mein wunderschönes Kleid ...«

Beim Gedanken an dieses Kleid konnte ich die Tränen nicht zurückhalten. »Es ist blau ...«

»Des isch mir jetzt au egal, ob's blau isch oder rot.«

»Sie sind heute ganz besonders charmant, Herr Müller!«

»Gut, daß Sie's merket, FräuleinLassahn!«

Ich schluckte den aufsteigenden Ärger hinunter, und wir gingen schweigend bis zur Gartentür. Dort schob er den Schnee auf der Mauer zusammen, formte einen dicken Schneeball und schmetterte ihn mit voller Kraft gegen die Haustür. Wen er treffen wollte, weiß ich nicht. Vermutlich mich. Aber ich war nicht schuld an dieser Misere. Ich nicht! Wir gingen noch ein paar Schritte, aber seine Laune wurde nicht besser.

»I merk' scho, heut wird des nix mehr mit Spazieregehe und so. Aber wie wär's morge? Wenn Sie Lust hättet und Zeit und wieder klar denke könnet nach dem Juristeball, no könntet mir des Winterfest vorbereite. Mir sollet a Gedicht mache, und dann müßt uns no eh Sketch oder so ebbes eifalle. Z' schaffe gibt's grad gnug! Saget mer so um drei rum in meiner Bude am Weißen Stein. I hol' Sie ab.«

»Nicht nötig, ich weiß, wo das ist.«

Dann trennten wir uns ohne weitere Zeremonien. Er sagte nicht einmal: »Viel Spaß!« Das wäre doch das wenigste gewesen ...

Am Anfang unserer Bekanntschaft hatte die schöne Eva gefragt, ob ich eine »sturmfreie Bude« hätte. Ich wußte nicht recht, was sie meinte, und sagte deshalb gleich »nein«. Wenn ich's mir jetzt überlege, so war das »Nein« die einzig richtige Antwort. Mit Tante Mariechen als Zimmergenossin, mit Brumbuschs und dem Knickerbockermann in derselben Wohnung mußte man schon mit Stürmen rechnen. Nun war ich gespannt auf die Bude des Herrn Müller. Jedenfalls war die Einladung ein gewisser Trost.

Am Montagnachmittag um 15 Uhr machte ich mich auf den Weg. Ich konnte schon lange wieder klare Gedanken fassen, aber sie kreisten alle noch um den Juristenball. Wie ich als Königin der Nacht meinen festlichen Einzug gehalten hatte, wie langweilig der Jurist aus der Quäkerstube Witze erzählte und wie amüsant ein anderer namens Christian, mit blondem Haarschopf und Adlernase. Wir beide tanzten auf der Empore Walzer. Rechtsherum ging es noch, aber linksherum war es eine Katastrophe. Kurz vor Mitternacht tauchte der Knickerbockermann auf und hatte keine Knickerbocker an, sondern einen schicken schwarzen Anzug mit roter Samtweste. Wir tranken Sekt, und gegen Morgen tanzte die schöne Eva mit dem Knickerbockermann an uns vorbei. Ein schönes Paar! Die ganze Nacht hindurch hoffte ich insgeheim, Herr Müller werde auftauchen, ich sah ihn sogar einmal hinter einer Säule stehen, aber als ich nähertrat, war er's nicht. Solche Gedanken verfolgten mich, als ich unterwegs war zu Herrn Müllers Bude.

Sie glich einem Puppenstübchen mit Schrank, Tisch, Bett und Kanonenöfchen. Der Tisch war weiß gedeckt, und in seiner Mitte prangte ein wundervoller Kuchen, ein »Gugelhupf«, wie Herr Müller ihn nannte, er hätte ihn heute morgen selber gebacken.

»Wie gefällt's Ihne in meiner Bude?« fragte er.

»Sehr gemütlich! Aber ist es auch eine sturmfreie Bude?«

Herr Müller legte das Messer hin, mit dem er Kuchen schneiden wollte.

»Sie fraget aber au Sache! Ob's a sturmfreie Bude isch? Mei Wirtin isch e neugierigs Weib, aber sonst wüßt' i eigentlich net...«

»Aber es ist doch wichtig. Meine Tante Mariechen zum Beispiel will es unbedingt wissen!«

»Was geht denn die das an?«

»Meine Tante ist sehr um mich besorgt!«

»Gut«, sagte Herr Müller und griff nach dem Messer, »ich versichere Ihnen hiermit und bitte Sie, es Ihrer Tante auszurichten: Dieses hier ist *keine* sturmfreie und deshalb für Damen eine todsichere Bude! Mein Wort drauf! Was wolle mer z'erscht mache? Kaffee trinke oder schaffe?«

Wir entschlossen uns für Kaffee, damit er nicht kalt werde. Als der Kuchen zur Hälfte gegessen war und der Kaffee ausgetrunken, klopfte es an die Tür, und bevor wir »herein!« rufen konnten, stand sie schon im Zimmer, angetan mit Kleiderschurz und Latschen, so wie man sich Wirtinnen vorstellt, und fragte, ob sie noch Kaffee aufbrühen solle.

»Des isch nett von Ihne, Frau Weber«, sagte Herr Müller und strahlte übers ganze Gesicht. »Aber i glaub', mir hen gnug! Dank schö!«

Sie knipste das Licht an, musterte mich kurz, aber scharf, drehte sich um und war draußen.

»Das war Frau Weber, meine Wirtin!« Herr Müller rieb sich die Hände. »Heut war sie mir direkt sympathisch. So, und jetzt erhebt sich wieder die Frage, was mir z'erscht machet. Wollet mer schaffe oder möget Se lieber Gedichte höre?«

Draußen wurde es langsam dunkel. Wir hätten sowieso nicht mehr viel zustande gebracht. Herr Müller knipste die karge Deckenbeleuchtung aus, die uns die Wirtin beschert hatte, und zündete eine Kerze an. Wir saßen nebeneinander auf dem Bett, das als Sofa hergerichtet war, mit einer dicken Bettrolle an der Wand. Das Kanonenöfchen spendete Wärme, obwohl es nicht nötig gewesen wäre. Herr Müller hätte nicht einmal Kerzenlicht gebraucht. Er konnte seine Gedichte auswendig, und wie er sie sagte, das war zum An-die-Wand-Lehnen, zum Augen-Schließen und Träumen. Mitten in meine Träume hinein sprang er auf, holte Papier und Stifte und sagte: »So, und jetzt dichte mir!«

Wir gaben uns Mühe, aber es kam nicht viel dabei heraus.

»I glaub', des isch des Löckle da«, sagte Herr Müller.

»Mer sollts net meine, aber des stört mi beim Schaffe.« Er tippte ganz leicht mit dem Finger auf mein Haar, nur um zu zeigen, welches Löckchen er meinte. Es knisterte auf meinem Kopf, es sprühte. So etwas hatte ich bis jetzt nur erlebt, wenn ich die Nylonbluse über den Kopf zog. Daß die leichte Berührung seines Fingers eine solche Wirkung haben konnte, erschreckte mich sehr. Ich schaute auf die Uhr und stieß einen Schrei aus.

»Himmel, schon acht! Was wird Tante Mariechen sagen?«

»Langsam krieg' i a Wut auf die Tante Mariechen!« sagte Herr Müller.

Ich riß meinen Mantel vom Haken, tappte durch den dunklen Gang und lief die Treppe hinunter.

»Passet Se auf!« rief Herr Müller von oben. »I komm' glei!« Er kam mit einer Taschenlampe, aber da lag ich schon. Ich hatte die letzte Stufe übersehen, war gefallen und umgeknickt. Der linke Fuß tat höllisch weh. Diesmal hatte es ihn wirklich erwischt. Herr Müller saß neben mir auf der Treppe, tröstete mich und machte sich Vorwürfe. Und weil es mir so kalt war, nahm er mich in seine Arme.

»Arms Tröpfle, 's wird glei besser! Noi, des kann i mir nie verzeihe, daß Ihne so ebbes bei mir passiere muß!« Er half mir hoch und wollte mich heimtragen, aber ich ließ ihn nicht. Spätestens vor der Albanikirche wäre er zusammengebrochen, und wer hätte mich dann nach Hause gebracht?

Wir gingen wieder engumschlungen, jedoch Glück und Lust waren merklich getrübt. Bei jedem Schritt hätte ich schreien können, aber nicht einmal das war mir vergönnt! Nachdem ich beim Française-Tanzen so übermenschlich tapfer gewesen war, würde ihn jetzt ein Schmerzgeheul vermutlich abstoßen.

So ist das Leben! Da erlaubt man sich eine kleine, harmlose Notlüge, und schon drei Tage später wird sie bestraft. Ich wußte ja, daß Lügen kurze Beine haben, aber mit so kurzen hatte ich nicht gerechnet.

Herr Müller schleppte mich den ganzen weiten Weg vom »Weißen Stein« bis zum Goldgraben. Er hätte mich auch die Treppen zum zweiten Stock hinaufgetragen und wäre mir im Zimmer behilflich gewesen, wenn ich eine sturmfreie Bude gehabt hätte, aber Tante Mariechen lag sicher noch nicht im Bett, sondern auf der Lauer.

Die Brumbuschs begannen ihr Abendkonzert. Der Knickerbockermann wirkte in der Küche, und Tante Mariechen verband mich fachmännisch.

»Gebrochen ist nichts«, sagte sie. »Aber vorerst wird dir das Tanzen keine Freude machen. Bleib morgen liegen, wenn du's fertigbringst. Hast du nicht noch Fleißprüfungen vor dir? Wie wär's mit lernen?«

Am nächsten Morgen – ich lag nach einer schlechten Nacht noch im Bett – kam er und drückte auf sämtliche Klingelknöpfe. Nur Frau Brumbusch war zu Hause und brauchte lange, bis sie sich zurechtgemacht hatte und zur Tür ging. Ich hörte seine Stimme und sprang auf einem Bein von Möbelstück zu Möbelstück bis zu unserer Waschgelegenheit, zu Kamm und Bürste. Aber nur ein einziger Blick in den Spiegel genügte, und ich trat den Rückzug an, ließ mich ins Bett fallen und hörte zu, wie Frau Brumbusch draußen im Flur mit ihm verhandelte.

»Wo Fräulein Lassahn ist? In der Augenklinik, wo denn sonst!«

Die Flurtür schlug zu, und ich hörte ihn die Treppe runterlaufen.

Den ganzen Vormittag, so erzählte er mir später, habe er in der Augenklinik gewartet. Er hätte ja mit einem schlechten Befund gerechnet, aber daß nun auch die Augen in Mitleidenschaft gezogen waren, das erschütterte ihn über alle Maßen.

Endlich, nach langer Zeit, als es schon nicht mehr mit rechten Dingen zugehen konnte, habe er sich ein Herz gefaßt und nach Fräulein Lassahn gefragt. Wenn es möglich wäre, würde er sie gleich mitnehmen. Ja, sagte die Schwester, ein Fräulein Lassahn hätten sie schon, aber ob sie sich mitnehmen ließe, schon jetzt am Vormittag, das wäre doch sehr die Frage. Dann machte sie sich auf die Suche und kam mit Tante Mariechen wieder.

»Ich möchte Fräulein Lassahn sprechen!« sagte Herr Müller zu ihr, und sie antwortete: »Ja, das bin ich!«

Sie spielte ihr altes Spielchen, das ich »Studenten vergraulen« nannte. Wenn es im Goldgraben klingelte, ging immer sie an die Wohnungstür, und war es ein Student, der *mich* besuchen wollte und sagte: »Ich möchte Fräulein Lassahn sprechen«, dann antwortete die Tante: »Ja, das bin ich! Was kann ich für Sie tun?« Tante Mariechen war zwar klein von Wuchs, aber sie konnte bedrohlich aussehen, wenn sie wollte. Noch keiner war über sie hinweg zu mir vorgedrungen. Sie rannten die Treppen rückwärts hinunter und konnten nicht schnell genug die Haustür hinter sich zuschlagen. Nicht so Herr Müller. Nach der langen Wartezeit ließ er sich nicht mehr vergraulen.

»Gibt es hier zwei Fräulein Lassahn?« fragte er vorsichtig auf hochdeutsch. Da ging auch der Tante ein Licht auf, oder sie beschloß, den jungen Mann nicht weiter zu quälen – wer weiß das schon bei Tante Mariechen? Sie sagte, so freundlich es ihr möglich war: »Ich bin die Tante! Meiner Nichte geht es, den Umständen entsprechend, schlecht. Wer es gut mit ihr meint, der läßt sie eine Weile in Ruhe!«

Und dieser Herr Müller folgte ihrem Rat, und ich war den ganzen Tag allein, lernte und weinte und fühlte mich von Gott und aller Welt verlassen. Männer sind so phantasielos. Hätte er nicht ein Briefchen schreiben und es bei Brumbuschs abgeben können? Dann hätte ich gewußt, daß ein menschliches Herz für mich schlägt. Aber nein! Keinen Brief! Nicht einmal ein paar Groschen zum Telefonieren. An Weihnachten hatte er doch auch telefoniert und mir ein »besonders schönes Fest« gewünscht, und jetzt, wo ich so schwer darniederlag, hüllte er sich in Schweigen.

So lag ich also auf meinem Schmerzenslager, wünschte mir den Tod herbei und hatte fürchterlichen Hunger. Tante Mariechen hatte zwar gesagt, ich dürfte auf keinen Fall aufstehen, aber daß der Mensch etwas essen muß, um bei Kräften zu bleiben, das hatte sie völlig vergessen. Nach zwei Stunden war ich vom Hunger so zermürbt, daß ich sogar zu dem kalten Toastbrot griff, das noch unabgekratzt auf Tantes Teller lag. Dann zog ich mir die Decke über den Kopf und beschloß zu schlafen, ob für immer, wußte ich noch nicht, aber wenigstens bis Tante Mariechen nach Hause kam und erkennen könnte, wie sträflich sie mich vernachlässigt hatte. Da klopfte es an die Tür. Sie öffnete sich, es erschien ein Tablett und dahinter der Knickerbockermann.

»Ich habe mir erlaubt, eine Kleinigkeit für Sie zu kochen.«

Ich warf einen Blick auf das Tablett mit der »Kleinigkeit«, und das Wasser lief mir im Mund zusammen.

»Eben habe ich mit Ihrer Tante gesprochen. Sie meinte, Bratkartoffeln und Spiegelei wären das Richtige für Sie.«

»Hat sie das wirklich gesagt?«

»Ja, etwa in diesem Sinn hat sie gesprochen ... Wenn es nicht zu vermeiden wäre, dann sollte ich eben Bratkartoffeln machen ... Und es ist nicht zu vermeiden, denn Bratkartoffeln und Spiegelei sind das einzige, was ich kochen kann. Probieren Sie, meine Dame, und Sie werden entzückt sein!«

»Ich sterbe vor Hunger«, sagte ich, und schon stand das Tablett auf meinen Knien, und ich aß.

»Schling nicht so, Ameikind«, hätte Mutter gesagt, wenn sie mich gesehen hätte, aber sie war weit fort und der Knickerbockermann nicht kleinlich, was Tischsitten anlangte. Er schenkte mir Cola ein und schälte eine Orange und fragte, wie es mir in der Uni gefallen würde. Da klagte ich ihm mein Leid, daß ich mit dem Steuerrecht nicht warm werden könne und nicht mit den nüchternen Paragraphen und daß ich am liebsten in die psychologischen Vorlesungen ginge. Er fand die Psychologie auch sehr wichtig, aber noch wichtiger für eine angehende Jugendrichterin wäre seiner Meinung nach die Pädagogik. Ob ich da schon einmal hineingeschaut hätte. Nein, das hatte ich nicht, denn Pädagogik erinnerte mich an Schule und Lehrer! »Warten Sie's ab«, sagte der Knickerbockermann. »Da werden Sie sich nämlich wundern! Übermorgen wird ein wichtiges Thema behandelt, soviel ich weiß. Probieren Sie's einmal aus, falls Ihr Fuß es erlaubt.«

Wieder etwas Neues. Da würde Tante Mariechen sich freuen!

Der Knickerbockermann räumte ab und trug das Tablett in die Küche. Der Schnelligkeit nach, mit der er wieder zurückkehrte, hatte er es einfach irgendwo fallenlassen.

»Jetzt wird es aber in der Küche aussehen«, sagte ich, »da werden die Damen Krach schlagen!«

»Aber nein!« rief er. »Da kennen Sie Ihre liebe Tante und die Dame Brumbusch schlecht. Ich glaube, es gibt ihnen ein gutes Gefühl, wenn sie hinterher alles aufräumen können.«

Ich äußerte mich nicht dazu, denn wenn ein Mensch in einem derartigen Irrtum befangen ist, kann man ihm nicht helfen. Ich fühlte mich wundervoll gesättigt und schlief schnell ein. Erst nach vielen Stunden, bei Tante Mariechens Schreckensschrei aus der Küche, wachte ich wieder auf.

Einen Tag lang blieb ich noch zu Hause und lernte für die Fleißprüfungen. Dafür war der verknackste Fuß gut, sonst aber für nichts. Das Winterfest der Studentengemeinde nahte. Wie sollte ich Française tanzen und anmutig über die Bühne schreiten, wenn der Fuß bei jedem Schritt schmerzte und kein Mensch mit mir übte. Tante Mariechens Spielchen »Studenten vergraulen« zeigte durchschlagenden Erfolg. Kein Mensch war zu mir durchgedrungen, keiner hatte es auch nur versucht.

Nach zwei Tagen hatte ich genug und beschloß, zu dem pädagogischen Vortrag zu gehen. Lust hatte ich zwar keine, aber dieser Knickerbockermann hatte mir schon so viel Gutes getan. Ich wollte mich erkenntlich zeigen. Der Weg zum Pädagogischen Seminar war nicht weit, aber mit einem verknacksten Fuß doch sehr mühsam. Ich setzte mich nah an die Tür, falls es mir langweilig würde und ich verschwinden wollte.

Der Professor kam, die Kommilitonen trampelten, und ich fiel fast in Ohnmacht. Wahrscheinlich hätte es jeder andere schon längst gemerkt, ich nicht. Ich hatte ihn immer für einen guten Geist aus einer anderen Welt gehalten, für einen, der im rechten Augenblick auftaucht, um helfend einzugreifen, wenn auch nur mit Bratkartoffeln, und nun war er Professor. Hatte er Knickerbocker an? Ich weiß es nicht mehr, aber sein Vortrag war amüsant und interessant und alles, was man sich nur wünschen konnte. Er lachte sogar zu mir herüber. Himmel, und solch einen Menschen hielten sie im Goldgraben für den letzten Affen!

Er brachte mich hinterher nach Hause, und wir setzten uns an den Küchentisch, wie wir's gewohnt waren. Nun erfuhr ich auch, warum er vor Weihnachten so lange fortgewesen war. Er mußte eine Vortragsreihe in Amerika halten. Und wir, Herr Brumbusch und ich, wußten nichts davon und wären schier verhungert.

»Warum haben Sie kein Sterbenswörtchen gesagt?«

»Ich hab's versucht, aber Sie waren nicht bei Laune! Sie wollten nichts essen, Sie wollten nichts trinken und Sie wollten vor allen Dingen nicht zuhören! Was soll man da machen? Das war so um den ersten Advent herum ...«

Jetzt fiel es mir wieder ein. Der Lustmolch war mir

damals über den Weg gelaufen, und die schöne Eva hatte mich noch dazu ausgelacht. Ich fragte ihn, warum er sich nie vorgestellt hätte? Wenigstens den Namen hätte er doch sagen können!

»Warum?« fragte er zurück. »Warum hätte ich ihn sagen sollen, kein Mensch hat danach gefragt.«

An diesem denkwürdigen Abend in der Küche ersäuften wir den »Knickerbockermann« in einer Flasche Sekt und den »Menschen, der immer die Küche so hinterläßt« gleich dazu. In unser Gelage hinein platzte Tante Mariechen. Sie ließ die Einkaufstasche fallen und rief: »Was soll denn das bedeuten?«

Der Herr Professor hob die Tasche auf und stellte sich formvollendet vor.

»Professor Erich Traumann!«

»Maria Auguste Lassahn, Assistentin an der Augenklinik.«

Sie war so verblüfft, daß sie sogar ein Gläschen Sekt mit uns trank.

Fleißprüfung mit Hörrohr

Meine erste Fleißprüfung bei Professor von Tietke fand im Dozentenzimmer der Uni statt. Ich hatte mich für ihn entschieden, weil sein Gedächtnisbüchlein etwas war, an das man sich halten konnte. Ich hatte fleißig darin gelesen und manche Stellen sogar auswendig gelernt. Die Tatsache, daß er schwerhörig war, schien mir für eine Prüfung eher positiv, denn was er nicht hörte, war schon nicht falsch.

Wir waren nur drei Kandidaten. Das hätte mich eigentlich stutzig machen müssen, aber ich kannte mich noch nicht aus mit Fleißprüfungen und wußte nur, daß man drei davon mit gut oder sehr gut bestehen mußte, um zu einem Stipendium zu kommen.

Wir drei saßen auf einem Sofa, aber es war uns nicht nach Gemütlichkeit zumute. Ich thronte in der Mitte zwischen zwei Herren.

Zu meiner Rechten saß der Kommilitone aus der Quäkerstube, der mich zum Juristenball eingeladen hatte. Er war noch immer beleidigt, weil ich zuviel mit anderen getanzt hatte und zuwenig mit ihm. Seitdem waren zwei Wochen verflossen, und er hätte sich langsam beruhigen können, aber er grollte und würde mir sicher keine Hilfe sein.

Auf meiner linken Seite sah es besser aus. Dort hatte Christian Platz genommen, der mit dem blonden Haarschopf und der Adlernase und dem Tanz auf der Empore. Die beiden Herren mochten sich nicht besonders, deshalb hatte ich mich zwischen sie gedrückt, während der Professor in einem Lehnstuhl saß und seinen Raubvogelblick auf uns ruhen ließ. Sobald der Blick mich streifte, lächelte ich, damit er den Eindruck gewann, ich wäre sorglos und wohl präpariert. Alle drei wußen wir, daß es mit seinen Ohren nicht zum Besten stand, um so besser aber mit seinen Augen. Christian hatte mir schon im Vorzimmer zugeflüstert, er kenne sich aus im Privatrecht, und wenn ich etwas nicht wüßte, dann sollte ich ihm nur nachplappern, was er mir vorsagte. Verstehen würde es der Professor sowieso nicht.

Zuerst kam der Kommilitone aus der Quäkerstube an die Reihe. Er sollte wichtige Paragraphen aus dem Deutschen Privatrecht aufsagen und erklären. Er begann zu sprechen, so laut, daß die Wände wackelten, denn er sah, daß der Professor sein Hörrohr noch nicht in Betrieb genommen hatte. Unversehens tat er's dann, riß es aber sofort wieder aus dem Ohr und warf es auf den Boden. Das erschreckte uns nicht, denn jeder, der den Professor kannte, wußte, daß er nicht nur schwerhörig, sondern auch jähzornig war.

»Brüllen Sie nicht so!« schrie er. »Ich bin nicht schwerhörig!«

Der Kommilitone erschrak und tat das, was man bei jähzornigen Leuten nicht tun sollte, er lachte! Wenn er geweint hätte und verzweifelt geschluchzt, der Professor hätte ihm vielleicht verziehen, so aber würdigte er ihn keines Blickes mehr und wandte sich mir zu.

Von da an lief die Sache wie geschmiert. Er stellte eine Frage, und wir beide, Christian und ich, antworteten gemeinsam. Das ging eine Weile gut bis zu dem Augenblick nämlich, in dem er Christian ein donnerndes »Schweigen Sie!« entgegenkrähte und huldvoll lächelnd eine Frage an mich richtete.

Ich geriet in Panik. Jetzt ging es um die Seiten im Gedächtnisbüchlein, die ich nicht mehr so eifrig gelesen und unterstrichen hatte. Ich saß, schnappte nach Luft und brachte keinen Laut heraus, bis Christian mir kräftig auf den Fuß trat. Da war der Bann gebrochen und ich gerettet. Alles fiel mir ein, was ich in den letzten Tagen in mich hineingestopft hatte an Paragraphen und Kommentaren und vor allem ganze Absätze aus dem Gedächtnisbüchlein. Es sprudelte aus mir heraus und war der reinste Dammbruch. Niemand konnte mich aufhalten, bis schließlich der Professor verzweifelt die Arme hob und um Gnade flehte. Da, im rechten Augenblick und als würdiger Abschluß fiel mir noch der Löwenspruch ein, den Professor von Tietke in meiner ersten Privatrechtstunde zum besten gegeben hatte: »Ein Richter muß sein wie ein griesegrimmer Löwe, der sich alles 123mal überlegt!« Seltsam, das verstand er auf einmal und krähte lauter als in jeder Vorlesung: »Bravo! Bravo!« und klatschte Beifall. Damit war die Prüfung beendet. Professor von Tietke machte sich daran, unsere Leistungen zu zensieren. Die beiden Herren belohnte er mit der Gesamtnote 1 und dem Zusatz: *Sehr fleißig!* Mir aber, nachdem er mich freundlich angelächelt hatte, schrieb er zur *Gesamtnote 1* noch das Prädikat: *Zeigt besondere juristische Begabung.*

Wir stürmten mit unseren Scheinen ins Sekretariat. Die Sekretärin nahm die Scheine zur Hand, warf einen Blick darauf und schob sie zur Seite.

»Hat es sich immer noch nicht herumgesprochen?« sagte sie und lächelte schadenfroh. »Mit Professor von Tietke haben Sie Pech gehabt! Seine Fleißprüfungen werden nicht mehr anerkannt, denn jeder, der zu ihm kommt, wird mit *Gesamtnote 1* und *sehr fleißig!* belohnt, ob er es verdient hat oder nicht.«

»Das ist eine Gemeinheit!« schimpfte der Kommilitone aus der Quäkerstube. »So etwas muß einem doch gesagt werden! Alles umsonst gelernt!«

»Man lernt nie umsonst«, sprach die Sekretärin mit salbungsvollem Augenaufschlag. »Eine Fleißprüfung ist auf jeden Fall positiv zu bewerten. Im Deutschen Privatrecht kennen Sie sich nun aus. Ist das nicht schön?«

Der Kommilitone knirschte mit den Zähnen, mir war es auch danach zumute, denn ich hatte der schönen Eva erzählt, daß ich eine Fleißprüfung bei Professor von Tietke machen wollte. Sie kannte sich aus in der Universität und hatte mich nicht gewarnt. Schlange!

Aber so leicht wollte ich mich nicht geschlagen geben. Ich hielt der Sekretärin meinen Schein unter die Nase. »Da, sehen Sie sich das an. Ich habe außer der *Gesamtnote 1* noch eine Extrabemerkung: *Zeigt besondere juristische Begabung!* Na, was sagen Sie dazu?«

»Ich bin sprachlos!« sagte sie. »So etwas hat er noch nie geschrieben. Wie haben Sie das angestellt?«

»Geredet und geredet«, antwortete der Kommilitone aus der Quäkerstube.

»Gelächelt«, sagte der blonde Christian leise in mein Ohr und laut in das der Dame: »*Profundes Wissen!*«

»Gut!« sagte sie. »Diesen Schein laß ich durch. Ob er genommen wird, weiß ich nicht. Für die nächsten Prüfungen bitte ich um Professoren, die noch hören und sehen können!«

Wir nahmen es zur Kenntnis, was sollten wir auch anderes tun, und zogen uns zurück.

Draußen, am Gangfenster, lehnte ein Mensch, und als ich ihn stehen sah, strahlten meine Augen auf, denn dort stand Herr Müller. Wir hatten uns seit Ewigkeiten, mindestens aber seit vier Tagen, nicht gesehen. Ich hatte meinen Fuß auskuriert und Deutsches Privatrecht gepaukt ... Und er? Was hatte er wohl gemacht, die ganze liebe lange Zeit? Nicht, daß es mich besonders interessiert hätte! Es war mir völlig egal! Aber gewußt hätte ich es schon gern. Ich hatte mir vorgenommen, falls wir uns je noch einmal treffen sollten, kein böses Wort aus meinem Mund zu lassen, deshalb stellte ich nur so nebenbei fest: »Ich weiß schon gar nicht mehr, wie Sie aussehen!« Und als er nicht antwortete, fügte ich noch hinzu: »Wirklich, in Ihrer Nähe kann man in aller Ruhe verbluten. Sie würden es gar nicht merken.«

An dieser Stelle verdrückten sich meine beiden Mitstreiter. Ich warf ihnen schmachtende Blicke zu, auch dem sonst wenig geschätzten Quäkerstubenkommilitonen, rief: »Auf Wiedersehen bis zum nächsten Streich!« und winkte gedankenverloren, bis Herr Müller sagte: »Se sen scho lang weg!«

So ist der Mensch! Man nimmt sich vor, klug und liebevoll zu sein, und dann reicht es gerade noch zu einem spontanen Strahlen, und schon ist man wieder im alten Gleis.

Herr Müller bückte sich zu meinem Fuß hinunter.

»Des sieht ja wirklich bös aus, des Füßle! Hat's tatsächlich so arg blutet?«

»Wie kommen Sie denn da drauf?«

»I hab' dacht, i hätt' was von Verblute g'hört...«

»Das war doch nicht wörtlich gemeint. Ich wollte nur andeuten, wie einsam ich war. Wenn nicht Professor Traumann gewesen wäre und mir Bratkartoffeln gemacht hätte...«

»Professor Traumann? Wer isch denn des?«

»Unser Knickerbockermann! Was sagen Sie dazu? Der ist Professor!«

»Ha, jetzt so ebbes! Hättsch des denkt? Wie geht's denn Ihrem Füßle?«

»Gut geht's! Ein bißle weh tut's noch beim Auftreten!«

»Bin i froh!«

»Haben Sie sich etwa Sorgen gemacht?«

»Ja freilich hab' i des! In drei Tag isch's Winterfest! Mädle, mir müsset Française übe, sonst blamieret mir uns. Heut abend isch Prob! I hol' Sie ab!«

»Hätten Sie mich nicht einmal besuchen können?«

»Nein, das hätte ich nicht können. Ihre Tante hat gesagt, wer's gut mit Ihne meint, der läßt Sie jetzt in Ruh. Ja, genauso hat sie g'sagt!«

»Man muß ja nicht gleich alles tun, was Tanten sagen! Wo haben Sie denn mit ihr gesprochen?«

»In der Augenklinik, den ganzen Vormittag bin i dort g'sesse.« Und dann kam heraus, was er alles erlitten hatte an Sorgen und Vorwürfen und einsamen Gängen. Nun war alles gut. Wir wandelten durch die Dämmerung dem Goldgraben zu und hielten uns dicht beieinander, damit kein weiteres Unglück geschehen könne.

Das Winterfest

Das Winterfest der Studentengemeinde brachte eine Enttäuschung nach der anderen. Dabei hatte ich mich so darauf gefreut, hatte den schmerzenden Fuß und die mißglückte Fleißprüfung anstandslos hingenommen und mir gesagt: »Macht nichts! Es gibt ja noch das Winterfest! Dort wirst du für alles entschädigt, da wird's schön!« Ich träumte dem Augenblick entgegen, an dem ich als Königin der Nacht auftreten und Herr Müller überwältigt von so viel Schönheit die Augen schließen und sprechen würde: »Schö sehet Sie aus!« Ich stellte mir vor, wie wir die ganze Nacht zusammen tanzten, er immer nur mit mir und ich immer nur mit ihm. Von der Terrasse träumte ich, und wie wir dort Bruderschaft tränken und uns tief in die Augen sähen und dann vom Kuß! Mein erster Kuß! An dieser Stelle angelangt, gab es eigentlich keine Steigerung mehr für den Heimweg. Ich sah mich an seinem Arm schweben, und Tante Mariechen im roten Morgenrock vor der Haustür stehen, uns den Segen zu erteilen.

Ja, so hatte ich mir das zusammengeträumt und hätte doch wissen müssen, daß es immer anders kommt, als man denkt. Wäre ich klug gewesen und hätte mir das Schlimmste ausgemalt, vielleicht wäre es dann erträglicher geworden. So aber war die Wirklichkeit zum Weinen und mein Traumschloß in Grund und Boden versunken.

»Mein junger Mann« war zum Festorganisator gewählt worden und deshalb pausenlos damit beschäftigt, die Leute glücklich zu machen. An mich war dabei nicht gedacht. Auf mein königliches Gewand warf er nur einen flüchtigen Blick und sagte: »Paßet Se bloß auf, daß Se net draufdappet, sonst gibt's no a Unglück!« Das war alles.

Wie oft wir zusammen getanzt haben? Zweimal. Man

muß sich das vorstellen, eine ganze Nacht lang nur zweimal. Dabei tanzte *er* Marathon, mit jeder anwesenden Dame einen Tanz. Er war völlig erschöpft, aber ich konnte ihm auch nicht helfen. Ich hatte genug mit mir zu tun. Nicht, daß ich sitzengeblieben wäre! Nein, das nicht. Es gab genug Herren, die mit mir tanzten, aber ich wünschte mir nur den einen.

Auf der Terrasse war es bitter kalt, und der Schnee lag fußhoch. Der Mensch, der mich dorthin zerrte, war der Lustmolch aus früheren Zeiten. Ich trat ihm so kräftig auf den Fuß, daß ich dabei den Saum meines Kleides herunterriß.

Zum Glück war die nette Germanistin in der Nähe. Sie hatte immer alles bei sich, auch eine Schachtel mit Sicherheitsnadeln. So saß ich, weit ab vom Geschehen, hinter den Kulissen und verschandelte mein schönes Königinnenkleid mit Sicherheitsnadeln. Jeder, der danach noch mit mir tanzte, auch Herr Müller, sagte: »Da stimmt doch was nicht!« und zupfte an mir herum.

Herr Müller dachte natürlich nicht im entferntesten daran, mir den ersten Kuß meines Lebens zu geben. Gut, daß er es nicht tat, es wäre ihm schlecht ergangen. Tante Mariechen erschien tatsächlich im roten Morgenrock vor der Haustür, nicht um uns zu segnen, sondern um zu fragen, ob ich wüßte, wie spät es sei!

Ich schlief lange. Als ich aufwachte, war Tante Mariechen schon fort, und Herr Müller saß vermutlich in seiner Trillhaas-Vorlesung, denn die ließ er nie ausfallen. Ich trank in aller Ruhe Kaffee. Als ich endlich nach unten kam, stand er mit seinem Rad an der Gartentür. Unsere Begrüßung war kühl.

»Gell, 's war net arg schö für Sie, gestern abend?«
»Das kann man laut sagen!«
»'s tut mir leid! Wirklich, das müsset Sie mir glaube ...«
Seine Stimme klang ehrlich betrübt.

Ich gab mir einen Ruck.

»Es klappte ja alles ganz wunderbar! Den Leuten hat's gefallen! Ihre Organisation war hervorragend, die Damenrede witzig. Wirklich, Sie können zufrieden sein!«

»Schwätzet mir nimmer drüber, 's isch vorbei!«

Für mich war's nicht vorbei, und ich hätte gerne noch ein bißchen darüber geschwätzt. Aber Schwamm drüber! Kein Wort mehr davon!

»Wie isch's, habet Sie am Mittwochnachmittag Zeit. Ja? Da bin i aber froh! No gehet mir spaziere, gell? Um halb drei am Fünfstraßeneck.«

Pünktlich um halb drei Uhr kam ich zum Fünfstraßeneck und sah ihn schon von weitem. Alles war wie verzaubert: die Tannen und Birken, die Sonne und der Schnee. Erst gingen wir hintereinander, aber schon nach kurzer Zeit fanden wir es nebeneinander netter. Ein altes Wiener Lied ging mir durch den Kopf, eines, das ich überhaupt nicht leiden kann.

»Ich weiß ein kleines Wegerl im Helenental,
Das ist für alte Ehepaare viel zu schmal,
Die Jungen aber müssen ei'ghängt gehn!
Oh, das ist schön! Oh, das ist schön!«

Gräßlich! Und so passend! Ich sprang hoch, packte einen Tannenzweig und zog kräftig daran. Ich war darauf gefaßt und konnte mich in Sicherheit bringen, er aber bekam eine tüchtige Ladung Schnee auf den Kopf. Er schüttelte sich, lief hinter mir her, hielt mich fest und sagte: »So, dafür krieg' i jetzt en Kuß!«

Einen Kuß! Wofür denn? Weil er mich eingeholt hatte? Lächerlich! Schließlich war er ein Mann und hatte längere Beine. Nein, ich wollte keinen Kuß bekommen und auch keinen geben. Ich hatte nicht die geringste Lust dazu. Ich gab ihm auf jeden Fall eine Ohrfeige und wartete auf Protest. Aber da kam nichts. Dafür lief ein verklärtes Lächeln über seine Züge. Er schien offenbar zufrieden mit dem Lauf der Dinge.

»Das freut mich«, sagte er in demselben salbungsvollen Tonfall, wie Vater ihn an sich hatte, wenn ich nicht ins Kino gegangen war, sondern in die Bibelstunde.

Lehre mich einer die Männer kennen! Manchmal reagieren sie so unverständlich, daß man als Frau nur die Augen schließen kann und schweigen.

Die Augen zu schließen wäre in meinem Fall allerdings nicht klug gewesen, denn wir rutschten gerade eine Schlidderbahn hinunter und landeten, wie nicht anders zu erwarten war, im »Weißen Stein«. Dort war schon der Tisch gedeckt, weiß mit selbstgebackenem Kuchen. Die Wirtin hatte Kaffee gemacht und brachte die Kanne herein. Sie wollte sogar einschenken, aber Herr Müller sagte, das könnten wir schon allein. Da ging sie.

Herr Müller nahm meine Hand in seine beiden und sagte, er sei schrecklich verliebt in mich, aber es hätte keinen Sinn. Wir müßten es uns aus dem Kopf schlagen, es wäre eine Episode gewesen, eine wunderschöne, die er nie vergessen würde ...

Ich sagte, auch für mich wäre es eine Episode gewesen und auch ich müßte sie vergessen, weil ich doch meinem Vater versprochen hätte, fleißig zu sein und für die Kleinen zu sorgen. Der Kuchen schmeckte gut, bloß brachten wir nichts hinunter. »Mein junger Mann« las mir Gedichte vor, zum Weinen schön ... und zum Weinen war mir's zumute.

Dann brachte er mich nach Hause. Es war für meine Verhältnisse sehr früh, Tante Mariechen war noch nicht einmal von der Augenklinik heimgekehrt. Auf dem Flur traf ich den Knickerbockermann von der Pädagogischen Fakultät. Diesmal hatte er nichts zum Essen für mich, aber er zog eine Kinokarte aus der Tasche und sagte, er hätte aus Versehen eine zuviel gekauft, ob ich sie nicht vielleicht an seiner Seite absitzen wolle. Ich sagte auf der Stelle »ja!«, denn es war mir viel daran gelegen, auf andere Gedanken zu kommen. Vorher aber mußte ich noch etwas wissen, etwas Lebenswichtiges.

»Herr Professor«, sagte ich und wählte diese feierliche Anrede, weil es so wichtig war. »Herr Professor, was ist eine ›Episode‹?«

»Eine Episode? Auf Anhieb würde ich Zwischenspiel sagen, aber schauen wir mal nach. Kommen Sie!«

Zum ersten Mal trat ich in sein Zimmer. Es sah aus wie die Küche, wenn er sie hinterließ, bloß standen anstatt Tassen und Tellern, Bücher und Zeitschriften herum. Man lehnte sich an Bücherregale, man nahm Platz auf Bücherkisten.

»Jetzt schauen wir erst einmal in Meyers Konversationslexikon. Ja, da steht's: *Einschiebsel, Zwischenwerk!* Zufrieden?«

»Nein, überhaupt nicht! Das ist ja scheußlich!«

»Was haben wir denn noch zu bieten? Keine Panik! Es gibt ja den Duden! Hier steht es, schwarz auf weiß: *Episode: Vorübergehendes, nebensächliches Ereignis.* Ist das besser?«

»Nein! Ganz schlecht!«

»Gut, dann beeilen wir uns, daß wir Tante Mariechen nicht in die Fänge laufen.« Er schloß sein unordentliches Zimmer hinter uns ab, dann rannten wir die Treppen hinunter, den Goldgraben und die Theaterstraße entlang und landeten im Kino, ohne daß Tante Mariechen etwas davon gemerkt hatte.

Es war ein wunderbarer Film, sehr traurig, sehr lang. Er hieß: ›Les enfants du paradis‹ und handelte von einer schönen Frau und einem Clown, der sie liebte. Der Clown wiederum wurde von einer anderen Frau geliebt. So liebten sie sich hin und her, und es klappte nie, daß der Richtige an die Richtige kam.

Vor dem Knickerbockermann hätte ich mich meiner Tränen nicht geschämt, aber mit dem Professor lebte ich noch nicht auf so vertrautem Fuß. Ich schniefte nur ganz leise vor mich hin. Es war ja nicht nur der Film, der mich so erschütterte, ach nein, mein eigenes Elend kam dazu.

Zum Glück legte der Professor keinen Arm um mich, er gab mir auch kein Taschentuch, obwohl ich es nötig gebraucht hätte, und er sprach kein Wort. Er saß nur da. Hinterher, auf dem Heimweg, tat er so, als ob er nichts bemerkt hätte. Wir tranken noch ein Glas Wein in der Junkernschenke, und dann war ich so gestärkt, daß ich mich zu Tante Mariechen hineintrauen konnte, ohne in Tränen auszubrechen.

Mein rechter Platz ist leer

Was sollte ich machen? Einfach so weiterleben? Jeden Morgen mit ihm zur Uni gehen und am Sonntag in den Gottesdienst und hinterher in die Akademische Morgenmusik? Nein, das war vorbei, und ich wußte immer noch nicht, warum. Es war so schnell gegangen. Diese Episodengeschichte saß mir wie ein Pfeil im Herzen. *Vorübergehendes, nebensächliches Ereignis* – o Himmel, bei mir traf das nicht zu.

So also war das mit der vielgerühmten Liebe, ein nebensächliches Ereignis für den einen, ein Todesstoß für den anderen. Die einzige Möglichkeit, die mir zu meiner Rettung einfiel, war, nach Hause zu fahren, Vater und Mutter alles zu erzählen und getröstet zu werden.

In zehn Tagen ging das Semester zu Ende, aber zehn Tage waren zu lang, das hielt ich nicht durch. Jetzt gleich mußte ich zum Bahnhof gehen und sehen, wann der nächste Zug fuhr, und wenn keiner fahren sollte, dann wollte ich auch nicht länger leben.

Ich schaute aus dem Fenster, aber unten stand kein Mann und kein Fahrrad. Da nahm ich meinen Mantel und machte mich auf den Weg.

Jemand lief hinter mir her, holte mich ein und rief: »Na, Sie haben's aber eilig!« Es war die nette Germanistin, die Vertrauensstudentin der Göttinger Studentengemeinde. »Wollen Sie auch Fahrpläne studieren?« Ich nickte und sagte lieber nichts, weil ich meiner Stimme nicht traute. Die Nette warf mir einen Blick zu und redete weiter: »Wir fahren morgen nachmittag nach Rittmarshausen zu einer Wochenendfreizeit. Hat Ihnen das niemand gesagt?«

Ich schüttelte den Kopf. Nein, kein Mensch hatte mir davon erzählt oder vielleicht doch? Jedenfalls hatte ich es nicht gehört.

»Hätten Sie Zeit und Lust? Es würde Ihnen sicher gefallen. Am Sonntagabend kommen wir zurück.«

»Wer geht sonst noch mit?«

»Nicht so viele bekannte Leute diesmal. Wir haben Studenten aus Marburg eingeladen. Da bin ich natürlich froh über jeden von der alten Garde. Meinen Sie vielleicht, daß Herr Müller...«

»Nein, der kann nicht!«

Es klang so schroff und endgültig, daß sie mich verwundert anschaute, dann räusperte sie sich und sagte: »Ja, richtig, ich erinnere mich, er steht nicht auf der Liste. Also, wie wär's mit Ihnen?«

Ich griff zu, ohne lange zu überlegen.

»Ja, ich hätte schon Zeit... Wenn Sie meinen...«

»Also ich fänd's wunderbar, wenn Sie mitgingen! Waren Sie schon einmal in Rittmarshausen? Bißchen primitiv geht's ja zu, aber es gefällt jedem!«

Das war es, was ich brauchte! Weg von Göttingen und die Sicherheit, daß er nicht irgendwo auftauchte und von Episoden redete, der Lump!

Wir machten aus, uns am Freitagnachmittag um 16 Uhr vor dem Bahnhof zu treffen. Ich ergriff ihre Hand, fast hätte ich sie geküßt vor übergroßer Erleichterung.

Mit Tante Mariechen gab es natürlich wieder Ärger. Sie hielt mir vor, ich hätte versprochen, ihr »Sonntagsvergnügen« mit ihr zu teilen und auf den Friedhof zu gehen an Tante Luischens Grab.

Ich sagte, daß ich diesmal mein Versprechen nicht halten könne, wenn sie es aber trotzdem durchdrücken würde, dann könnte sie mich gleich auf das leere Plätzchen, links neben Tante Luischens Grab, betten, denn ich würde es nicht mehr lange machen.

Daraufhin ließ sie mich ziehen, denn das leere Plätzchen links neben Tante Luischens Grab hatte sie für sich ausersehen und schon lange bezahlt.

Übrigens hätte ich keine Angst haben müssen, Herrn

Müller irgendwo zu begegnen. Sein Fahrrad lehnte nicht mehr an der Gartentür. Im Deutschen Privatrecht, das er sonst gern mit mir zusammen besucht hatte, ließ er sich auch nicht blicken. Er blieb verschwunden, den ganzen Donnerstag, den ganzen Freitag. Ich traf ihn nicht einmal auf dem Weg zum Bahnhof. Nicht, daß ich traurig darüber gewesen wäre. Trauriger, als ich war, konnte ich nicht mehr werden, aber ich hoffte immer noch, ganz im geheimen, daß ich nur einen bösen Traum geträumt hätte und daß Duden und Meyer, was das Wort »Episode« betrifft, einem Irrtum zum Opfer gefallen wären.

Zehn Mädchen waren ins Freizeitheim gekommen und etwa doppelt so viele Männer. Ich kannte keinen, und das war mir recht. Sie tobten kreischend und lachend durch das Haus, so, daß ich mich fragen mußte: Wie ist es möglich, daß erwachsene Menschen sich derart aufführen! Kaum hatten sie sich die Hände geschüttelt, da fingen sie schon an, Pärchen zu bilden, zu flirten und Blicke zu tauschen. Früher war es mir nicht so aufgefallen, aber jetzt ging mir ihr zärtliches Gegurre doch sehr auf die Nerven.

Ich half der Netten beim Tischdecken, denn hier mußte man alles selbermachen, ich überzog Betten und trug warme Wolldecken in die Schlafräume. Die Nette sagte, ich wäre eine große Hilfe, und sie hätte es nie für möglich gehalten, daß ich so zugreifen könne. Ich hätte es auch nicht für möglich gehalten, aber Kummer läutert.

Die fremden Studenten aus Marburg schienen uns beide für das Hauspersonal zu halten. Eine warf mir sogar ein Kissen an den Kopf, das ich offenbar vergessen hatte zu beziehen. Ich fing es auf und warf es postwendend zurück, und zwar mit Karacho, so daß sie einen großen Schrecken bekam. Kummer kann den Menschen vielleicht läutern, aber nicht grundsätzlich ändern.

Am Abend diskutierten sie über das Thema: ›Heimat in der Studentengemeinde‹. Sie redeten sich die Lippen wund

und später, im Schlafraum, wo ich schon lange lag und schlafen wollte, diskutierten sie weiter. Ich nahm es hin und ließ sie reden, aber als sie anfingen zu singen, all die schönen alten Lieder, die auch wir zusammen gesungen hatten: ›Wie schön blüht uns der Maien‹ und ›All mein Gedanken, die ich hab' ...‹ und ›Willst du dein Herz mir schenken ...‹, da hielt ich's nicht mehr aus. Ich schoß wie eine Rakete aus dem Bett und wollte die Treppe hinunterrennen, um draußen in aller Ruhe zu weinen und mir womöglich eine Lungenentzündung zu holen, aber unten schwirrten die Herren herum, und als sie die Damen singen hörten, setzten sie sich auf die Treppe und sangen mit. Es war unerträglich. Ich schloß mich im Klo ein, hielt mir die Ohren zu und zog an der Spülung, bis kein Tropfen Wasser mehr drin war. Was ich auch unternahm, ich hörte sie singen.

Der Samstag war leichter zu ertragen. Wir machten bei schlechtem Wetter eine ausgedehnte Wanderung, und ich fiel dreimal in den Schnee. Das war tröstlich. Als wir heimkehrten, spielte ich noch einmal die Dienstmagd und erbot mich, Brot zu schneiden. Leider war das Messer sehr scharf, und ich erwischte statt dem Brot meinen Daumen.

Nach dem ersten Schrecken nahm ich auch diese Prüfung mit Gleichmut hin. Ich dachte allerdings, nun müßte es eigentlich reichen, aber nein – zwei ungeschickte Männerpfoten begannen, meinen Daumen zu verarzten! Ich dachte an Herrn Müller, wie er vor gar nicht langer Zeit mit einer Pinzette einen Spreißel aus meinem Daumen gefischt hatte. Freilich hatte es weh getan, aber in Grenzen, und hinterher hatte er mich liebreich angelächelt ... Lump, Mistkerl! Mein Zorn entbrannte aufs neue. Ich entriß den beiden Burschen meinen Daumen und lief zur Netten. Natürlich hatte sie Verbandszeug dabei und natürlich keine Scheu vor blutenden Wunden. Beim Verbinden überredete sie mich zu dem Spielabend, damit ich auf andere

Gedanken käme. Aber was sollte mir ›Die Reise nach Jerusalem‹ ohne einen geliebten Begleiter und was ›Mein rechter Platz ist leer‹, wenn er tatsächlich leer war und man den Stuhl nur mit Tränen in den Augen betrachten konnte...

In der zweiten Nacht schlief ich noch schlechter als in der ersten. Der verwundete Daumen schmerzte und das verwundete Herz. Um mich herum lagen die Marburger Damen auf ihren Matratzen. Sie hatten die ganze Nacht Krawall gemacht, hatten pausenlos gekichert und geredet und anderen Menschen den Schlaf geraubt. Jetzt, gegen Morgen, schliefen sie wie die reinsten Engel. Ich fühlte das dringende Bedürfnis, sie zu ärgern und zu erschrecken. Es gab leider nicht viele Möglichkeiten. Man konnte sie mit kaltem Wasser bespritzen oder die Tür zuschlagen oder sämtliche Fenster aufreißen. Ich entschloß mich für das Wasser und ging in den Waschraum, um welches zu holen. Unten stand die Tür zur Küche weit auf. Eine Frau und ein Mann unterhielten sich.

»Noi«, sagte die männliche Stimme, »Fräulein Meier, i bitt' Sie, des isch doch zu wenig Kaffee, des wird ja a Brühle! Da tun mir no tüchtig was nei!«

Eine Weile war es unten still, dann hörte ich: »Ja, wie isch mir's denn? Schlafet die alle noch?«

Ich verschwand im Waschraum. Nein, diese Marburger Damen wollte ich nicht mehr bespritzen, sollten sie ruhig schlafen! Ich jedenfalls mußte mich waschen und kämmen und den neuen schwarzen Trainingsanzug, den ungeheuer schicken, anziehen und dann mußte ich schleunigst untertauchen. Herr Müller war zwar gekommen, aber wollte er zu mir? Ich hatte ihn herbeigesehnt, aber wollte ich ihm jetzt gegenübertreten? Wer garantierte mir dafür, daß ich ihm nicht um den Hals fiel? Wer hielt mir die Augen zu, damit sie nicht im falschen Augenblick strahlten? Wer riß mir schließlich das Küchenmesser aus der Hand, bevor ich ihn damit erstechen könnte?

Ich mußte mich erst an die neue Situation gewöhnen und überlegen, was ich tun könnte, denn ganz ungeschoren sollte er mir nicht davonkommen.

Als ich mit meinen Vorbereitungen fertig war, tauchten die ersten Marburgerinnen auf, schlaftrunken und mit zerzausten Haaren. Sie warfen einen Blick auf mich und meinen Trainingsanzug, flüsterten »Schick!« und steckten die Fingerspitzen ins kalte Wasser.

Die Schlafsäle leerten sich. Man war in Eile. Um acht Uhr sollte es Kaffee geben, und für neun Uhr war der Aufbruch zur Kirche geplant.

Unten im Speisesaal ging Herr Müller von Stuhl zu Stuhl und von Mensch zu Mensch und richtete an jeden dieselbe Frage: »Habet Sie vielleicht Fräulein Lassahn g'sehe?«

Ja, viele hatten sie gesehen, auf der Treppe, im Schlafsaal, unten ... Was sollte er mit solchen Auskünften anfangen? Wo er hätte suchen können, da war er bereits gewesen.

Im Freizeitheim in Rittmarshausen herrschten strenge Bräuche. Es wäre keinem Herrn nicht mal im Traum eingefallen, die Damenschlafräume zu betreten. Herr Müller aber hielt sich an diesem Morgen nicht an die guten alten Regeln. Er schlich die Treppe hinauf, spähte nach rechts und links und wich, als sich nichts rührte, vom Pfad der Tugend ab, direkt in den Damenschlafsaal hinein. Dort trat ihm die Nette entgegen.

»Ja, Herr Müller?« fragte sie mit deutlichem Befremden in der Stimme. »Haben Sie sich verirrt oder suchen Sie jemanden?«

»Ja, i such' jemanden, und Sie wisset ganz genau, wen! Fräulein Lassahn isch spurlos verschwunde!«

»Wollte Sie nicht einen Morgenspaziergang machen?«

»Doch net bei dem Wetter. Schauet Sie sich des a! Des isch ja der reinste Schneesturm!«

»Sie brauchen sich keine Sorgen zu machen. Ich weiß, daß sie mit einem Grüppchen starker Männer unterwegs ist!«

»Des müsset Sie net extra sage, des isch mir au so klar! Wo wollet se denn hinspaziere?«

»Ich glaube in die Kirche, um Plätze freizuhalten. Wie wär's mit einem Täßchen Kaffee, Herr Müller?«

»Nei, dankschö! I schau' mal naus, wie's drauße aussieht!«

Schlecht sah es aus. Rings um das Haus nichts als Schneegestöber.

»Entschuldiget Sie, Fräulein Meier, aber i hab' den Eindruck, als ob Sie mi an der Nas romführe wollet, Sie und das Fräulein Lassahn!«

»Aber wo werd' ich denn, Herr Müller. Gestern und vorgestern war sie die ganze Zeit hier, und gestern hat sie sich den halben Daumen abgeschnitten...«

»Au des no!«

»Ja, gestern ging es ihr gar nicht gut. Sie war irgendwie bedrückt, aber *Sie* wissen natürlich nichts davon, *Sie* waren ja nicht da...«

»Jetzt tät i doch a Täßle Kaffee brauche!« sagte er.

Nach dem Frühstück rückte alles aus, um trotz Schneegestöber in Kerstlingerrode zur Kirche zu gehen. Man ging in lockeren Grüppchen, Männlein und Weiblein friedlich vereint. Herr Müller wechselte von einer Gruppe zur anderen. Er fragte nicht mehr: »Haben Sie Fräulein Lassahn gesehen?«, das hatte er schon zu oft gefragt. Nein, er sah sich die Leute genau an, wie sie gingen, wie sie sich drehten und wendeten. Nach einem weiten, dunkelgrünen Mantel hielt er Ausschau, denn den neuen schwarzen Trainingsanzug, den ungeheuer schicken, hatte er noch nicht an mir gesehen.

Die Kirche war bis auf den letzten Platz besetzt. Man sang schon den zweiten Vers von ›Jesus ist kommen‹, da endlich kam er herein, horchte, erkannte meine Stimme und ging ihr nach. Ich saß mittendrin in der engsten aller Bankreihen. Vier Kommilitonen links von mir, vier rechts und alle neun so eng beieinander wie Sardinen in der

Büchse. Herr Müller versuchte, sich neben mich zu drücken, aber es war ein Ding der Unmöglichkeit. Er räusperte sich und hustete und tat alles, um auf sich aufmerksam zu machen. Ich schaute nach vorne und nach hinten, nach links und nach rechts und ließ meinen Blick über ihn hinweggleiten, als wäre er mir völlig unbekannt.

Dann war der Gottesdienst zu Ende. Ich wollte auf ihn warten, aber der Strom trieb mich weg.

So ging der Tag dahin, immer wurde er abgedrängt, nie waren wir allein. Erst lachte er noch darüber und fand es witzig, aber langsam verlor er den Spaß an der Geschichte.

Der Netten und mir ging es ebenso. Wir hatten uns etwas Lustiges ausgedacht, und nun lief alles ganz anders als geplant.

Eines wußte ich nun, daß er nämlich wegen mir in aller Herrgottsfrühe nach Rittmarshausen gekommen war und daß er wegen mir aus Rittmarshausen verschwinden würde, wenn ich so weitermachte. Ich beschloß, von nun an lieb und nett zu sein. Er hatte genug gelitten.

»Aber ein bißchen Theater könnten wir noch spielen!« meinte die Nette. »So ein kleines lustiges Finale!«

»Gut, das kann nicht schaden.«

Im Zimmer lehnte Herr Müller am Fenster und kam sich schlecht behandelt vor. Da öffnete sich die Tür, und die Nette trat ein. Sie stieß einen Freudenschrei aus: »Da ist er ja! Fräulein Lassahn, schnell, schnell. Ich habe ihn gefunden!«

Jetzt stürzte ich ins Zimmer.

»Ja ist es denn die Möglichkeit! Ist er endlich da? Bitte, Herr Müller, schauen Sie in meine Augen, wie sie strahlen!«

»Ja«, sagte er. »I seh's!«

»Haben Sie ein paar schöne Episoden hinter sich gebracht? Nein, nicht? Das enttäuscht mich aber, Herr Müller! Sie sind doch sonst ganz fix in solchen Sachen.«

»Was ist denn eine Episode?« fragte die Nette und tat, als ob sie keine Ahnung hätte.

»Wissen Sie's vielleicht, Herr Müller?«

»Ja freilich, aber Sie werdet's mir bestimmt viel besser erkläre könne.«

»Ja, das kann ich: Eine Episode ist ein *Einschiebsel*. Scheußliches Wort! Aber die andere Erklärung ist auch nicht besser. Eine Episode ist *ein vorübergehendes, nebensächliches Ereignis!* Was sagen Sie dazu, Herr Müller?«

»I kann's au bloß scheußlich finde«, sagte er. »Darf mr sich entschuldige oder isch scho alles de Bach na?«

»Sie dürfen sich entschuldigen«, gestattete die Nette, »und den Bach ist noch gar nichts ›na‹. Aber wir müssen jetzt das Haus aufräumen und die Betten abziehen! Wie ich die Marburger Mädels kenne, werden sie sich nicht überarbeiten. Also, auf geht's! In anderthalb Stunden fährt der Zug!«

Die Marburger Mädchen standen vor der Tür, die Herren Kommilitionen aus Göttingen hielten Abschiedsreden.

»Meine Damen und Herren, wir sollten die Betten abziehen«, mahnte die Nette.

»Ja, tun Sie's nur«, antwortete eine der Damen und hatte offenbar noch immer nicht begriffen, daß wir kein Personal waren. So begaben wir uns knurrend an die Arbeit. Die Nette räumte in der Küche auf und klapperte wütend mit den Töpfen, Herr Müller und ich zogen Betten ab. Daß wir uns dabei überarbeitet hätten, wird niemand annehmen. Wir waren das erste Mal an diesem Tag allein zusammen und nützten die Zeit, um Wichtiges zu klären.

»Damals, im Juristenkleinkreis, als du zur Tür reikomme bisch, da isch mir en Stich durchs Herz gange ...«

»Ja, mir auch! Ich sah dich und hab' nachts einen furchtbaren Traum gehabt, so furchtbar, daß ich sogar zu Tante Mariechen ins Bett gekrochen bin!«

»Dann muß es aber a schlimmer Traum g'wese sei!« Er lachte, und wir sahen uns über ein Bett hinweg an. »Jetzt sticht's mi wieder!« sagte er.

»Warum bist du einfach verschwunden? Drei Tage lang habe ich dich gesucht!«

»I erklär' dir's. Wenigstens will i's probiere. An dem Nachmittag im Wald, wo mir so lustig waret und i di hab' küsse wolle und du mi net hasch lasse, da hab' i g'merkt, daß du anders bisch, als i dacht' hab'...«

»Wie anders? Wie hast du denn gedacht, daß ich bin?«

»Mädle, des isch's ja! I hab's net g'wußt. Du musch dir des mal vorstelle, du kommsch in die Studentengemeinde, lachst mit jedem, flirtest mit jedem...«

»Nein, nicht mit jedem!«

»Aber fast mit jedem! Dann erlaubst du zehn Männern, di heimzubringe...«

»Nein, zehn waren's nie! Und drei hat mir Tante Mariechen extra empfohlen!«

»Du und dei Tante Mariechen, ihr seid mir die Rechte!«

»Sei froh, daß du sie nicht haben mußt.«

Er kam um das Bett herum und legte seine Arme um mich.

»Und dann hör' i von jemand, daß er di beim Fechte g'sehe hat.«

»Na und? Was ist Schlimmes daran?«

»Nix. Aber a Stund später verzählst du mir, daß du Pfarrerstochter bisch.«

»Dürfen Pfarrerstöchter nicht fechten?«

»Freilich dürfet se des! Aber es macht en komische Eindruck!«

»Was denn für einen Eindruck?«

»Gut, i sag' dir's, aber kratz mir net glei d' Auge aus. I hab' denkt, du spielst Theater und führst uns alle an der Nas rom...«

»Ach, du gemeiner Kerl, was sagst du da für Sachen?«

»Des war halt mein Eindruck, und dann, im Wald, da wehrst du dich mit Händ und Füß gege a harmlos Küßle.«

»Kein harmloses Küßle! Der erste Kuß meines Lebens!«

An dieser Stelle hätte ich noch manches zu sagen gehabt, aber es war mir nicht möglich, denn der erste Kuß meines Lebens brach über mich herein. Es war so überwältigend, daß ich mich erst einmal hinsetzen mußte und nach Luft ringen. Dann versuchten wir wieder, Bettbezüge abzuziehen, aber es klappte nicht mehr, zu groß war die Liebe und das Glück und die Erleichterung.

»Die Ohrfeige damals im Wald, die war scho recht«, sagte er, »und i hab' se au verdient, aber hinterher war i ganz durcheinander. Drum hab' i über Episode und so Zeugs g'schwätzt – und die drei Tag, die hab' i braucht, um ganz sicher zu sei, daß ich dich ...« Er hielt mit spitzen Fingern ein rosa Nachthemd in die Höhe. »Des hent die Mädle vergesse einz'packe, weißt, die Marburger...«

»Daß du mich was?«

»Daß ich dich liebe und dich heiraten will!«

Ich seufzte.

»Ja, was isch jetzt passiert?«

»Hast du dir schon überlegt, was sie jetzt sagen werden?«

»Noi! Was werdet se denn sage?«

»Sie hat das Studienziel erreicht, werden sie sagen, schon im ersten Semester!«

»Kei Mensch sagt so ebbes Dumms! Und wenn, dann laß se halt schwätze! Die sin bloß neidig!«

Die Nette kam herein.

»Alles in Ordnung?« fragte sie. Ich nickte. »Da bin ich aber wirklich froh. Wenigstens einen Punkt können wir abhaken. Aber was ist mit Ihrem Daumen, tut er noch weh?«

Den leg' ich Tante Mariechen zu Füßen. Die bringt ihn in Ordnung.

Die Macht der Liebe

Nach all diesen bewegenden Erlebnissen fiel uns der Abschied am Goldgraben schwer, aber mein Daumen tickte wie eine Zeitbombe, und langsam bekam ich es mit der Angst zu tun. Tante Mariechen hatte ihre Sonntagsfreude im Friedhof schon hinter sich gebracht und war so schlechter Laune, daß ich meinen Daumen nur ungern in ihre Hand legte.

Sie betrachtete den schmuddeligen Verband mit Abscheu, sagte: »Wie kann man nur mit so etwas herumlaufen?« und griff zu. Da half kein Schreien und Wehklagen, sie machte sich daran, den Daumen auszuwickeln.

Ich hatte schon als Kind gemerkt, wie ungeheuer dumm es war, schweigend zu leiden. Der Arzt mußte schließlich erfahren, an welcher Stelle es schmerzte. Ach, wie schrecklich sah dieser Daumen aus! Mull, Watte und Verband, alles war blutig und festgeklebt, und Tante Mariechen, ohne jegliches Erbarmen, rupfte das Ganze mit einer Pinzette auseinander.

»Manfred!« schrie ich. »Manfred!«

Im selben Augenblick klingelte es Sturm. Wenn Tante Mariechen etwas nicht leiden konnte, dann dieses. Sie ließ meine Hand los und sprang auf, aber da war ich schon an der Wohnungstür und sank meinem Retter in die Arme.

»Ja Schätzle, was macht se denn mit dir? Brauchsch kei Angst habe, i bin ja da!«

Das war die Macht der Liebe! Durch das geschlossene Fenster, durch drei Türen und durch viel altes, dickes Gemäuer war mein Schrei hinausgedrungen zu dem Liebsten, und da stand er nun, Helfer in der Not! Zwar schimpfte die Tante und sprach von Hausfriedensbruch, aber während sie das tat, riß Manfred mir das letzte Stückchen Mull herunter. Es tat nicht so weh, wie ich gefürchtet hatte, trotzdem stieß ich einen gellenden Schrei aus, worauf der Knickerbockermann unangeklopft ins Zimmer stürzte und wissen wollte, wer hier geschlachtet würde.

Nun fühlte sich die Tante in ihrem Element. Sie sprach von einer möglichen Blutvergiftung, von Amputation und schmerzhaftem Tod und daß sie für nichts garantieren könne.

»Noch einen Tag länger«, rief sie, »und jede Hilfe wäre zu spät gekommen.«

»Nun so schlimm wird es wohl nicht sein«, meinte der Knickerbockermann.

Die Tante warf ihm einen giftigen Blick zu.

»Wer von Medizin nichts versteht, sollte sich nicht einmischen, sondern lieber in die Küche gehen und dort aufräumen!«

Der Knickerbockermann sah sie verwundert an.

»Warum sollte ich in der Küche aufräumen? Ich sehe keinen Grund dafür.«

Inzwischen schleppte die Tante ihre Hausapotheke herbei und stellte sie vor meinen jungen Mann.

»Probieren Sie's mit dem Verbinden. Bei Ihnen reißt sie sich vielleicht zusammen. Wie komme ich übrigens zu der Ehre, zwei mir unbekannte Herren in meinem Zimmer vorzufinden?«

»So unbekannt sind wir nun auch wieder nicht«, sagte der Knickerbockermann. »Ich bin Ihr Hausgenosse, liebes Fräulein Lassahn, und er ist, wie ich vermute, der Liebhaber Ihrer Nichte!«

»Das Wort ›Liebhaber‹ will ich im Zusammenhang mit meiner Nichte nicht gehört haben!« sprach die Tante und zu Manfred hin: »Schade, daß Sie nicht Medizin studieren. Sie machen das recht ordentlich und würden als Arzt viel mehr verdienen. Wie war doch der werte Name?«

Altes Scheusal! Sie wußte es ganz genau, aber sie wollte es mir unter die Nase reiben, was für einen gewöhnlichen

Namen er hatte. Mir wäre ein anderer Name auch lieber gewesen, aber so wichtig war mir's nun wirklich nicht.

»Aufrecht!« kommandierte die Tante. »Sie sollten unbedingt aufrecht gehen, Herr Meier!«

Er lächelte freundlich und sagte zu mir, weil ich so tapfer gewesen sei, habe er eine Überraschung für mich.

Nun war meine Tante die neugierigste Tante der Welt. Sie reckte den Hals und fragte, ob sie auch etwas von dieser Überraschung erfahren dürfe.

Nein, sagte er, das wäre ganz und gar unmöglich, denn eine Überraschung dürfe man nicht ausplaudern, sonst wäre es ja keine Überraschung mehr; ob sie das nicht einsähe. Nein, sie sah es nicht ein und sagte: »Es wäre besser für deinen Daumen, Ameikind, wenn du dich hinlegen würdest.«

»Wir haben nicht vor, zu boxen oder auf den Händen zu laufen«, meinte Manfred. Die Tante schwieg, aber zu meiner großen Freude durfte ich bemerken, daß sie sich ärgerte, denn sie lief rot an und hustete.

Wir gingen. Wohin? Ins Kino.

Das nämlich war die Überraschung: ein Film, schön und traurig. Er hieß: ›Les enfants du paradis‹. Manfred hatte ihn schon einmal gesehen und für gut befunden. Ich hatte ihn auch schon einmal gesehen, aber diesmal ging er mir nicht so zu Herzen. Warum mußte dieser dumme Clown unbedingt die einzige Frau haben, die er nicht kriegen konnte! Die andere war auch nett, und außerdem liebte sie ihn.

»Na, hat's dir gefallen?« fragte Manfred, als wir uns aus dem Kino drängten.

»Ja, ganz arg! Der schönste Film, den ich kenne!«

»Siehsch, des hab' i au denkt, und jetzt gehet mir no in die Junkernschänke und trinket a Gläsle Wei. Magsch des?«

Ja, ich mochte es. Als wir dort saßen, tranken und flüsterten, da war mir's, als ob uns jemand beobachte. Er erhob sich und kam an unseren Tisch und war kein anderer als der Knickerbockerprofessor.

»Sie sehen aus, als kämen Sie eben aus dem Kino. Was gab's denn?«

»›Les enfants du paradis‹.«

»Ich kenne den Film«, sagte der Professor, »man kann ihn nicht oft genug sehen!«

Wir gingen heim zum Goldgraben, zur Haustür mit dem schützenden Vordächlein. Diesem Augenblick fieberten wir beide entgegen. Waren wir in Rittmarshausen noch etwas ungeschickt gewesen, was das Küssen angeht, so lernten wir jetzt in aller Ruhe einiges dazu.

Unsere letzte gemeinsame Woche flog vorüber. Wir versuchten, sie zu halten und nutzten jede Minute. Manfred saß neben mir in den Vorlesungen und hörte Rechtsgeschichte und Deutsches Privatrecht, ich ging an seiner Seite in theologische Vorlesungen und fühlte mich dort besser aufgehoben als bei den Juristen.

Wir hörten aber nicht nur gemeinsam Vorlesungen, wir gingen auch zusammen spazieren.

Meistens zankten wir uns, daß die Fetzen flogen. Jeder beharrte auf seinem Standpunkt. Manfred wollte, ich solle die Juristerei an den Nagel hängen und etwas Sinnvolles tun bis zur baldigen Hochzeit. Ich aber wollte noch ein Semester retten, nur ein einziges, das Sommersemester.

»Vater wird enttäuscht sein, wenn ich ihm sage, daß ich aufhöre! Er will doch, daß ich Jugendrichterin werde und die Kleinen versorge.«

»Manchmal geht's halt net so, wie die Väter des wollet!«

»Und Papa Brosch bringt dich um!«

»So schlimm wird's scho net sei!«

»Doch, er hat gesagt, ich solle ihm ja nicht mit einem windigen Gesellen daherkommen, er bringe ihn auf der Stelle um!«

An Studienrat Schnulzer durfte ich gar nicht denken! Der würde jubilieren wie eine Nachtigall und sein weißes Spitzentüchlein schwenken. Wieder eine Studentin weniger! Wieder eine gottgewollte Ehefrau mehr! Ich stöhnte.

»Was isch denn, Schwälble? Bisch net froh?«

Wie sollte ich froh sein, wenn er mich mit »Schwälble« anredete? Schwälble hieß zu Hause meine Schwester Beate. Die Eltern nannten sie jedenfalls so, seit ich denken konnte. Sie sah auch aus wie ein Schwälble, zart und anmutig und ohne Brille, denn welche Schwalbe trägt schon eine? Sobald Manfred sie zu Gesicht bekäme, würde er erkennen, daß er die falsche Schwester erwischt hatte.

Oh, wie düster lag die Zukunft vor mir! Manfred mußte nach Tübingen zurück in sein Stift. Und ich, wo sollte ich hin? Bei Tante Tildchen in Heidelberg wohnte dieser widerliche Vetter. Und Tante Mariechen hatte genug von mir. Ich jedenfalls hätte mich kein zweites Mal genommen.

Aber sie tat's, und zwar von ganz allein. Wir saßen beim Sonntagsfrühstück und kratzten Toaste ab. Auf einmal fragte sie, ob ich Göttingen schon einmal im Sommer gesehen hätte? Ich sagte nein, nur im Winter, aber im Sommer müßten die Wälle ganz wunderschön sein mit den vielen Bäumen und den Vögeln und dann der Friedhof...

»Ja«, rief die Tante, »da hast du recht! Der Friedhof ist eine wahre Pracht! Und eines muß ich dir sagen, Ameikind, zum Wintersemester gehört das Sommersemester, auf einem Bein steht man nicht!« Darauf saßen wir lange, aßen abgekratzte Toaste und schwiegen.

Endlich räusperte sich die Tante und sprach: »Wenn du willst, kannst du noch ein Semester bei mir bleiben, auf die paar Monate kommt es jetzt auch nicht mehr an!«

Ich fiel ihr um den Hals und küßte sie, obwohl sie sich mit beiden Händen wehrte.

»O Tante Mariechen, glaub mir, ich werd' dir's schön machen und immer früh nach Hause kommen und nicht so oft weggehen...«

»Hör auf, hör auf!« rief sie. »Spül lieber das Geschirr!«

Später erzählte ich Manfred von meinem Glück. Er war nicht ganz so begeistert wie ich, aber er versprach, mir zu helfen, weil ich beschlossen hatte, der Tante zum Dank das Zimmer zu putzen. Dabei gerieten wir, wie immer, in Streit. Es ging vielleicht etwas geräuschvoller zu als sonst, aber je lauter der Streit, desto schöner hinterher die Versöhnung. Als nun Tante Mariechen am Abend Frau Brumbusch beschimpfte wegen der lauten und langen Nachtmusik, baute sich Frau Brumbusch vor ihr auf und fragte, ob sie denn wüßte, was ihre saubere Nichte und deren schwäbischer Freund tagsüber in ihrem Zimmer trieben? Tante Mariechen fiel sofort in Ohnmacht.

Erst nachdem ich ihr einen Löffel Klosterfrau Melissengeist eingeflößt hatte, wachte sie wieder auf, aber nicht gerne, was ich an ihrer Leidensmiene erkennen konnte.

Sie fragte mit matter Stimme, ob ich sagen wollte, was wir getrieben hätten, oder nicht. Ich rief, ja, ich würde es gerne sagen, denn ich hätte nichts zu verbergen, aber Frau Brumbusch schnitt mir die Rede ab und keifte drauflos, daß es einen grauste. Keinen Augenblick der Ruhe hätte man in diesem Haus! Nicht nur, daß die jungen Leute mit ungeheurem Spektakel das Zimmer putzten, den Flur unter Wasser setzten und die Schränke herumschoben, nein, sie hätten sich auch in einer Lautstärke gestritten, die kein Mensch ertragen könne, es sei denn, er wäre stocktaub, und das seien sie nicht, sie, eine sensible Musikerfamilie mit empfindlichem Gehör!

»Wie? Was?« schrie Tante Mariechen und bekam wieder Farbe auf die Wangen, »gestritten haben sie sich? Gönnen Sie dem jungen Volk doch die Freude! Streiten können sie, so lange sie wollen, vorausgesetzt, es geschieht tagsüber. Es gibt aber leider Leute hier im Haus, die sogar bei Nacht herumlärmen, und das, liebe Frau Brumbusch, ist weitaus schlimmer. Wenn die jungen Leute das Zimmer putzen, dann sollte man Gott dafür danken und dabei an gewisse Hausbewohner denken, die immer die Küche so hinterlassen.«

Dieser letzte Satz war an die Adresse des Knickerbokkerprofessors gerichtet, der im Morgenrock, ein Handtuch über der Schulter, in unserem Kreis erschienen war. Er lächelte und sagte zu Tante Mariechen, er könne ihre Worte nur bestätigen, die beiden Studenten hätten fleißig gearbeitet, geputzt und studiert.

»Ja!« mischte sich der sonst so schweigsame Herr Brumbusch ein: »Ja, das kann ich auch bestätigen.«

»Oh, sei doch du still!« zischte seine zärtliche Gattin. »Was verstehst du denn von diesen Dingen!«

Am nächsten Abend kam die Tante früher heim als üblich. Sie holte ihren gräßlichen Fuchspelz aus der Kommode und hielt mir zwei Kinokarten unter die Nase.

»Ameikind!« rief sie freudig bewegt. »Mach schnell! Du und ich, wir gehen jetzt ins Kino!« Ich wagte nicht zu fragen: »In was denn?« Es lag auf der Hand! Es war unvermeidlich! Es mußte ja kommen! Das andere auch, daß nämlich der Knickerbockermann im selben Augenblick an der Wohnungstür stand und fragte: »Wollen die Damen ausgehen?«

»Ja«, rief die Tante beglückt, weil er nun auch von ihrer Großherzigkeit erfuhr, »ja, ich lade meine Nichte ins Kino ein!«

»Wunderbar!« sagte der alte Heimtücker, »und in welchen Film geht's, wenn man fragen darf?«

Ich hielt die Wohnungstür auf: »Tantchen, wenn wir jetzt nicht gehen, kommen wir zu spät!«

»›Les enfants du paradis‹«, dozierte die Tante in bestem Schulfranzösisch.

Er klatschte in die Hände! Er drehte die Augen gen Himmel.

»Dacht' ich mir's doch! Ein wundervoller Film! Da wünsche ich den beiden Damen viel Vergnügen!«

»Danke«, sprach die Tante und neigte hoheitsvoll den Kopf. »Ich wollte meiner Nichte eine kleine Freude bereiten, weil sie unser Zimmer immer so wundervoll hinterläßt!«

Sicher hielt sie sich für sehr klug und meinte, sie hätte ihn nachdenklich gemacht und an die Küche gemahnt. Aber nein, keine Spur! Er winkte mir verstohlen zu und hob die Schultern, als wolle er sagen: »Tut mir leid, ich kann nichts dafür.«

»Komm, Ameikind!« rief die Tante von der Treppe. »Wir dürfen auf keinen Fall den Anfang versäumen!«

Auf dem Heimweg gingen wir über den Marktplatz und am Gänseliesel* vorbei.

»Na, hat dein Herr Müller sie auch schon geküßt?«
Ich wußte es nicht. »Vielleicht im vorigen Semester!«
»Ja, da habe ich ihn oft gesehen und Tante Grete auch!«
»Hat er da fleißig geflirtet?«
»Ja, das kann man wohl sagen!«
»Hat er vielleicht auch jemanden geküßt?«
»Ja, und nicht nur das Gänseliesel.«

Am nächsten Tag wollte ich die Sache etwas genauer wissen.

»Du, Manfred, hast du eigentlich das Gänseliesel schon geküßt?«

»Ja freilich, i glaub', do kommt mer hier net dra vorbei!«
»Und du bist ganz sicher, daß es das Gänseliesel war?«
»Freilich! Und jetzt, Schwälble, will i dir was sage: Jetzt erteilet mir uns gegeseitig a Generalamnestie für alles, was vor dem Tag X passiert isch. Eiverstande?«

»Ich brauche keine Generalamnestie! Bei mir ist nichts passiert! Du bist wirklich meine allererste Liebe!«

»Das fällt mir schwer zu glaube, aber wenn du's sagst...«

---

* Das Gänseliesel: eine Bronzefigur auf dem Göttinger Marktplatz. Jeder frischgebackene Doktor mußte nach altem Brauch der »kühlen Schönen« einen Kuß auf den Mund drücken. Deshalb ist sie auch »Das meistgeküßte Mädchen der Welt«.

»Halt! Einen gab's doch! Meinen Kanadajüngling! Den hätt' ich jetzt fast vergessen! Er war dauernd auf der Flucht vor mir. Immer, wenn er mich sah, wollte er nach Kanada reisen. Einmal ging er so weit, mich zu einem Rendezvous an der Bahnschranke einzuladen ...«

»Und was isch dort passiert?«

»Nichts! Ich ging nicht hin und er wahrscheinlich auch nicht. Es war eine unglückliche Liebe.«

»Ach du arms Mädle!«

»Ja, und dann kam ich hierher und bin schier übergeschnappt bei all den vielen Männern, und wie sie mir den Hof machten und mit mir tanzten. Es war eine schöne Zeit, und ich habe sie genossen, das kann ich ruhig zugeben und brauche keine Amnestie dafür. Dann erschienst du auf der Bildfläche, und aus war es mit der Herrlichkeit. Nichts blieb für mich übrig als Trauer und Herzeleid ...«

»Ach, du arms, arms Mädle!«

Dann kam unser Abschiedstag. In aller Herrgottsfrühe gingen wir zusammen zur Morgenwache in die Jacobikirche, anschließend zur Uni in die Rechtsgeschichte, und dann kauften wir auf dem Wochenmarkt Zwiebeln und Feldsalat ein. Wir wollten nämlich zu Mittag richtig miteinander kochen und essen, so wie wir das später machen würden, wenn wir ein altes Ehepaar wären und »zusammen essen und trinken« für gar nichts Besonderes hielten. Es sollte Bratkartoffeln geben und Salat und Blutwurst und als Nachtisch Apfelsinen.

Natürlich hätten wir auch bei Tante Mariechen speisen können, aber es war mir doch ein bißchen ängstlich zumute, wenn ich an den Knickerbockermann dachte und daß der Bratkartoffelduft ihn sicherlich anziehen würde. Die beiden Herren standen leider nicht so gut miteinander, daß man auf ein harmonisches Festmahl hätte hoffen dürfen. Deshalb kochten und speisten wir am »Weißen Stein«.

So gut das Essen auch war, wir brachten nur wenige Bissen hinunter und gingen dann noch auf dem Nikolausberg spazieren, Arm in Arm und derart betrübt, daß wir keinen rechten Streit mehr zusammenbrachten, sosehr wir uns auch bemühten.

Stets findet Überraschung statt

Bei der Abreise aus Göttingen stand nicht nur Tante Mariechen neben mir auf dem Bahnsteig. »Die Nette« kam und drückte mir eine Tüte mit gebrannten Mandeln in die Hand. Jemand hätte ihr gesagt, daß ich sie gerne äße. Ich kannte den »Jemand«! Auf einem Jahrmarkt hatten wir zusammen gebrannte Mandeln gegessen. Sie schmeckten wunderbar. Ich nahm gleich eine in den Mund. Aber das Wichtigste fehlte, die Würze, die Süße, und vor allem die Worte: »Net beiße, Schätzle! Schlotze!«

Der Knickerbockermann zog den Handwagen. Er war nicht so vollgeladen wie bei der Herfahrt, denn den Reisekorb hatte ich im Goldgraben gelassen, damit Tante Mariechen täglich daran erinnert werde, daß ich wiederkommen wollte. Schon vor einer Woche hatte mich der Knickerbockermann gefragt, wie's mit dem Sommersemester bei mir stünde. Er wolle mich gewiß nicht drängen, aber Göttingen im Sommer wäre fast so romantisch wie Heidelberg. Das Heidelberger Schloß hätte schon seine Reize, aber die Wälle rund um Göttingen, die alten Bäume, die versteckten Bänke und schließlich das Gänseliesel auf dem Marktplatz wären doch auch etwas. Er hätte noch weiter geschwärmt, wenn ihm die Tante nicht ins Wort gefallen wäre.

»Natürlich kommt sie wieder«, bellte sie. »Und wie steht es mit Ihnen, Professor?«

Wie immer sprach die Tante im Kommandoton. Ich hatte mich schon daran gewöhnt und der Professor auch, aber die meisten Leute schreckten davor zurück, und wenn sie noch hinzufügte, daß unsere Familie in direkter Linie von General Ziethen abstammte, dann glaubte es ihr jeder und schlug im Geiste die Hacken zusammen.

»Ob ich hierbleibe, weiß ich noch nicht«, sagte der

Professor, »das hängt von meinem Seminar ab und von einigen anderen Dingen.«

»So etwas sollte man aber wissen!« tadelte die Tante. »Sie werden doch gewiß eine richtige Wohnung beziehen wollen!« Das war keine Frage, das war ein Befehl. »Ein Zimmer mit Küchenbenützung ist nicht das richtige Domizil für einen Professor! Was meinst du dazu, Ameikind?«

Ja, was sollte ich dazu meinen?

»Meine Nichte ist so gut wie verlobt«, hörte ich die Tante sagen. »Aber sie wird natürlich weiterstudieren!« Daß diese Tante auch immer so direkt sein und alle Leute vor den Kopf stoßen mußte.

»Und wo befindet sich der glückliche Bräutigam?« fragte der Professor.

»Bereits auf der Heimfahrt«, antwortete die Tante.

Christian rückte an, der mit dem blonden Haarschopf und dem Walzer linksherum. Auch er hatte etwas für die lange Bahnfahrt dabei, nämlich ein zerfleddertes BGB und eine Tafel Schokolade.

Typisch Christian, typisch Mann! Zwar rafften sie sich hie und da zu großen Taten auf, aber ohne Wermutstropfen ging es nicht. In der BGB-Fleißprüfung hatte mir der Professor nur »*vollbefriedigend*« zugebilligt, obwohl ich mich viel besser fand! Die Sache ging mir nah, aber schließlich gelang es mir doch, sie zu vergessen, bis mir dieser Bursche das BGB daherbrachte. Er schämte sich nicht einmal, sondern forderte mich zum Walzer auf, damit uns warm würde auf dem zugigen Bahnsteig. Ich lehnte ab, denn ich dachte an Manfred und daß er vielleicht schon in den Armen seiner Mutter läge. Ach, wie schnitt mir dieser Gedanke ins Herz! Merkwürdigerweise stolzierte auch die schöne Eva auf dem Bahnsteig herum. Ich hatte mit der Zeit den Eindruck gewonnen, daß sie mir nicht wohlwollte und es klug von mir wäre, ihre Nähe zu meiden. Jetzt schlang sie sogar den Arm um meinen Knickerbockermann. Diese Schlange! Es fiel mir schwer, meinen Ärger zu verbergen.

»Das ist meine geschiedene Frau!« sagte der Professor.

»Aber wir lieben uns immer noch!« rief die schöne Eva und lachte, daß ihre weißen Zähne blitzten.

Oh, diese bitterböse Eva! Da stand sie, lachte, und schnappte mir nacheinander meine Verehrer weg! Wie gut, daß Manfred per Anhalter nach Hause gefahren war!

Tante Mariechen warf ihren Sperberblick auf den Professor und sprach: »Sie haben mich sehr enttäuscht, Professor Traumann!«

»Womit bitte?« fragte der. »Womit habe ich Sie enttäuscht?«

»Das fragen Sie noch! Erst verheiratet, dann geschieden und jetzt hinter meiner Nichte her! Von der Küche will ich gar nicht sprechen!«

Zum Glück fuhr gerade der Zug ein. Der Professor griff nach meinem Koffer und schob ihn und mich in ein Abteil.

Nicht einmal einen Abschiedskuß konnte ich Tante Mariechen geben, und Worte von bleibendem Wert fielen mir auch nicht ein.

Der Schaffner pfiff, der Zug ruckte an, und der Professor drückte mir ein Päckchen in die Hand. Schon stand er wieder draußen neben Tante Mariechen, und dann waren sie beide verschwunden.

Ich dachte lange Zeit an Manfred und zählte die Tage bis Ostern. Vom 3. März bis zum 13. April waren es 41 Tage, wenn ich richtig gerechnet hatte. Entsetzlich! Vorher würde ich ihn sicher nicht zu Gesicht bekommen. Nachdem ich lange getrauert hatte, griff ich nach dem Päckchen des Knickerbockermannes. Es war ein Buch darin über Pädagogik. Verfasser: Professor Traumann. Ein Schinkenbrötchen wäre mir lieber gewesen.

Zu Hause empfingen mich Mutter und Christoph am Bahnhof. Die anderen warteten vor der Haustür. Sie sangen ›Freude ist im Pfarrhaus ...‹ und drängten mich in mein Zimmer. Dort riefen sie: »Ist es nicht schön? Sieh es dir an! Na, freust du dich?«

Ja, ich freute mich, denn es war wieder mein altes Mädchenzimmer: das Bett als Sofa hergerichtet, mein Schreibtisch leergeräumt und nur Mutters alte Schreibmaschine darauf. Sogar meine Orgelnoten lagen am alten Platz, nämlich auf dem Sessel, in den man sich nicht setzen durfte, weil er sonst zusammenbrach. Beate war umgezogen in eine »sturmfreie Bude« im Speicher. Dort hatte sie ihr Reich für sich allein, und ich hatte meines – wie früher – unten neben der Küche, wo Else ihres Amtes waltete. Früher war mir das lieb und recht gewesen, jetzt aber, im Hinblick auf einen eventuellen Besuch, sah ich die Gefahr sofort. Ich mußte vorher mit Else sprechen und ihr klarmachen, daß sie wenn überhaupt nur polnisch fluchen dürfe, solange ein Theologe in meinem Zimmer saß und heilige Gedanken in seinem Herzen bewegte.

Nach dem Abendessen packte ich aus, geplagt von bitterstem Heimweh. Es ging nicht anders, ich mußte die beiden Fotos von Manfred auf meinen Schreibtisch stellen, damit ich sie immer ansehen konnte. Auf dem einen stand er mit verschränkten Armen vor einem Haus und lächelte freundlich, auf dem anderen sah er aus wie ein Doktor im weißen Kittel. Neben ihm standen zwei Freunde, auch sie im weißen Kittel. Das war in Schwäbisch Hall gewesen, wo sie zwischen Seminar und Stift ein Praktikum machten. All diese Dinge wußte ich und noch viel mehr und hätte gern auch anderen davon erzählt. Zuerst aber ging ich in den Garten, um Blumen zu pflücken und die Bilder meines Liebsten damit zu schmücken. Eigentlich war der Streit noch nicht ausgestanden, ob wir nun den Eltern etwas voneinander erzählen sollten oder nicht. Ich war es gewesen, die nicht gewollt hatte, daß jemand von unserem Geheimnis erführe. Jetzt aber konnte ich es doch nicht für mich behalten. Erst weihte ich Beate ein, sie stand kurz vor der Hochzeit und kannte die Gefühle, die mich beseelten, dann kam Mutter, setzte sich aufs Sofa und sagte: »Na, Kind, nun erzähl mal!«

Wo sollte ich anfangen? Vielleicht beim Juristenkleinkreis, wo uns beide der Blitz getroffen hatte? Oder bei der Nacht danach, in der Manfred nicht schlafen konnte und ich diesen schrecklichen Strumpftraum hatte. Oder bei den Kämpfen, die wir gegeneinander ausfochten, bis wir es schließlich nicht mehr aushielten und unsere Liebesgeschichte in Rittmarshausen ein gutes Ende nahm...

Mutter hörte zu, betrachtete die Fotos und fand sie schön. Auch der junge Mann gefiel ihr. Auf dem einen Foto sähe er direkt durchgeistigt aus, meinte sie. Aber das mußte wohl am weißen Kittel liegen oder am Abendlicht, denn dieser Zug war mir an ihm noch nie aufgefallen.

Dann kamen die Kleinen herein, um Süßigkeiten entgegenzunehmen und die Bilder zu betrachten. Gitti brach in Tränen aus, als sie die drei im Arztkittel sah. Mit Ärzten hatte sie schlechte Erfahrungen gemacht. Ich gab ihr eine Schokoladentafel extra, damit sie keinen falschen Eindruck von Manfred bekäme. Alle fanden ihn nett und gutaussehend, sogar Else.

»Er kann kochen, Else!«

»Das mecht auch nötich sein, wenn er dich zur Frau kricht! Armes Aas!«

»Gell Else, du brauchst es ihm nicht gleich zu sagen, daß ich nicht kochen kann, er wird's früh genug merken!«

Nur Vater verschwand schnell wieder in seinem Studierzimmer. Er war enttäuscht von mir, obwohl ich die Fleißprüfungen bestanden hatte und bereit war, in den Semesterferien in einer Fabrik zu arbeiten.

Ich fand eine Stelle in einer Kartonagenfabrik und saß nun den ganzen Tag an einer Heftmaschine. Ich arbeitete im Akkord und kämpfte gegen die Zeit, deshalb ging der Tag schnell vorbei. Meinen Fingern behagte der Umgang mit Pappe nicht, sie sahen schlimm aus und bluteten, aber ich erbaute mich an der Vorstellung, wie Manfred auf Besuch käme und ich ihm mit blutenden Händen entgegenlief. »Arms Schwälble«, würde er sagen. »Ja, was isch denn da passiert?«

Wir schrieben uns fleißig Briefe, aber ich vermißte das vertraute Schwäbisch, und sein letzter Brief klang so kühl, als wäre er durch hundert Zensuren gegangen. Ich setzte mich sofort hin und schrieb einen ebenso kühlen, damit er merkte, wie beglückend es war, einen solchen Brief zu bekommen.

*Veni, vidi, vici**

Mutter lud Manfred über Ostern zu uns ein.

Vierzig Tage, das muß man sich vorstellen – einen Monat und zehn Tage –, hatten wir uns nicht gesehen! Wenn seine Bilder nicht auf meinem Schreibtisch gestanden wären, ich hätte vergessen, wie er aussah. Hoffentlich kam er nicht in diesen braunen ausgebeulten Kordsamthosen bei uns an, hoffentlich sprach er kein breites Schwäbisch und kein geziertes Hochdeutsch und lachte nicht so laut. Ich hörte es gern, aber was würden die anderen dazu sagen?

Manfred sollte in Onkel Wilhelms Zimmer schlafen, weil der Onkel über Ostern seine Tochter besuchte. Ich war nicht froh darüber, denn dieses Zimmer lag direkt neben dem unteren Plumpsklo. Wenn es irgendwo im Haus stank, dann dort. In Göttingen hatte er mir erzählt, daß er eine sehr empfindliche Nase hätte. Bei dem Praktikum im Krankenhaus hätte er alles sehen können, ohne daß ihm schlecht geworden wäre, aber wenn er etwas Unangenehmes riechen müßte, dann wär's um ihn geschehen. Ich sah ihn schon ohnmächtig in Onkel Wilhelms Bett liegen und beschloß meine sorgsam gehütete Flasche Kölnisch Wasser zu opfern, um eine andere Duftnote hineinzubringen.

Am Gründonnerstag hielt Vater Abendmahl. Die Kirche war voll bis auf den letzten Platz, und es war sehr feierlich.

An mir blieb sicher kein Segen hängen, denn ich konnte an nichts anderes denken als an Manfred. Ich versuchte das Kreuz über dem Altar mit Andacht zu betrachten, aber es klappte nur kurze Zeit, dann waren meine Gedanken wieder bei ihm.

»Du hast ganz selig gelächelt«, meinte Michael, als wir

---

* Lat.: Ich kam, sah und siegte (Ausspruch Caesars).

aus der Kirche gingen. »Das bin ich gar nicht von dir gewöhnt, aber ich kann mir schon denken, an wen du gedacht hast.«

Solange wir im Umkreis der Kirche weilten, blieb ich still und gelassen, aber zu Hause kniff ich ihn kräftig in den Arm.

Noch ein Tag, der Karfreitag, mußte überstanden werden, und dann kam er, am Karsamstagnachmittag um drei. Ich war morgens früh aufgestanden, hatte mein und sein Zimmer geputzt und reichlich Kölnisch Wasser versprizt.

Ich hatte die Kleinen verdonnert, daß sie sich ja nicht unterstehen sollten, dauernd in mein Zimmer zu stürzen. Wenn sie etwas Wichtiges wollten, aber nur dann, sollten sie gefälligst vorher anklopfen. Sogar an Michael traute ich mich heran und sagte, er solle sich hüten, ein falsches Wort zu sprechen, sonst würde es ihm schlecht ergehen. Ich könnte zum Beispiel den Eltern erzählen, daß er immer hinter dem Holzschuppen rauchte!

Else bat ich, in der Küche nicht zu singen. Ich tat das liebevoll und diplomatisch, aber sie war trotzdem wütend und knurrte: »Geh ock los, weeßte!«

Mutter flehte ich an, den Pudding etwas gleichmäßiger zu rühren, damit er keine Klumpen bekäme. Sie war so wütend, daß sie den ganzen Pudding in den Ausguß schüttete.

Als ich zum Bahnhof ging, um den lieben Gast abzuholen, war es mir gelungen, die ganze Familie gegen ihn aufzubringen.

Er stieg aus dem Zug und trug nicht die vergammelte Cordsamthose, sondern einen feinen grauen Anzug. In der Hand hielt er eine rote Rose, die er mir überreichte und die uns beim Willkommenskuß empfindlich störte. Dann schritten wir die Dorfstraße hinunter, Arm in Arm, stolzgeschwellt. An sämtlichen Fenstern bewegten sich die Gardinen, manche Neugierige standen sogar vor den Türen.

Eine besonders rigorose rannte aus ihrem Garten herbei und rief: »Bertha, Elsbeth, schnell, schnell! Pfarrers Amei kommt und ihr Bräutigam!«

Nur am Pfarrhaus dauerte es lange, bis die Tür aufging, obwohl wir stürmisch läuteten.

Da endlich tat sich was an der Haustür. Jemand zog und zerrte von innen daran. Ich half mit einem kräftigen Stoß von außen nach. Da stand Gitti im Hausflur und brüllte, weil sie die Tür auf die Nase bekommen hatte. Manfred stellte sein Köfferchen ab und bückte sich zu ihr hinunter.

»Musch net heule! Des isch net schlimm, des tut nur gschwind a bißle weh. Schau mal, was i in meiner Tasch hab'!«

Gitti bekam eine Tafel Schokolade und zog beglückt von dannen. Mittlerweile hatte sich die ganze Familie um uns versammelt. Selbst Vater verließ seine sichere Burg und schritt die Treppe herunter. Der vorher so gefürchtete Gast wurde mit Freuden empfangen, und alle Herzen flogen ihm entgegen. So stürmisch war die Begeisterung, daß ich meine Hand auf Manfreds Arm legen mußte, um der Familie klarzumachen, daß es sich hier um *meine* Errungenschaft handelte. Wie schnell er selbst die sprödesten Herzen gewinnen konnte, zeigte sich daran, daß Else erklärte: »Geh ock los, weeßte, heut abend mach' ick Spätzle, wo er es doch so jerne ißt!«

Sie machte damit keinem Menschen eine Freude, Manfred nicht, der lustlos auf einem dieser Klöße herumbiß, die er für ein scheußliches polnisches Nationalgericht hielt, und der Familie ebensowenig, die fassungslos die Klöße hinunterwürgte, die das Leibgericht des netten Schwaben sein sollten.

Noch hielt er sich zurück. Aber lange würde es nicht mehr dauern, bis er Else in der Küche besuchen und sie nach dem seltsamen Gericht fragen würde. Er tat's dann kurz vor seiner Abfahrt und fiel schier in Ohnmacht, als er

hören mußte, daß es sich hier um »Spätzle« gehandelt hätte.
»Noi!«, rief er. »Des waret keine Spätzle. Wenn i wiederkomm', zeig' i's Ihne, wie mer Spätzle macht.«

Am Abend gingen wir beide in die Kirche. Zum ersten Mal saß er neben mir auf der Orgelbank. Aber wir machten keine Musik. Wir redeten und redeten und hatten nicht einmal Zeit zum Küssen. Ich wollte ihn unbedingt davon abbringen, jetzt schon mit den Eltern zu sprechen.
»Da gibt's nix, Schwälble«, sagte er, »i muß mit ihne spreche, und zwar am beste glei!«
Ich versuchte, ihn zu halten, ihn in mein Zimmer zu locken. Vergebens! Er stieg am heiligen Samstagabend, als Vater über der Predigt brütete und man ihn abschirmen mußte gegen jegliche Störung, die Treppe hinauf und klopfte an die Studierzimmertür. Das barsche »herein!« konnte ihn nicht schrecken. Er betrat das Zimmer und kam nicht wieder. Ich saß auf der untersten Treppenstufe und rang die Hände.
»Wo ist er denn?« fragte Mutter.
»Oben!«
»Etwa gar bei Vaterle?« Ich nickte. »Am Samstag? Ja, hast du ihm nicht gesagt, daß er an der Predigt sitzt und daß man ihn nicht stören darf?«
»Natürlich hab' ich ihm das gesagt, aber wenn Manfred sich etwas in den Kopf gesetzt hat, dann kannst du ihn nicht davon abbringen. Mit dir will er übrigens auch sprechen!«
»So, will er das? Das werden wir gleich sehen.« Schon stieg sie die Treppe hinauf und trat, ohne zu zaudern, ins Allerheiligste.
Ich saß unendlich lange auf der Treppe – bis ich sie lachen hörte, richtig herzlich, alle drei. Da ging es um meine Zukunft, um das Sommersemester und Tante Mariechen und schließlich um die Hochzeit in weiter Ferne und

um die Kleinen, die man zu sich nehmen müßte, wenn die Eltern »nicht mehr wären« ... und sie lachten. Mein Ärger war so groß, daß ich die Tür aufriß und nicht einmal anklopfte. Die beiden Herren saßen gemütlich auf dem Sofa und unterhielten sich offenbar gut, denn sie lachten immer noch und konnten sich gar nicht beruhigen. Mutter sah mich leicht verwundert an und winkte mir zu, näherzutreten. »Komm, Kind, setz dich her zu uns! Was Manfred erzählt, wird dir sicher gefallen!«

Manfred! Jetzt da schau her! Da waren sie schon bei Manfred und »Du« angelangt und erzählten sich Witze, und ich saß draußen auf der Treppe und zitterte und zagte...

»Wärst du doch reingekommen, Kind«, sagte Vater, und Manfred schloß sich an: »Ja, des hab' i au denkt! Wärsch no reikomme, Schwälble!«

»Ich wollte nicht stören beim Witzeerzählen! Wenn du fertig bist, Manfred, und es dir recht ist, dann würde ich dir gern dein Zimmer zeigen!«

Natürlich war es ihm recht. In Onkel Wilhelms Zimmer wollte er mich gleich in seine Arme schließen und erzählen, wie es ihm ergangen sei.

»Weisch, Schwälble, des war net eifach mit deim Vater! I kann ihn ja verstehen, daß er dich net hergebe will.«

»Und deshalb seid ihr beim Witzeerzählen gelandet?«

»Noi, des war bloß am Schluß zur Entspannung!«

»Riechst du was, Manfred?«

»Noi, was soll i rieche?« Er schnupperte: »'s duftet a bißle nach Parfum und nach dir.«

»Sonst riechst du nichts?«

»Noi, gwieß net!«

»Na dann ist ja alles in Ordnung. Gute Nacht, Manfred!«

Am nächsten Morgen wurde ich mit einem Kuß geweckt. Ich wehrte mich heftig, weil ich es nicht gewohnt war, dann aber erkannte ich Manfred und hätte blutige Tränen weinen können. Nun hatte ich mir extra Beates Spitzennachthemd ausgeliehen. Weil ich aber beim Ins-Bett-Gehen so zornig gewesen war, hatte ich diesen durchsichtigen Traum nicht anziehen wollen, für keinen Mann auf der ganzen Welt und schon gar nicht für Manfred. Ich hätte es auch nicht für möglich gehalten, daß er es wagen würde, durch Küche oder Wohnzimmer bis an mein Bett zu schleichen. In der Küche klapperte Else mit den Töpfen, und im Wohnzimmer deckte Mutter den festlichen Ostertisch. Von Beate und Florian wußte ich, wie sehr die Eltern darauf bedacht waren, Orgien oder andere Kapitalverbrechen in ihrem Haus zu verhindern. Wie sie die Kleinen durch die Zimmer schickten, sie sogar Verstecken im ganzen Haus spielen ließen, um jedes Gefühl der Lust, der Ruhe und Geborgenheit zu bannen. Beate und Florian waren mit Mitgliedern des CVJM auf einer dreitägigen Osterwanderung, deshalb standen wir beide, Manfred und ich, an vorderster Front und unter strenger Bewachung.

»Manfred, um Himmels willen, du bringst mich in Teufels Küche!«

»I wollt' dir bloß gute Morge sage und dir a schöns Osterfest wünsche! Da schau, des hab' i heut morge scho für di pflückt!« Er legte mir einen dicken Strauß Schlüsselblumen aufs Bett, lächelte mir zu und sprang durchs Fenster in den Garten.

Ich sah ihm nach. Da wandelte er langsam und besinnlich durch die Rabatten, pflückte hier ein Blümchen und dort eines und war für alle, die aus dem Fenster schauten, eine reine Augenweide.

In der nächsten Nacht hatte ich Beates Spitzennachthemd nicht vergessen! Als Manfred morgens kam, hatte ich mich bereits gekämmt, hatte mehrere Pfefferminz gelutscht und mich malerisch in die Kissen drapiert, damit das Spitzennachthemd in all seiner Schönheit zur Geltung käme. Aber er tat, wie immer, nicht das, was man annehmen konnte, daß er tun würde. Er schlich sich nicht ins Zimmer, wie ich angenommen hatte, nein, er kam festen Schrittes, ließ die Wohnzimmertür hinter sich sperrangelweit offen und hielt Gitti an der Hand, die jüngste und frechste unserer Kleinen. Sie riß sich los, warf sich auf mich, schnupperte und rief: »Ich will auch Pfefferminzle! Sonst verzähl' ich's!«

»Da gibt's nix zum Verzähle«, sagte Manfred. »Du hasch scho grad gnug kriegt!«

»Und daß du der Beate ihr Nachthemd anhasch, Ameikind, soll ich des vielleicht net verzähle?«

Ich stopfte ihr Pfefferminz in den Mund. Manfred schnappte sich meine Schuhe und verschwand mit ihnen und dem bösen Mädchen, diesmal nicht durchs Fenster, sondern brav durch die Küchentür. Das wundervolle Spitzennachthemd hatte ihm die Besinnung nicht geraubt, wie ich eigentlich angenommen hatte.

Ich hörte ihn draußen mit Else plaudern, während er auf der Küchentreppe saß und Schuhe putzte.

Wir beschlossen, zum »Alten Rhein« zu gehen, dort sollte es Anemonen in Massen geben. Manfred sagte, er kenne den »Alten Rhein« noch nicht und sei begierig, seine Bekanntschaft zu machen. Ich erklärte also den Lieben daheim, wir würden Anemonen pflücken und wer mitgehen wolle, der solle es ruhig tun.

»Wo wollt ihr sie denn pflücken?« fragte Mutter.

»Am Alten Rhein, wo sonst!«

»Wie du meinst, Kind. Ich muß leider hierbleiben, aber vielleicht freuen sich die Kleinen!«

Manfreds Gesicht verfinsterte sich, aber die Kleinen winkten ab und verschwanden in ihren Zimmern. Niemand hatte Lust, mit uns Blumen zu pflücken.

»Geh ock los!« rief Else. »Ick hab' jenuch anderes zu tun.«

Manfreds Gesicht verklärte sich von einer Absage zur anderen.

»Des hätt' i net denkt, daß i euren Alten Rhein so möge dät!« sagte er.

So wandelten wir denn allein zu zweit durch die österlichen Fluren, standen auf dem Wall und blickten mit Andacht auf die endlosen Uferwälder. Weit und breit war kein Mensch zu sehen.

»Endlich allein!«, so jubelten wir und tauchten unter in Sumpflöchern und Erlengebüsch. Ein gemütlich trockenes Plätzchen war allerdings nicht zu finden, und wenn es so schien und wir uns niederließen und uns auf Kuß und freundliche Umarmung freuten, dann wollte die rechte Stimmung nicht aufkommen. Einer saß immer auf etwas Spitzem, Hartem. Ächzend zog Manfred ein taubeneigroßes, mit Stacheln versehenes Ding hervor. Das war kein Stein, das war kein Zapfen, das war ein »Teufelskopf«.

Wer Teufelsköpfe nicht kennt, sie aber kennenlernen möchte, der sollte zum »Alten Rhein« gehen und sich dort gemütlich niederlassen. Springt er hoch, reibt sich den Allerwertesten, flucht und sucht den Boden ab, dann ist er einem Teufelskopf aufgesessen. Es gibt ihn in den Sumpfwäldern um den »Alten Rhein« herum. Die Wissenschaftler nennen ihn »Wassernuß« – »gewöhnliche Wassernuß« auch noch –, aber mir erscheint der Name Teufelskopf passender. Wie man ihn auch nennen mag, er ist ein interessantes Früchtchen, und wer einmal auf ihm gesessen hat, wird ihn lange nicht vergessen.

Aber schlimmer, viel schlimmer als diese Teufelsköpfe, waren die Schnaken, die gegen uns heraufzogen, als wir in die Wälder eindrangen, um Anemonen zu pflücken. Sie umschwirrten uns, stachen, saugten Blut und schlugen uns in kurzer Zeit in die Flucht.

Drei lächerliche Anemonen hatten wir gepflückt, einen einzigen verrutschten Kuß geküßt und uns dafür mindestens tausend Schnakenstiche eingehandelt. Ich hätte es eigentlich wissen müssen, das mit den Schnaken und Teufelsköpfen! Alle anderen hatten sich sehr darüber gewundert, daß ich mit Manfred an den »Alten Rhein« wollte, ich wunderte mich selber, aber so etwas passiert, wenn man verliebt ist.

Schon am Osterdienstag mußte Manfred wieder heimfahren. Er arbeitete wie ich in den Semesterferien und preßte Dichtringe bei Kaco in Heilbronn. Es war schön gewesen mit ihm, jeder aus der Familie mußte es zugeben. Abends hatte er schwäbische Witze erzählt und sogar meinen Vater zum Lachen gebracht. Wann hatte ich ihn das letzte Mal lachen hören? Ich wußte es nicht. Die beiden geistlichen Herren stiegen sogar in den Keller hinunter und brachten eine Flasche Liebfrauenmilch herauf, die einzige Sorte, von der einige Flaschen im Keller standen. Manfred konnte nur den Kopf schütteln, als er die Treppe heraufkam.

»Also Leut, des sieht ja schlimm aus bei euch! 's nächste Mal, wenn i wiederkomm', bring' i euch a paar Fläschle Heilbronner Stiftsberg mit!« Er ließ keine Gelegenheit aus, vom nächsten Mal zu sprechen ...

»'s nächste Mal, wenn i wiederkomm'«, sagte er zu Vater, als der mit Räucherstäbchen durch das Haus geisterte, um die Mücken zu verjagen, »'s nächste Mal, wenn i wiederkomm', mach' i euch Fliegenfenster nei! Des isch ja furchtbar mit dem G'schtank, glaub mir's, Schwiegervater, des kann net gut für euch sei!«

Er sagte oft und gern Schwiegervater zu ihm. Mutter hatte sich die Schwiegermutter verbeten.

»Ja, und vielleicht könntest du das nächste Mal die Bibelstunde übernehmen. Wir sprechen gerade über die Josephsgeschichten. Du wirst sie doch kennen?«

»Ja freilich kenn' ich die Josephsgeschichte. I mag se sogar besonders gern. Also, 's nächste Mal, wenn i wiederkomm', no...«

Den Kleinen versprach er für das nächste Mal mehr Süßigkeiten.

Er war noch gar nicht richtig fort, als alle sich schon auf das nächste Mal freuten.

Ich brachte ihn zum Zug, und die Sonne ging für mich unter. Er stand oben am Fenster, ich unten auf dem Bahnsteig, und beide suchten wir krampfhaft nach Worten von bleibendem Wert.

»Kannsch mer's glaube, Schwälble, i dät lieber mit dir nach Göttinge fahre als alloi nach Tübinge ins Stift!«

»Aber vorher, Manfred, vorher sehen wir uns doch noch mal?«

»'s nächst Mal, Schwälble, da besuchst du uns in Heilbronn. Du musch doch au meine Leut kennelerne!«

Nach einer Woche kam die Einladung, nach einer weiteren reiste ich nach Heilbronn.

»Die Schtund«

Er holte mich am Heilbronner Bahnhof ab, ganz vornehm mit dem Auto seines Vaters. Es stand vor dem Bahnhof und glänzte wie die Sonne. Wir stiegen ein und hätten uns in aller Ruhe begrüßen können, wenn nicht immer wieder jemand ans Fenster geklopft hätte und gefragt, ob man heute noch mit dem Platz rechnen könne oder ob wir da Wurzeln schlagen wollten. Schließlich wurde es uns zu dumm. Wir fuhren davon, obwohl mir ein kleiner Aufschub lieb gewesen wäre, denn ich fürchtete mich vor den fremden Müllers. Da verliert man sein Herz an einen Mann, ohne sich klarzumachen, daß er nicht alleine daherkommt, sondern einen Schwarm von Verwandten und Freunden hinter sich herzieht, mit denen man sich nun auch herumschlagen muß.

Mit der Mutter hatte ich jetzt schon die größten Schwierigkeiten, obwohl ich sie noch gar nicht kannte. Ich wußte nur, daß sie die besten Spätzle der Welt kochen konnte und das beste Sauerkraut. Ihre Maultaschen waren unübertrefflich, ihr Pudding ohne Klumpen, und ihr Hefezopf, ihr Gugelhupf und ihre Dampfnudeln gingen immer auf.

»Mei Mutter macht des so«, sagte Manfred und fing an, genau zu erklären, wie sie es machte, obwohl ich es gar nicht wissen wollte.

Die beiden Schwestern, der kleine Bruder, warum in aller Welt sollten sie mich freudig willkommen heißen, Eindringling, der ich war und nicht einmal aus schwäbischen Landen? Manfred hatte meine Familie im Handstreich für sich gewonnen, aber ich hatte sie auch gut auf ihn vorbereitet.

Der dickste Brocken aber, an dem ich schon während der ganzen Bahnfahrt gekaut hatte, war Manfreds Vater. Er war Gemeinschaftsprediger und bestimmt noch frömmer als mein Onkel Heribert*. Vermutlich würde er wissen wollen, ob ich dem Heiland mein Herz geschenkt hätte und, wenn ja, wann und wo? Solche Fragen stellte nämlich Onkel Heribert und brachte jeden sensiblen Menschen damit in arge Bedrängnis.

Nachdem ich aber das Auto gesehen hatte, wurde ich ruhiger, denn ich sagte mir, wer ein so schönes, teures Auto kauft, dessen Sinn ist nicht nur auf den Himmel gerichtet.

Manfred erkannte meine angeschlagene Seelenstimmung und fuhr mich erst einmal kreuz und quer durch die Stadt spazieren. Irgendwann aber mußten wir ankommen, das war mir klar, und da sagte er: »Jetzt sin mer glei daheim!« Er bog in die Bottwarbahnstraße ein. »Das zweite Haus, des isch's!«

Ach, hätte ich bloß nicht aussteigen müssen, nicht durch das Gartentor gehen, nicht die Treppe hochsteigen und hinter Manfred in die Küche treten! Ach, hätte ich das alles nicht tun müssen, ich wäre glücklich gewesen! Aber da half nun alles nichts, und so stand ich schließlich Manfreds Mutter gegenüber.

»Das ist also die Amei«, sagte sie. »Komm, laß dich in den Arm nehmen!«

Dann rückten Manfreds Schwestern an, hübsch und lustig, alle beide. Der kleine Bruder war über das Wochenende nicht zu Hause. Schließlich kam der Vater. Er begrüßte mich nicht übertrieben herzlich, fragte auch nicht, ob ich dem Heiland mein Herz geschenkt hätte, sondern ob das Essen bald fertig wäre und was es Gutes gäbe. Es gab Spätzle. Ich bediente mich zurückhaltend. Aber bei diesem ersten Essen in der Schwiegerfamilie wurde mir klar, daß zwischen Spätzle und Spätzle Welten liegen. Mut-

---

* Sie kennen Onkel Heribert nicht? Das ist ein Jammer. Sie sollten das Buch: ›Und nach der Andacht Mohrenküsse‹ lesen. Da kommt er vor und nicht so selten.

ters Spätzle waren handgeschabt, goldgelb und köstlich. Sie sagte, wenn ich Lust hätte, würde sie mir beibringen, wie man Spätzle macht. Ich sagte, ja, ich hätte schon Lust, aber es klang wohl nicht freudig genug, denn der Vater rief dazwischen: »No net hudle! Damit hat's noch Zeit!« Er war ein ehrlicher Mann, einer der sagte, was er dachte. Daß er mit den Worten: »Lieber ein Luder als eine Gans!« mich gemeint haben sollte, konnte ich nicht glauben und wollte es nicht hoffen, aber gepaßt hätte es zu ihm.

Wer »die reiche Bauerntochter« ins Gespräch brachte, weiß ich nicht mehr genau. Manfred und seine Mutter waren es bestimmt nicht, vielleicht die lustigen Schwestern. Für mich kam eigentlich nur der Vater in Frage, er mit seiner bestürzenden Ehrlichkeit. Da gab es also eine reiche Bauerntochter, von der man lachend erzählte, daß sie nicht nur viel Geld im Säckel habe, sondern auch ein Auge oder gar alle beide auf Manfred geworfen hätte. Daß sie zu all dem ein wackeres Schwabenmädle wäre und frommer Eltern Kind und sogar noch im »Chörle« mitsingen würde ... Dieses Prachtexemplar, diese schwäbisch-pietistische Jungfrau, hätte Manfred mit geringer Mühe für sich gewinnen können.

»Aber ich wollte sie ja gar nicht!« rief er, und der liebenswerte Vater ergänzte: »Ja, das haben wir gemerkt, und es ist schon recht so!«

Mit dem Schwiegervater verstand ich mich von Mal zu Mal besser. Ich schluckte, wenn er eine seiner Wahrheiten vom Stapel ließ, und er ertrug meine spitze Zunge mit frommer Gelassenheit.

Nach dem festlichen Spätzlesessen – es gab übrigens noch Braten dazu – durften wir beide uns zurückziehen und in den Weinbergen spazierengehen. Hier plagten uns keine Schnaken und keine Teufelsköpfe, dafür spukte die reiche Bauerntochter in meinem Kopf herum und sorgte für Ärger. Ich fragte Manfred, was es mit dieser Person auf sich habe.

»Nichts!« sagte er. Gar nichts hätte es mit ihr auf sich. Es wäre nur ein harmloses Späßle gewesen.

»Aber dein Vater hat es nicht so spaßig gefunden!«

»Weißt, Väter habet da ihre eigene Vorstellunge, und wenn a Mädle reich isch und au no im Chörle singt ...«

»Ach, laß mich mit deinem dummen Chörle zufrieden!«

»Und dein Knickerbockermann, was isch mit dem? Und was mit dem Jüngling, der immer nach Kanada flieht, wenn er di sieht?«

Es hätte nicht viel gefehlt, und wir wären in Streit geraten. Aber zum Glück erinnerten wir uns an unsere Liebe und die Generalamnestie. Kein Wort mehr über die reiche Bauerntochter, keines über Knickerbockermann und Kanadajüngling. Glücklich vereint kehrten wir nach Hause zurück.

»Gell, Schwälble, du gehst heut abend mit in d' Schtund?«

»Ja natürlich. Was ist das, d' Schtund?«

»Du weißt nicht, was d' Schtund isch? Glückliches Schwälble! D' Schtund isch unser Sonntagsvergnüge. Sie fangt um acht Uhr abends an und hört um zehn Uhr auf, wenn mir Glück habet!«

»Was für ein Glück?«

»Daß mei Vater irgendwann amal aufhört zu predige und ›Amen‹ sagt.«

Abends stand das Auto vor der Tür. Wir drückten uns hinein und fuhren ins Gemeinschaftshaus. Hier herrschte reges Leben, sehr viel regeres als bei uns in der Kirche. Man schwätzte und begrüßte sich. Die Herren wurden mit Bruder Soundso angeredet, die Damen schlicht und einfach mit »Frau«. Ich stand ihnen namenlos gegenüber, denn was sollte Manfred sagen? »Dies ist Fräulein Lassahn, meine ...«

Ja, was denn? Seine Braut? So weit war es noch nicht gekommen! Freundin? Kommilitonin? Das kannten sie nicht und dachten womöglich, sie hätten es falsch verstanden, in Wirklichkeit hieße es Kommunistin ... Ich konnte noch so freundlich lächeln, in der Anrede steckte das Dilemma. Jetzt verstand ich Manfreds Wunsch nach einer baldigen Verlobung. »Meine Verlobte« – das klang schön und ehrbar, und keine reiche Bauerntochter der Welt konnte daran rütteln.

»Ist sie da? Dann zeig sie mir! Aber unauffällig, bitte!«

Manfred ließ seine Blicke schweifen. Schließlich hatte er sie gefunden und machte mir so »unauffällig« klar, in welcher Ecke sie stand, daß alle Frauen und Brüder im Saal auch dorthin schauten und wissend lächelten. Jedenfalls kam es mir so vor, und ich genierte mich.

Wir saßen in der ersten Reihe, direkt unter Vaters Rednerpult. Ich fand es großartig, daß er keine Predigt bei sich trug, keine Zettelwirtschaft, nichts, nur die Bibel. Nach der ersten Stunde fand ich es nicht mehr so großartig, denn ein Zettel kann vom Pult flattern und verlorengehen, aber die Bibel nicht!

Ich zog mich in mich selbst zurück, überlegte, was ich noch alles einpacken müßte für das Sommersemester, und malte mir aus, wer wohl alles zu meinem Empfang auf dem Bahnsteig in Göttingen stehen würde. Manfred neben mir schaute wieder einmal auf seine Armbanduhr. Er schaute nicht nur, nein, er klopfte auch darauf und hielt sie an sein Ohr, als könnte er gar nicht fassen, daß es schon so spät war.

»Du hast gut gepredigt, Vater«, sagte ich zu Hause, genau wie ich das bei meinem Vater nach den Gottesdiensten tat.

»Aber zu lang, Vater«, sagte Manfred. »Wirklich, es war zu lang!«

»Du bist nichts mehr gewöhnt«, antwortete sein Vater und war nicht beleidigt oder verletzt. »Du hättest das einmal erleben sollen, früher, nach der Erweckung, da haben die Brüder ganze Nachmittage gepredigt, und die Zuhörer haben das Wort aufgenommen mit Freuden! Ihr solltet euch schämen, ihr Pfarrer mit euren müden Fünfzehn-Minuten-Predigten!«

»Ach Vater, du hast ja keine Ahnung!«

Zum Schluß sang das Chörle. Die ganze Predigerfamilie sang mit, also drückte ich mich auch dazu und stellte mich neben Manfred in den Tenor, aber sie schubsten mich zu den Frauen im Alt hinüber. Wir sangen ›Stern, auf den ich schaue‹, alle drei Strophen. Die reiche Bauerntochter neben mir sang so laut, als ob sie allein den Alt vertreten müßte, und weil ich ja auch noch da war, ärgerte es mich.

Auf der Heimfahrt fragte ich Manfred, ob er traurig sei, daß er nur eine arme Pfarrerstochter erwischt hätte und keine reiche Bauerntochter.

Er sagte: »Ja, sehr traurig!«

Der Vetter aus Dingsda

Tante Mariechen stand an der Sperre, klein, aber nicht zu übersehen. Neben ihr stand mein Lieblingsfeind, Vetter Hans-Joachim, der Bursche, der mir den Platz bei Tante Tildchen in Heidelberg weggenommen hatte. Da stand er, der Frauenheld und Kettenraucher, und tat, als ob er sich freute, mich zu sehen. Ich tat auch so, obwohl er mir jetzt, nachdem ich einen so edlen Menschen wie Manfred kennengelernt hatte, noch unerträglicher war als früher.

»Na los, mein Lieber! An die Arbeit«, sagte Tante Mariechen zu ihm und hatte wieder ihren schrecklichen General-von-Ziethen-Ton in der Stimme, »oder bist du nicht fähig, den Koffer auf den Wagen zu heben?«

Er ächzte, er keuchte, aber schließlich gelang es ihm. Er und die Tante zogen den quietschenden Brumbuschwagen. Ich schob mein Fahrrad hinter ihnen her.

»Hat dich Tante Tildchen rausgeschmissen?«

Er seufzte schwer und sagte, mit Tante Tildchen könne kein Mensch auskommen, sie sei sowas von autoritär, daß man es nicht beschreiben könne.

»Aber bei uns ist kein Platz für dich!« rief ich. »Wir sind besetzt, gell Tantchen?«

»Ja, das sind wir!« sagte sie und lächelte verschmitzt. Dann aber schwand ihr Lachen dahin, und sie hob die Stimme. »In meiner Gegenwart wird nicht geraucht, Hans-Joachim! Es ist ungesund!«

Er seufzte und steckte die Zigarette wieder in die Pakkung zurück.

»Und jetzt willst du also in Göttingen studieren?« fragte ich und ließ deutlich durchklingen, wie wenig lieb mir das war. Er rümpfte die Nase.

»Wer wird denn gleich ans Studieren denken? Mal

sehen, wie mir der Laden hier gefällt. Außerdem muß ich auf meine kleine Kusine aufpassen ...«
»Wer ist denn deine kleine Kusine?«
»Na, überleg mal! Tante Mariechen hat mir erzählt, wie spät gewisse Damen nach Hause kommen und daß sich eine sogar schon einen Theologen an Land gezogen hätte ...«
»Ich habe keinen an Land gezogen, ich verbitte mir deine Frechheiten!«
Als wir am Goldgraben angekommen waren, befanden wir uns im schönsten Streit. Ich nahm mir vor, sofort einen Brief an Manfred zu schreiben und ihm mitzuteilen, daß ich auf das Sommersemester in Göttingen verzichten wollte, um in Tübingen, in seiner Nähe, Gemeindehelferin zu werden. Den gräßlichen Vetter wollte ich nie mehr sehen! Schon sein Anblick war mir zuwider und erst seine dummen Reden ...
»Ja wie, Tantchen«, sagte er eben zu Tante Mariechen, »solltest du tatsächlich geglaubt haben, daß ich Ameis Koffer alleine hochschleife? Wenn ja, dann muß ich dich enttäuschen, denn ich habe eine angebrochene Rippe oder so etwas und muß mich schonen.«
»Ich kann meinen Koffer alleine tragen!« sagte ich finster, stieß den Vetter zur Seite, packte den Koffer und trug ihn hoch zum zweiten Stock, ohne ein einziges Mal zu verschnaufen.
»Da siehst du, was für Bärenkräfte sie hat«, rief der Vetter, »und ich in meiner Gebrechlichkeit hätte den Koffer tragen sollen, nur weil ich ein Mann bin und sie eine Frau! Das ist ungerecht!«
»Verschwinde!« schrie ich, als ich wieder Luft bekam. »Wir kommen auch ohne dich zurecht!«
»Wieso soll ich verschwinden? Ich wohne zufällig hier!«
Er zog einen Schlüsselbund aus der Hosentasche und schloß die Wohnung auf. Dann ging er zielstrebig auf das Zimmer neben der Küche zu, das Zimmer mit den vielen

Büchern, in dem mein Knickerbockermann gewohnt hatte, er, der immer zur rechten Zeit gekommen war und geholfen hatte und an den ich denken mußte, wenn es nach Bratkartoffeln roch.

»Tante Mariechen, hast du ihn rausgeschmissen?«

»Ich? Wo werd' ich denn! Er ging von ganz allein. Jetzt ist er in Kanada, soviel ich weiß.«

Dieses verflixte Kanada! Ein Mann nach dem anderen reiste dorthin und nahm offenbar lieber den Kampf mit Grizzlybären auf als mit mir.

»Das hier, meine sehr verehrten Herrschaften, ist mein Zimmer!« tönte der Vetter und riß die Tür so weit auf, daß uns der herausquellende Tabakqualm fast zu Boden warf. Ich lehnte mich an die Wand und sah im Dunst verschwommen ein paar Möbel stehen, dicht neben mir ein Sofa. Darauf ließ ich mich fallen und weinte. Der Vetter setzte sich neben mich und hielt mir eine Zigarette unter die Nase.

»Untersteh dich!« rief die Tante. »Ameikind raucht nicht!«

Ausgelöscht war die Erinnerung an Papa Brosch und die erste und letzte Zigarette meines Lebens. Ich griff zu, rauchte und schnippte die Asche auf den Boden. Das Vergnügen dauerte nicht lange, dann drückte ich der Tante die Zigarette in die Hand und schoß aus dem Zimmer, gerade noch rechtzeitig für »die dritte Tür rechts«.

Abends saß der Vetter bei uns auf meiner Schlafcouch und schlang ein Festtagsmenü in sich hinein. Warum Festtagsmenü? Weil Tante Mariechen meinte, man müsse es feiern, daß wir alle drei so glücklich beieinandersäßen. Ich für meinen Teil war nicht glücklich. Manfred fehlte und der Knickerbockermann, und für diese beiden wunderbaren Menschen den ungeratenen Vetter hinzunehmen, das war hart und tat weh. Ich nahm mir vor, ihn zu verjagen, genauso wie er mich aus Heidelberg verjagt hatte und aus Tante Tildchens Herzen.

Nach dem Essen werkelte die Tante in der Küche herum, der Vetter lehnte sich gemütlich auf meinem Sofa zurück und wollte mit mir Canasta spielen. Ich sagte, ich wäre von der langen Bahnfahrt erschöpft, und wenn er die Güte hätte, mein Sofa zu räumen, dann würde ich gerne ins Bett gehen.

Nein, maulte er, die Güte hätte er nicht, und überhaupt wäre ich früher viel lustiger gewesen, offenbar bekäme mir der Schwabe nicht ...

Da fing ich an, mich auszuziehen. Was das betrifft, so war ich bei Tante Mariechen in eine gute Schule gegangen. Ich genierte mich überhaupt nicht mehr, besonders nicht vor der Verwandtschaft. Erst ging ich hinter unseren Wandschirm und gurgelte. Der Vetter überstand es erstaunlich gut und maulte weiter. Ich legte die Jacke fein säuberlich auf Tante Mariechens Lehnstuhl, stellte die Schuhe darunter und begann, die Bluse aufzuknöpfen. Sie hatte vierundzwanzig Knöpfe. Beim siebten floh er.

Nachdem Tante Mariechen sich auch ins Bett begeben hatte, fing sie wieder mit dem blöden alten Vers an: »Schlaf schön, träum schön ...«

Aber ich sagte nicht: »Laß dir's wohl ergehen!« Es wäre eine Lüge gewesen.

Ohne Manfred war Göttingen trostlos und leer. Ab und zu kreuzte ein Schwabe meinen Weg, dann blieb ich stehen und schaute ihm lange nach. Manchmal hörte ich schwäbische Laute, spitzte die Ohren und lächelte selig. Aber meine einzige Freude war der Brief aus Tübingen, den ich jeden zweiten Tag morgens im Briefkasten fand. Fand ich ihn nicht, dann war der Tag ein »dies ater«*, dann aß ich nichts, trank nichts und wünschte meinen baldigen Tod herbei.

Dazwischen erledigte ich Formalitäten, schrieb mich im

---

* Schwarzer Tag (lateinisch).

Strafrecht ein, im Sachen- und Staatsrecht, und tat es ohne Lust und Liebe, denn ich tendierte weg von der Juristerei hin zur Theologie. Die Vorlesungsreihe hieß ›Katholizismus und Reformation‹, und ich besuchte sie fleißig, weil ich dort liebe schwäbische Laute hörte und freundliche Gesichter sah.

Den Vetter traf ich selten. Wenn ich von der ersten Vorlesung kam, dann stand er gerade auf, lief im Pyjama herum und hinterließ die Küche auch nicht besser als der Knickerbockermann.

Abends aber konnte man ihn treffen, und zwar dort, wo ich ihn am wenigsten brauchen konnte, zum Beispiel im Juristenkleinkreis. Ich trat ahnungslos ein, sah die schwäbische Ecke, hörte vertraute Laute und strahlte, bis mein Blick am Vetter hängenblieb.

»Halli, hallo, hier ist ein Plätzchen frei!« rief er und wedelte mit beiden Händen in einen Diskussionsbeitrag hinein. Da blieb mir nichts anderes übrig, als mich neben ihn zu setzen und mir seine Dummheiten anzuhören, während die Schwaben auf der anderen Seite schwäbische Witze erzählten. Ja, er genierte sich nicht, seinen Arm auf meine Schulter zu legen, als wären wir weiß der Himmel wie vertraut miteinander.

Die »Nette« kam vorbei, sagte, sie freue sich, mich zu sehen, und fragte vorsichtig an, wie es denn meinem Herrn Müller gehe und was das für ein Mensch sei, der auf meiner anderen Seite sitze und Bier trinke. Ich sagte, dies sei mein Vetter und er wolle nur auf Probe in Göttingen studieren.

Nach diesem ersten gemeinsamen Abend war mir klar, daß unsere Wege sich trennen mußten. Auch wenn die »Nette« überall erzählte, was es mit ihm auf sich hätte, solch einen Vetter glaubt einem niemand. Da half alles nichts, ich mußte den Kleinkreis wechseln.

Was blieb übrig? Die Kurrende und der Laienspielkreis. In der Kurrende gab es viele hübsche Mädchen und verliebte Paare. Sollte ich etwa danebenstehen und vor Sehnsucht nach Manfred zerfließen? Sollte ich zuschauen, wie sie sangen und sich küßten und glücklich waren? Nein, das wollte ich nicht!

So entschied ich mich für den Laienspielkreis. Nie würde sich der Vetter dafür hergeben, in einem Laienspielkreis mitzuwirken. Also war der Weg für mich frei. Der Laienspielkreis krankte an akutem Frauenmangel, man nahm mich also mit offenen Armen auf. Einer, den ich kannte und mochte, gehörte bereits dazu, nämlich Christian mit der Adlernase und dem blonden Haarschopf. Schwaben gab es leider keine.

Tante Mariechen hätte es gerne gesehen, wenn wir beide, der Vetter und ich, brav und billig im Frauenverein gegessen hätten, aber Hans-Joachim wehrte sich mit Händen und Füßen. Ich ging natürlich auch nicht hin und sparte das Geld.

Vor der Stadt gab es eine Fleischerei, in der man für eine Mark einen Eintopf bekam. Manchmal hatte man Glück, und er war eßbar, manchmal nicht, aber wer fragte schon danach? Man saß zusammen in fröhlicher Runde, einige erzählten Witze, und jemand hatte immer ein Kuchenpäckchen oder eine Tafel Schokolade dabei, wenn der Eintopf ungenießbar war.

Im Wintersemester hatte ich keine Ahnung von dieser Vergnügungsstätte gehabt. Ohne Rad kam man nicht hin, und außerdem war ich so sehr mit Manfred und unserer Liebe beschäftigt gewesen, daß mich Fleischereien nicht locken konnten. Jetzt aber führte mich Christian mit dem blonden Schopf dort ein. Mein Schock beim ersten Löffel versalzener Suppe schwand in dem Augenblick, als ich die Schwaben schwätzen hörte und sie rund um einen Tisch sitzen sah. Christian führte mich zwar zum Tisch der Laienspieler, aber mein Herz floß trotzdem über vor Glückseligkeit, und ich löffelte den Eintopf, als wäre er eine schwäbische Hochzeitssuppe.

»Der Hölle Rachen...«

Zwei Monate mußte ich noch durchhalten, acht Wochen, bis ich Manfred wiedersehen sollte! Ich dankte Gott für jeden vergangenen Tag und strich ihn dick und rot im Kalender aus. Mein Trachten richtete sich nur auf die Zukunft:

Wenn das Semester vorbei ist...
Wenn ich wieder daheim bin...
Wenn Manfred uns das nächste Mal besucht...
Wenn wir uns verloben...
Wenn wir heiraten...

In diese Zukunftsvisionen kam ein Brief aus Tübingen. Manfred schrieb, er könne über Pfingsten nach Göttingen kommen. Ob ich ihm ein Zimmer besorgen würde?

Ich raffte allen Geist und alle Kraft zusammen und begann mit den Vorbereitungen. Zuerst kaufte ich von meinem eigenen Geld Kalbsleberwurst, denn die stimmte Tante Mariechen besonders versöhnlich, dazu weiches, weißes Brot ohne Rinde, denn das konnte sie essen, ohne Ärger mit mir zu bekommen, und ich lud sogar den Vetter zum Abendessen ein.

Tante Mariechen kam, sah den festlich gedeckten Tisch und den Vetter und fragte: »Was hast du auf dem Herzen, mein Kind?«

Es war nicht nötig, um den heißen Brei herumzustreichen und viele Worte zu machen.

»Tante Mariechen, Manfred kann über Pfingsten kommen. Meinst du, wir finden ein Zimmer für ihn?«

»Nein«, antwortete die Tante mit ihrer allerschlimmsten Generalstimme. »Nein, das meine ich nicht! Über Pfingsten ist alles voll und entsetzlich teuer!«

Ich brach in Tränen aus. Wir übten das gerade im Laienspielkreis, und ab und zu gelang es mir auch, ein Tränchen herauszuquetschen. Jetzt aber flossen die Tränen über mein Gesicht wie ein Strom.

»Mädchen, was heulst du?« rief der Vetter. »Ich fahr' doch über Pfingsten nach Hause, mein Zimmer ist leer, und meinen Segen habt ihr!«

»Oh, Hans-Joachim! Goldschatz!« Ich sprang hoch und hätte ihm wahrhaftig einen Kuß gegeben, wenn Tante Mariechens Stimme nicht dazwischengefahren wäre.

»Nein!« sagte sie. »Das kommt überhaupt nicht in Frage!«

»Warum nicht, wo es sich doch so glücklich fügt?«

»Darum nicht«, knirschte sie. »Habt ihr euch schon überlegt, was Brumbuschs dabei denken?«

»Was denken sie denn?«

»Aus, Schluß! Ich hab' nein gesagt, und dabei bleibt's!«

Jetzt mischte sich der Vetter ein.

»Tante Mariechen«, sagte er, »in einem Hotel gibt es auch viele Zimmer, und überall sind Leute drin, Männlein und Weiblein...«

»Wir sind hier in keinem Hotel!« Sie packte das Tablett und trug es hinaus.

Kurze Zeit später klappte die Wohnungstür.

»Vielleicht ertränkt sie sich in der Regentonne«, meinte der Vetter. »Das wäre keine schlechte Lösung. Spiel'n wir jetzt Canasta?«

»Ich kann nicht spielen! Ich bin der unglücklichste Mensch der Welt. Ich weiß schon, warum sie nicht will! Sie kann Manfred nicht leiden, weil er Schwäbisch spricht...«

»Ach was, doch nicht deswegen! Sie ist einfach verklemmt!«

Dann wurde die Wohnungstür aufgeschlossen, die Zimmertür aufgerissen, und Tante Mariechen stand vor uns.

»Er kann kommen«, sprach sie mit Grabesstimme. »Tante Gretes Gastzimmer ist frei, aber nur über Pfingsten – von Sonnabend bis Dienstag. Länger geht's nicht! Und wenn ihr euch auf den Kopf stellt! Vier Tage und keine Stunde mehr!«

»Aber wir wollen ja gar nicht mehr, Tantchen! Das ist wunderbar so! Wirklich, du bist ein Goldstück!«

»Vorhin war ich's noch«, maulte der Vetter. »Übrigens, Tantchen, warum darf er denn bei Tante Grete wohnen und nicht bei mir?«

»Weil er sich bei dir eine Nikotinvergiftung holt.«

Vollkommenes Glück gibt es nicht, und wenn man per Anhalter reist, kommt man zu früh oder zu spät, genau auf die Minute kann man es nicht einrichten. Manfred kam zu früh.

Ich saß in der Küche und schälte Äpfel, denn Tante Mariechen wollte einen Apfelkuchen backen. Da klingelte es an der Wohnungstür, und Manfred stand davor. Er strahlte, Tante Mariechen nicht. Sie war dabei, unser Zimmer pfingstlich zu putzen, und sie konnte es nicht leiden, wenn man ihre Pläne durchkreuzte. Manfred erbot sich, den Kuchen zu backen, und ich, das Zimmer zu putzen, aber sie lehnte beide Angebote schaudernd ab und machte uns klar, daß wir ihr fern von hier, zum Beispiel dort, wo der Pfeffer wächst, am liebsten wären. So gingen wir hinauf auf den Hainberg, setzten uns dort auf eine Bank und waren zufrieden mit dem Lauf der Dinge und dem schönen Wetter und überhaupt.

Wir kehrten zurück in der Hoffnung, daß es nun endlich einmal recht wäre, aber es war nicht recht, dieses Mal kamen wir zu spät.

»Wenn euch Tante Grete schon dieses wundervolle Zimmer gibt, dann könntet ihr wenigstens einmal pünktlich sein. Eben hat sie angerufen, wann ihr endlich kommt!« Mit diesen Worten empfing uns die Tante und hatte ihren Groll noch lange nicht überwunden. Aber die Kraft unserer Liebe war groß. Wir hätten ohne weiteres noch zwei oder drei Tanten dieses Kalibers ertragen, wenn wir nur zusammensein konnten. Tante Grete war übrigens nicht unfreundlicher als sonst. Sie zeigte uns ihr Gastzimmer und die Örtlichkeiten, und als Manfred sagte, hier fühle man sich richtig wohl und sie hätte einen guten Geschmack, da schmolz sie dahin wie Butter an der Sonne.

Der Vetter, damit das auch noch gesagt wird, verschwand schon am Freitag vor Pfingsten. Verliebte Paare machten ihn wahnsinnig, sagte er, und von Tante Mariechen hätte er genug. Es gäbe aber keinen Grund zu überstürzter Freude. Er käme wieder.

In der ›Zauberflöte‹ fing es an, erst nur als leises Bohren im Backenzahn unten rechts, dann wurde es schlimmer und schlimmer.

Die Königin der Nacht sang: ›Der Hölle Rachen kocht in meinem Herzen‹. In meinem Mund pochte der Backenzahn.

Schon beim Abschied von Zuhause hatte ich den ersten Schmerz gespürt. Ich dachte an die vergoldete Walnuß, die Gitti mir an Weihnachten geschenkt und die ich aufgeknackt hatte. Schon als ich zubiß, war mir klar, daß ich einen Fehler machte, aber es sah so aus, als ob es der Zahn nicht übelgenommen hätte. Ostern kam, und nichts passierte. Jetzt aber, an Pfingsten, wo Manfred die weite Reise auf sich genommen hatte und unser Zahnarzt unerreichbar weit entfernt war, da wachte dieser Zahn auf und reagierte auf den schrillen Koloraturgesang mit dröhnenden Schmerzen. Manfred lauschte verzückt.

»Ach, Schwälble, daß mir das erlebe könnet!« flüsterte er. »Isch des net schö?«

Ich nickte. Den Mund zu öffnen, wagte ich nicht. Womöglich fuhr mir ein Windstoß in den Zahn und verschlimmerte, was zu verschlimmern war.

Die Karten hatte Manfred bezahlt, und ich war drei Stunden lang dafür angestanden. Wir hatten uns so gefreut.

Ich trug das blaue Kleid der Königin der Nacht, und jetzt brachte sie mit ihren hohen Tönen meine Nerven zum Vibrieren.

Der Vorhang fiel, das Licht ging an, die Pause begann.

»So, jetzt trinket mir beide a Gläsle Sekt und esset a Brötle dazu...«

»Nein, Manfred! Kein Brötle!«

»Ja, warum denn net?«

Ich hatte mir fest vorgenommen, die Aufführung durchzuhalten, komme, was wolle. Wenigstens einer von uns sollte glücklich sein! Es war mir aber so, als spürte ich, wie meine rechte Backe dicker und dicker wurde.

»Guck mal, Manfred, hast du nicht auch den Eindruck, daß mein Kopf angeschwollen ist?«

»Noi, gwiß net! Ist was, Schwälble?«

Da war es aus mit den guten Vorsätzen! Da brach alles Elend über mich herein.

»Mein Zahn! Ich hab' so schreckliches Zahnweh!«

Jeder andere hätte sich geärgert und geschimpft: »Was? Gerade jetzt. Muß das sein? Reiß dich mal zusammen!«

Manfred nicht!

»Ach, du arms Tröpfle!« war das erste, was er sagte und dann: »Zahnweh, des isch was Fürchterlich's! I kenn's. Jetzt gehe mer z'erscht ... ja, was machet mer z'erscht? Mir kaufet Tablette!«

»Die brauchen wir nicht zu kaufen! Die hat Tante Mariechen in ihrem Arzneischrank. Manfred, ich hab' eine Idee, ich lauf' jetzt zu Tante Mariechen und hol' mir Tabletten. Der Weg ist nicht weit, und du kannst dir wenigstens noch den Schluß ansehen! Na, ist das eine gute Idee?«

»Noi! Kei gute! I lass' di doch nachts net allei laufe, noch dazu mit Zahnschmerze!«

»Weißt du, Tante Mariechen wird, glaub' ich, nicht glücklich sein, wenn du mitten in der Nacht in ihr Zimmer kommst.«

»Sie wird eisehe, daß es ein Notfall isch!«

Tante Mariechen lag tatsächlich schon im Bett, hatte die Lockenwickler auf dem Kopf und war so zornig, wie ich es befürchtet hatte.

Schimpfend stieg sie aus ihrer Bettenburg, schob einen Stuhl vor den Arzneischrank und begann zwischen den Tablettenschachteln zu wühlen. Während sie das tat, stieß sie finstere Prophezeiungen aus: »Schmerztabletten verstopfen und verderben den Magen! Zahnweh an Pfingsten! Da bist du wahrlich nicht zu beneiden! Wenn es schlechter wird, mußt du in die Zahnklinik gehen ...«

Manfred zog seufzend die Luft durch die Nase.

»Muß des sei?« fragte er. »I kenn' se, die Zahnklinik. Vielleicht könne mer's verhindre!«

»Das glaube ich nicht«, schimpfte die Tante. »Das ist die Quittung fürs Nüsseaufbeißen, Ameikind! So etwas tut man nicht. Ich habe dir immer und immer wieder gesagt ...«

»Nein, Tante Mariechen, nicht immer und immer wieder, nur einmal, und dann hab' ich es gelassen!«

»Zu spät!« posaunte die Tante. »Jetzt muß er aufgebohrt werden oder aber«, sie machte eine kleine unheilschwangere Pause, »oder aber gezogen ...«

Ich heulte auf und warf mich an Manfreds Brust. Bloß nicht ziehen, bloß nicht bohren!

Es wurde eine schlimme Nacht, trotz der vielen Tabletten, die ich in mich hineingestopft hatte. Liegen konnte ich nicht, da sauste und brauste der Zahn und vertrieb mir den Schlaf und alle Lebenslust. Manfred saß neben mir, hielt meine Hand und tröstete mich, aber es konnte ihm nicht gelingen.

»Nein!« rief plötzlich die Tante und schwenkte ihre Beine wieder über den Bettrand. »Das mag aushalten, wer will, ich nicht! Ich bin eine arbeitende Frau ...« Sie setzte sich an den Schreibtisch und zog das Telefon zu sich heran. »Ich hab' einen Bekannten, der ist Zahnarzt«, sagte sie so nebenbei, »wenn er nicht verreist ist, behandelt er dich.«

Man hörte eine Stimme im Telefon, eine männliche. Tante Mariechens Gesicht verklärte sich.

»Bist du's, Alexander? Ja, hast recht, ich bin's, Maria. Es ist schon spät, aber meine Nichte hat schreckliches Zahnweh ... Hier kommt kein Mensch zum Schlafen. Meinst du? Ja, ginge das? Ich werd's dir nie vergessen ...« Er sagte etwas, und Tante Mariechen lächelte selig. »Ja, sie kommen gleich. Meine Nichte ist übrigens sehr empfindlich.«

Ich hatte schon die ganze Zeit abgewinkt, denn ich wurde das Gefühl nicht los, daß es dem Zahn besser ging.

»Lieber morgen früh«, flüsterte ich. »Er braucht nicht aufzustehen, wirklich, Tantchen.«

»Das möcht' dir so passen«, sagte sie und legte den Hörer auf, »noch einmal solch ein Affentheater! Nein, geht nur und grüßt ihn von mir.« Dann stieg sie ins Bett und knipste die Nachttischlampe aus. Also gingen wir.

Er kam offenbar gerade von einem Fest, denn er war putzmunter, erkundigte sich nach der lieben Maria und bohrte und bohrte, als hätte er völlig vergessen, daß ich gequälte Kreatur unter seinem Bohrer lag. Kurz bevor ich in Ohnmacht fiel, als sich schon alles um mich drehte, hatte er ausgebohrt. Es tat zwar immer noch weh, aber der Doktor versicherte, daß es sich nur noch um Stunden handeln könne. Falls es je wieder anfinge, sollte ich mich bei ihm melden. Tagsüber wär's ihm lieber und am liebsten nicht an Pfingsten.

Als wir in den Goldgraben kamen, ging die Sonne auf. Tante Mariechen schlief noch, tief im Bett vergraben, darum hörte sie nicht, daß Tante Grete anrief, um zu fragen, auf welchem Friedhof sie nach uns suchen dürfe. Manchmal zeigte sich bei dieser Tante tatsächlich ein Anflug von Humor, allerdings von schwarzem.

In meinen Schmerzen und in meiner Dankbarkeit, daß der Spuk vorüber war und Manfred so treu bei mir ausgeharrt hatte, warf ich mit Versprechungen um mich. Dem Himmel versprach ich, brav und fromm zu sein, Tante

Mariechen, nie später als zehn Uhr nach Hause zu kommen, und Manfred gab ich das Versprechen, mit ihm baden zu gehen und das Schwimmen zu lernen. Er schwamm gerne und konnte nicht verstehen, daß ein erwachsener Mensch nicht schwimmen konnte. Darum war ich schon vor Pfingsten fleißig ins Stadtbad gegangen, aber von Wand zu Wand über die Tiefe zu schwimmen, hatte ich noch nie gewagt. Ohne festen Halt und ohne Boden unter den Füßen ging ich rettungslos unter.

Im Stadtbad badeten nur wenig Leute. Ich sah die große Wasserfläche und erzitterte. Dann sprang Manfred ins Wasser und zeigte seine Künste per Rücken und Brust und Schmetterling. Ich klammerte mich ans Seil und sah zu. Als die Reihe an mich kam und ich dies alles nachmachen sollte, hatte ich den Eindruck, daß der Zahn wieder leise zu bohren anfing.

»Vielleicht tut es ihm nicht gut«, sagte ich. »Vielleicht ist die Anstrengung zu groß. Nach einer solchen Nacht muß man einfach langsam tun.«

Das taten wir und wanderten durch die Gegend und fuhren mit dem Bähnchen nach Rittmarshausen, und als wir an ein Gasthaus kamen, in dem einmal ein Schwabenfest stattgefunden hatte, da tanzten wir zwei alleine auf der Terrasse.

Abends luden uns die beiden Tanten zum Essen ein. Sie waren so vergnügt, fast möchte ich sagen »aufgekratzt«, wie noch nie an diesen beiden Pfingsttagen. Es ließ sich nicht verleugnen, sie freuten sich auf Manfreds Abschied.

Etwa um zehn Uhr schaute Tante Mariechen lange und nachdenklich auf die Uhr, drohte mit dem Finger und sagte: »Du böse Uhr vertreibst mir meine lieben Gäste.«

Ich kannte diesen Spruch und wußte, daß die Tante solche Sachen sagte, ohne mit der Wimper zu zucken.

Wir waren ja Verwandte, aber wie würde Manfred es verkraften?

Gut! Er erhob sich und dankte für alle Liebe und Mühe,

versprach, kein breites Schwäbisch zu sprechen und zu verhindern, daß ich Nüsse mit den Zähnen knackte.

Dann waren wir entlassen, suchten aber noch lange nicht unsere Schlafplätze auf, sondern pendelten zwischen den beiden Tantenwohnungen hin und her und schworen uns ewige Treue.

»Gaudeamus igitur«*

Das Studentenleben ist lustig! Man hatte es mir viele Male versprochen, aber daß es so lustig sein würde, hatte ich nicht gedacht, besonders nicht nach den Erfahrungen im Wintersemester. Immerzu hatte ich mich an etwas Neues gewöhnen müssen, an Tante Mariechen zum Beispiel und ihre Waschgewohnheiten, an Fechten und Tanzen und Fleißprüfungen. Schließlich hatte mich die Liebe ereilt, und aus war es mit dem lustigen Studentenleben, noch ehe es richtig begonnen hatte. Jetzt aber, im Sommer, zwei Monate vor Semesterschluß, da brach es über mich herein. Ich sehnte mich zwar immer noch nach Manfred, aber es gab doch schon Minuten, in denen ich das Leben genoß und vergnügt war.

Ganz besonders glücklich fühlte ich mich im Laienspielkreis und in der Fleischerei. Im Laienspielkreis spielte ich Theater. In der Fleischerei aß ich Suppe nach dem Motto, je salziger die Suppe, desto süßer das Leben. Alle waren wir vergnügt, nur Martha war es nicht! Nach einem besonders versalzenen Essen flüsterte sie mir zu, ich solle doch leiser sein, ihr bleibe ja bei meinem Gelächter die Suppe im Hals stecken. Nun war an diesem Tage die Suppe derartig dünn geraten, daß sie der Martha beim besten Willen nicht hätte im Hals steckenbleiben können. Ich sagte ihr das und klopfte sanft ihren Rücken, aber sie schoß hoch wie eine Rakete und rauschte zum Tisch der Schwaben hinüber, an dem ich auch gern gesessen hätte.

Martha also war die eine, die mich nur mit Gottes Hilfe ertragen konnte, Gustav der andere. Er beugte sich vor

---

* Also laßt uns fröhlich sein (lateinisch).

und sagte mit salbungsvoller Stimme, daß er mit mir sprechen müsse.

Wenn jemand zu mir sagt, er müsse mit mir sprechen und dabei die Augen fromm zum Himmel rollt, dann fletsche ich die Zähne, dann bin ich wachsam, denn so freundlich es klingt, es kommt immer etwas Unangenehmes dabei heraus. Von meinen Eltern konnte ich es mir gerade noch gefallen lassen, nicht aber von diesem scheinheiligen Jüngling im dritten Semester Theologie. Er sagte also, er müsse mit mir sprechen, weil ich einen großen Fehler begangen hätte und es vermutlich gar nicht wüßte.

»Was habe ich denn verbrochen? Heraus damit, Freund!«

»Nun ja, wenn Sie's unbedingt hören wollen, Frauen dürfen Männer nicht anfassen!«

»Überhaupt nicht anfassen? Auch nicht an der Hand?«

»An der Hand schon, aber zum Beispiel nicht am Arm! Sie haben gerade vorhin den Christian am Arm gepackt. Ich habe meinen Augen nicht getraut!«

»Am Arm darf man also nicht?«

»Nein, das ist ganz und gar unmöglich!«

»Warum?«

»Weil es unanständig ist und Gefühle weckt!«

Ich holte tief Luft, denn da gab es viel zu sagen: »Ich habe drei Brüder, jüngere und ältere, und wenn es sich ergibt, dann berühre ich sie am Arm oder sonstwo, und keiner käme auf die Idee, daß es unanständig sei. Ich packe sie am Arm und – stellen Sie sich vor, ich kneife sie sogar! Dann nämlich, wenn sie frech sind. Probieren wir's mal! Na, wie ist das Gefühl?«

Ehe er sich in Sicherheit bringen konnte, hatte ich schon seinen Arm gepackt und kräftig zugekniffen. Er schrie nicht, wie meine Brüder das taten. Er ließ sich auch auf keinen Kampf ein. Nein, er legte eine Mark für die Suppe auf den Tisch, nahm seine Jacke und verschwand. Wie es bei ihm stand, wußte ich nicht, ich jedenfalls hatte ein wunderbares Gefühl der Erleichterung.

Christian neben mir lachte schallend und bot mir seine beiden Arme zum Kneifen an. Ich sagte: »Nein, alles zu seiner Zeit!« Aber wenn er mich irgendwann ärgern würde, dann wollte ich gern auf sein Angebot zurückkommen.

Ach, was dieses Sommersemester doch alles an Schönem brachte! Tante Mariechen nahm Urlaub und reiste für zwei Wochen in die Schweiz! Ich brachte sie zum Bahnhof, um ganz sicher zu sein, daß sie auch wirklich im richtigen Zug saß. Dann spazierte ich in wunderbarer Ruhe über den Wall, am Botanischen Garten vorbei bis hin zum Theater. Dort studierte ich den Spielplan mit all dem, was ich mir nicht leisten konnte, und trottete den Goldgraben hinauf bis zur Nummer 6. Nun hatte ich ein Zimmer ganz allein für mich, sogar eines mit Küchenbenützung. Ich stellte das Radio an, steckte Tante Mariechens Bettzeug und ihre tausend Kissen in meinen Couchkasten und baute eine neue Bettenburg mit meinen Kissen und meinen Decken. Nun hatte ich Couch und Bett, konnte schlafen, essen und trinken, was und wann ich wollte. Hätte ich nicht schon ein ganzes Semester lang bei Tante Mariechen gewohnt, wahrhaftig, ich hätte das Glück, allein zu sein, nicht so zu schätzen gewußt. Nun aber ging ich so weit, daß ich keiner Menschenseele von Tante Mariechens Abreise erzählte. Brumbuschs allerdings wußten es und musizierten bis tief in die Nacht.

Vetter Hans-Joachim war zu meiner Freude noch nicht aufgetaucht. Alle, die mich bisher hatten besuchen wollen, waren von Tante Mariechen so nachhaltig vergrault worden, daß sie keine Versuche mehr unternahmen und ich meine Ruhe hatte.

Was mich betraf, so besuchte *ich* keine Kommilitonen mehr, weder in sturmfreien noch in anderen Buden. Mir genügte der Besuch »Am weißen Stein« und wie mich

Gottes Auge dort erspäht und ich mir den Fuß verknackst hatte. Richtig geheilt aber war ich offenbar immer noch nicht, denn es folgte im Sommersemester ein Erlebnis, das mich besonders schmerzte, weil ich es meiner eigenen Dummheit verdankte. Aber es soll mir eine Lehre sein! Nie wieder werde ich auf Briefmarken, Fotos oder andere Sammelobjekte hereinfallen! Die Geschichte begann nach einem besonders ausgelassenen Suppenessen in der Fleischerei. Der Eintopf war so schlecht wie noch nie, und so wartete jeder darauf, wie der andere mit seinem ersten Löffel fertig wurde. Wir hatten uns eine Spielregel für die Mahlzeiten ausgedacht. Sie lautete: »Wer beim Suppenessen den Mund verzieht, abfällige Bemerkungen macht oder seinen Teller nicht leer ißt, der muß später beim ›Agnoli‹ eine Runde Eis ausgeben.«

Eine Runde Eis bedeutete für jeden Mitesser eine Kugel. Wenn der Mittagstisch gut besetzt war, dann konnte die Sache ins Geld gehen, also riß man sich zusammen.

Christian führte seinen Löffel zum Mund und verdrehte die Augen.

»Wundervoll!« rief er. »Heut haben sie sich selbst übertroffen!«

Schwupp fuhren die Löffel der Schwaben in ihre Teller und Münder. Sie rangen nach Luft, husteten und warfen böse Blicke zu uns herüber, die wir vergnügt unser Süppchen löffelten. Schließlich steckten sie die Köpfe zusammen und munkelten, sie hätten eine schlechtere Suppe bekommen. Einer kam sogar zu uns herüber und bat um »a klois Probiererle«. Es war ein cleveres Kerlchen und ein knitzer Schwabe dazu. Er schluckte, zu uns gewandt, einen Löffel Suppe, riß den Mund auf und schnappte nach Luft, dann drehte er sich zu den schwäbischen Freunden um und strahlte.

»Des isch a Süpple«, sagte er andächtig. »O Leut, des sottet er probiere!« Wir machten keine Schwierigkeiten, sondern boten freundlich unsere Suppe an.

»Wenn Sie lieber aus dieser Schüssel essen wollen ... Aber bitte ... das ist doch selbstverständlich!«

Terrinen und freundliche Blicke wurden getauscht, dann brachen wir auf, nicht in Eile, aber doch in zügigem Tempo.

Das war der erste Teil der Geschichte gewesen. Er hatte mir großes Vergnügen bereitet, nicht so der zweite.

Wir radelten auf Göttingen zu. Neben mir fuhr ein Jurist mit durchdringend quietschendem Fahrrad, vermutlich blieben die anderen deshalb so weit hinter uns zurück. Plötzlich bremste er, zeigte nach rechts auf ein Haus und sagte, daß er hier wohne und ob ich nicht ein paar Fotos von der letzten Wanderung ansehen wolle. Sie wären nicht schlecht getroffen, besonders die von mir...

So ist der Mensch: neugierig und an allem interessiert, was ihn selbst betrifft! So auch ich. Wir stellten unsere Räder an die Hauswand und gingen die Treppe hinauf in sein Zimmer. Es war ein karger Raum, nur mit Bett und Schrank möbliert. Er schleppte zwei Hände voll Fotografien herbei, und weil man beim Bilderanschauen besser sitzt als steht und ich es so gewohnt bin, setzte ich mich aufs Bett. Ich tat's nicht gerne, aber wohin sonst sollte ich mich setzen?

Mittlerweile kamen die anderen an diesem Haus vorbei, sahen unsere Räder stehen und traten ein, stiegen die Treppe hinauf, öffneten die Tür, und da saß ich in aller Einfalt auf dem Bett und schaute Fotos an. Der Kommilitone kramte im Schrank herum. Christian mit dem blonden Schopf musterte die Szene, drehte sich stracks um, ging hinaus und schlug die Tür hinter sich zu.

Die anderen blieben und nahmen keinen Anstoß. Es gab auch keinen, der zu nehmen gewesen wäre! Es sah nur dumm aus, man hätte es klären können. Ein paar Worte mit mir, ein leichter Boxhieb für den Kommilitonen, aber nein, man stürzte aus der »Lotterhöhle« und wollte nichts damit zu tun haben. Wir schauten noch ein Weilchen Bilder an, aber sie gefielen uns nicht. Da gingen wir.

Für den Abend war vorgesehen, daß wir einen Film ansehen wollten, Christian, Georg und ich. Aber wer nicht kam, war Christian, und weil wir die Karten schon gekauft hatten, mußten wir den Film ohne ihn anschauen. Er hieß ›Frühlingssturm‹ und handelte von den Wiener Sängerknaben. Für mein Empfinden war er entsetzlich langweilig, aber der freundliche Georg fand die Gesänge wundervoll und den Abend auch. Als der Film überstanden war und wir mit den anderen Besuchern nach draußen drängten, stand leider kein reuiger Christian auf der Straße, bereit, sich kneifen zu lassen, nein, ich mußte mich mit Georg allein auf den Heimweg machen, was ich bis jetzt sorgsam vermieden hatte. An der Mondnacht gab es nichts auszusetzen, auch nicht an dem freundlichen Georg.

Er war damit beschäftigt, den Film zu rekapitulieren, ich aber hing meinen Gedanken nach und hielt die schönste Strafpredigt, die man sich denken kann, bestehend aus drei Punkten.

Lieber Christian! Erstens soll es Menschen geben, die sich auf ein Bett setzen, ohne verruchte Sachen dabei zu denken, ganz einfach nur, weil es keinen Stuhl gibt!

Zweitens: Wenn man etwas versprochen hat, dann muß man es halten, dann kann man nicht einfach wie eine beleidigte Leberwurst zu Hause sitzen und die anderen warten lassen ... Zum dritten Punkt kam ich nicht mehr, denn wir waren am Goldgraben 6 angelangt, und ich mußte die Schwierigkeiten mit Kommilitonen an der nächtlichen Haustür allein überwinden. Zur Morgenwache in der Jacobikirche erschien Christian nicht, obwohl es ihm wahrlich gutgetan hätte! Beim Sachenrecht ließ er sich auch nicht blicken, aber beim Strafrecht tauchte er plötzlich auf und hatte die Frechheit, sich auf den Platz neben mir zu setzen. Der Professor ertrug es mit Langmut, daß wir kein besonderes Interesse am Strafrecht zeigten, sondern heftig miteinander stritten. Nach der Vorlesung kam er sogar zu uns und sagte, daß er sich hochgeehrt fühle durch unsere Anwesenheit, daß er aber doch bitten müsse, unsere Zwistigkeiten an anderem Ort und zu anderer Zeit auszufechten ... Solche Menschen gefallen mir, Kavaliere vom Scheitel bis zur Sohle!

Ich sagte das auch zu Christian, und wie hoch ich Höflichkeit zu schätzen wüßte und wie ganz und gar abscheulich es sei, Freunden die Freude am Kino zu nehmen. Ich lobte den barmherzigen Georg, der mich nicht hätte sitzen lassen wie gewisse andere Leute. Vom nächtlichen Kampf an der Haustür, so sagte ich, wolle ich nicht sprechen, aber er wäre wahrhaft furchtbar gewesen und mein Untergang nur durch Brumbuschs Hund verhindert worden. Der Treffer saß. Er hatte genug, mehr als genug von meinen Predigten. Er lachte, zog den Kopf ein und sagte: »Seit wann haben Brumbuschs einen Hund?«

*Das Sommerfest oder carpe diem**

Das Sommerfest der Studentengemeinde nahte. Es sollte oben in Nikolausberg im Gasthaus »Zur Berta« stattfinden. Dort gab es einen Saal zum Tanzen, eine Bühne zum Theaterspielen, eine Terrasse zum Träumen und einen Garten, in dem Rosen und Jasmin blühten und Lampions an den Bäumen hingen.

Der Laienspielkreis sollte dieses Jahr das Fest gestalten. Manche Stunde hatten wir zusammengesessen und gegrübelt, was man anstellen könnte, um die Leute aus ihrer Lethargie zu reißen und ein glanzvolles Fest zu feiern. Was dabei herauskam war ›Die fromme Helene‹. Georg sollte die Geschichte vorlesen und wir, zum besseren Verständnis und zum Spaß, die Sache spielen. Ich kannte ›Die fromme Helene‹ schon von Kindesbeinen an. Mein Vater brachte uns Kindern das Wilhelm-Busch-Album ans Bett, wenn wir krank waren. Ich war oft krank. So lernte ich denn bei Wilhelm Busch das Lesen, lag im Bett, las und lachte.

Auch im Brontë-Mädchengymnasium hatten wir ›Die fromme Helene‹ aufgeführt, allerdings war es eine jugendfreie Vorstellung mit kräftigen Schnitten. Ich durfte ein dummes kleines Lenchen spielen, dem Onkel das Nachthemd zunähen, sein Deckbett wegziehen und als höchstes der Gefühle dem Vetter Franz beim Bohnenpflücken in die Arme sinken. Eine unbefriedigende Rolle für mich**.

Das sollte beim Sommerfest der Studentengemeinde anders werden. Hier wurde nichts geschnitten außer dem

---

* Nütze den Tag (lateinisch).

** Es empfiehlt sich, spätestens an dieser Stelle ›Die fromme Helene‹ zu lesen. Der Titel dieses Buches stammt aus dem 5. Kapitel: ›Der Liebesbrief‹.

12. Kapitel ›Die Wallfahrt‹. Wir hatten keine moralischen Bedenken dagegen, aber bühnentechnisch erhoben sich Schwierigkeiten. Ein Pferd mit einer Droschke mußte auftreten und eine Schlägerei stattfinden. Was, wenn das Publikum sich mit einmischte und wir nicht Herr der Lage blieben? Also weg mit diesem Kapitel und mit dem letzten auch. Sie sollten nur vorgelesen werden, damit ich nicht leibhaftig zur Hölle fahren mußte.

Nun konnte ich alle Register meines Könnens ziehen. Achtmal mußte ich mich umziehen, und das in solcher Hektik, daß niemand eine Freude daran hatte.

Nach der völlig mißlungenen Hauptprobe lag ich erschöpft auf der Bühne und meine Kleider in fürchterlichem Durcheinander in der Garderobe. Man stieg über mich hinweg, als wäre ich überhaupt nicht vorhanden.

»Aufräumen!« rief Georg, unser Theaterdirektor. »Los, Mädels, macht euch an die Arbeit.«

Die Mädchen arbeiteten, die Herren standen dabei und kommandierten: »Habt ihr denn keine Augen im Kopf? Da liegt es doch, das grüne Kleid! Das braucht sie für den Anfang. Los, los, schlaft nicht ein.«

Ich suchte meine Brille. In diesem Chaos konnte ich ohne sie nicht zurechtkommen. Wir hatten uns in jeder Probe gestritten, und immer nur wegen dieser Brille!

»Die fromme Helene ist keine Brillenträgerin«, hatte Georg gesagt. »Da, sieh dir die Bilder an! Kein einziges Mal hat sie eine Brille auf der Nase!«

»Aber *ich* habe eine, Georg! Und *ich* werde sie aufsetzen, auch wenn du dich auf den Kopf stellst! Ohne Brille kann ich nicht spielen!«

»Natürlich kannst du! Wir helfen dir schon auf die Sprünge!« Während wir zeterten und schrien, suchten wir in Kleidern und Hosen und Taschen nach der Brille. Sie war verschwunden! Einfach vom Erdboden verschluckt, nicht einmal eine Glasscherbe lag auf dem Boden.

Unten füllte sich der Saal. Jetzt bequemten sich sogar die Herren, sammelten lustlos Kleider auf und hängten sie über Bügel. Christian erschien im Kostüm des Vetters Franz: Pfeife im Mund, Studentenmütze auf dem Kopf, Schleife um den Hals.

»Was höre ich, deine Brille ist verschwunden?«

»Komisch, was?«

»Mach dir keine Sorgen, die finden wir!«

»Nein, die finden wir nicht! Jemand hat sie versteckt. Du mußt nicht denken, Christian, daß ich nicht wüßte, wer! So blöd bin ich nun auch wieder nicht!«

Er schaute durch das Guckloch hinunter in den Saal. »Voll bis auf den letzten Platz!« rief er und dann mit trauriger Stimme: »Ich sinne und sinne, wer das gewesen sein könnte, ein ganz böser Mensch muß er jedenfalls sein!«

»Da magst du recht haben! Und wenn alles danebengeht, weil ich nichts sehen kann, dann schreibt es euch selber zu!«

»Gut«, sagte er und grinste, »gut, das tun wir!«

Die Theaterglocke schellte ein erstes, ein zweites und drittes Mal. Mir war alles egal. Ohne Brille sah ich alles nur verschwommen. Es konnte nur schiefgehen, aber ich war nicht schuld daran!

Als die Gartenszene kam und Lenchen auf die Leiter steigen mußte, um Bohnen zu pflücken, da tat ich es beherzt und mit der Gewißheit, daß jemand mich auffangen würde, wenn es nötig sein sollte. Tatsächlich, der Vetter Franz stand unten und nahm mich in seine Arme, genau, wie Wilhelm Busch es gezeichnet und beschrieben hatte:

»Und ist sie dann da oben fertig,
Franz ist zur Hilfe gegenwärtig.«*

---

* Siehe letzte Anmerkung!

Nun fehlte nur noch der Kuß. Wir hatten ihn nie geübt, denn bei den Proben genierte ich mich, und auch Christian hatte immer abgewinkt und gesagt: »Leute, verlieren wir keine Zeit damit! Das können wir doch!«

Und wie er das konnte! Ich dachte, die Welt ginge unter! Erst als das Publikum zu klatschen und trampeln anfing, kam ich wieder mit einem Fuß auf die Erde, überlegte kurz, ob eine Ohrfeige in diesem Fall sinnvoll wäre, und kam zu dem Schluß, daß ich mich an Wilhelm Busch halten wollte: Bei ihm war keine Ohrfeige vorgesehen.

Nach kurzer Pause ging das Spiel weiter. Die Mädels reichten mir Kleider, schoben, zerrten und drückten mich hinein, stülpten mir Perücken auf den Kopf, flüsterten mir das Stichwort zu und schubsten mich auf die Bühne, ohne Brille!

Nach der letzten Szene wollte der Applaus nicht aufhören.

Beim zehnten Vorhang riß die altersschwache Schnur. Er sank nach unten, und wir schafften es nicht, ihn wieder nach oben zu hieven. Egal. ›Die fromme Helene‹ war ohne Unfall über die Bühne gegangen, das Publikum hatte geklatscht, bis der Vorhang den Geist aufgab. Was wollte man mehr. Ich wollte vor allen Dingen, daß ich die Herrenrede schon überstanden hätte. Daß Manfred beim Winterfest die Damenrede gehalten hatte und ich jetzt, beim Sommerfest, die Herrenrede, das verband uns noch inniger als vorher, so meinte ich jedenfalls. Ich flocht ganze schwäbische Passagen in meine Rede. Oh, wie sie sich da freuten! Mein Blick fiel auf Christian. Er lehnte an der Terrassentür, beide Hände in den Hosentaschen und dachte nicht daran, zu klatschen. Das ärgerte mich! Aber noch mehr ärgerte mich dieser Schwabe, der mir in die Quere kam.

»Gellet Se«, sagte er mit schwarzem Verschwörerlächeln, »gellet Se, des hat der Manfred verbroche?«

Ach, wieviel besser wäre es gewesen, ich hätte mir ein

Lächeln abgerungen und so etwas gesagt wie: »Sie sind mir aber ein ganz Schlauer!« Oder in breitem Schwäbisch: »Noi, Sie werdet's net glaube, so ebbes ka i ganz alloi!« Oder auch: »Heidenei, jetzt habet Sie mi verwischt!«

Alles wäre besser gewesen als dieses patzige: »Blödmann!« Gräßlich, wie humorlos der Mensch sein kann, wenn er sich ärgert!

Nachdem die Herrenrede gehalten war und mein Ärger verraucht, wurde es mir wohl ums Herz. Ich trank von der süßen Bowle und tanzte mit allen Laienspielern und Schwaben, am meisten aber mit Christian, an dessen ärgerliche Linksdrehungen ich mich nun schon gewöhnt hatte.

»Wenn ich nur wüßte, wem diese Brille gehört«, sagte er und zog meine Brille aus der Jackentasche. »Du glaubst nicht, wie lange ich an ihr gearbeitet habe, sie war einfach fürchterlich verdreckt ...«

»Gib sie her, du Gauner! Du also hast sie versteckt!«

»Nicht versteckt! In Sicherheit gebracht! Sie lag da herum und wäre zertreten worden, wenn ich sie nicht aufgehoben hätte und an meiner Brust geborgen ...«

»Ach, du wunderbarer Mensch! Wirklich, ich brech' gleich in Tränen aus!« So redeten wir hin und her, aber das, was ich gerne gefragt hätte, fragte ich nicht: »Meine Herrenrede, hat sie dir nicht gefallen, warum hast du nicht geklatscht ... Was ist denn?«

Als der letzte Lampion verglüht war und der Mond untergegangen, machten wir uns auf den Heimweg, zu dritt natürlich nach altem Brauch.

»O Leute, freut euch«, sagte Christian vor der Haustür am Goldgraben, »heute abend gehen wir in ›Die Amnestierten‹*.«

Ich tappte die Treppen hoch und fiel ins Bett. Mein Kopf brummte. Bald würde Tante Mariechen aus der Schweiz

---

* ›Die Amnestierten‹ waren in den fünfziger Jahren ein berühmtes Kabarett.

kommen. Ich mußte das Zimmer putzen, einen Kuchen bakken und die Betten überziehen.

Früh genug für die Morgenwache stand ich auf und schleppte meine müden Glieder in die Uni, um an Christians Seite weiterzuschlafen.

»Heute abend um sieben wirst du hoffentlich wach sein, ich hol' dich dann ab!« sagte er.

Ich war fertig, als er kam – das Zimmer auch. Tante Mariechens Kissen lagen wieder in ihrer Bettenburg, meine auf der Couch. Einen Kuchen hatte ich nicht gebacken, das konnte ich ja morgen noch tun. Punkt sieben stand Christian vor der Haustür, und wir gingen in ›Die Amnestierten‹, diesmal nur zu zweit, denn Georg hatte für Kabarett nichts übrig.

Es war sehr lustig! Wir konnten gar nicht aufhören zu lachen, tranken Wein in der Taberna Academica und lachten weiter.

Vor der Haustür gab er mir einen Briefumschlag, drehte sich um und ging. Ich wartete, bis das Gartenpförtchen hinter ihm zugefallen war.

Dann trat ich ins Haus – es ging schon gegen Morgen. Ich schloß die Wohnungstür auf und wollte den Schlüssel in die Zimmertür stecken, aber es gelang mir nicht. Es war von innen abgeschlossen, und der Schlüssel steckte.

O Himmel, Tante Mariechen war heimgekommen! Ich hörte sie drinnen rumoren und klopfte an die Tür, aber sie machte nicht auf. Früher hatte sie mir einmal gedroht, daß sie mich nicht hereinlassen würde, wenn ich zu spät käme, aber ich hatte es nicht geglaubt.

Beim trüben Schein der Flurlampe riß ich den Umschlag auf und fand darin ein Sonett an mich, eine zauberhafte Liebeserklärung.

Tante Mariechen ließ mich nicht lange draußen warten. Der Schlüssel wurde umgedreht. Die Tür zum »Paradies« stand wieder offen, aber ich wollte nicht hinein. Ich steckte das Sonett in den BH und ging hinaus in den Garten. Dort, unter der Trauerweide, stand eine Bank, Manfred hatte sie entdeckt, als er an Pfingsten bei uns war und unter Tante Mariechens Allgegenwart litt.

»Des isch amal a feins Plätzle«, hatte er gesagt. »Wie für uns beide g'schaffe! Da sitzet mir genau vor Tante Mariechens Fenster. Au wenn se no so guckt, sehe kann se uns net!«

Auch jetzt ging ich dorthin und wartete, bis es hell wurde und ich mein Sonett noch einmal in Ruhe lesen konnte. *Für Amei!* stand darauf.

Welche Frau hätte ein solches Geschenk zurückweisen können? Welche hätte gesagt: »Wunderbar! Die schönste Liebeserklärung meines Lebens, aber leider bist du zu spät dran, Christian mit dem blonden Schopf! Du mußt deinen Blick auf andere Mädchen richten, es gibt ja genug davon.«

Welche Frau würde so etwas sagen? Vielleicht eine mit festem Herzen, treu wie Gold und ohne Sinn für Sonette. Ich gehörte nicht zu diesen, nein, ich empfand, daß man ein solches Geschenk nicht zurückweisen dürfe, sondern es in den BH stecken müsse, damit es nah am Herzen läge und weit weg von Tante Mariechens wachsamen Augen. Vor den Kopf stoßen durfte man diesen begnadeten Dichter und liebenswerten Burschen auf keinen Fall! Vielleicht ergäbe sich eine Freundschaft fürs Leben, und, falls es sich je anders entwickeln sollte, dann mußte man eben einen kühlen Kopf bewahren und Schluß machen. Vorerst ließ es sich doch ganz gut an: Manfred in Tübingen, Briefe schreibend, Christian hier, Sonette dichtend, ich fleißig lesend, und alle drei in Freundschaft vereint. Ja, so könnten wir die Sache meistern, und ich würde keinen von beiden verlieren!

Wenn es endlich Tag würde, dann wollte ich zur Morgenwache gehen, mich neben Christian setzen und alles mit ihm besprechen. Vorher aber lauerte Tante Mariechen noch in unserem Zimmer, und eine Schimpfkanonade nach Art des seligen Ziethen wartete auf mich: »Wo warst du? Wo hast du geschlafen? Wie siehst du aus! Was sind das für Manieren?«

Als Tante Mariechen oben das Fenster aufstieß, ließ ich noch einmal mein Sonett knistern zur Stärkung des Selbstgefühls und marschierte los. Ich schloß unten das Haus auf, oben die Wohnung und machte erst vor unserer Zimmertür halt, um zu klopfen.

»Ja, herein!« rief Tante Mariechen. Aber ich tat, als hätte ich nichts gehört, und klopfte lauter. Jetzt wurde es im Flur lebendig. »Aber es ist doch offen!« schrie die Tante und riß die Tür weit auf, denn Frau Brumbusch in Morgenrock und Lockenwicklern sauste bereits den Gang entlang. Die Tante zog mich ins Zimmer und schloß die Tür hinter mir.

»Ich bitte dich, Ameikind, was wird Frau Brumbusch sagen!«

»Ist etwas los?« fragte die. »Kann ich helfen?«

»Nein danke! Es ist alles in bester Ordnung!«

Ich ließ meine Augen schweifen. Ach, wie sah das Zimmer aus, das ich gestern so sorgfältig geputzt hatte! Die Tante warf sich auf einen Sessel.

»Ist denn meine Karte nicht angekommen?« war alles, was sie sagte.

Nein, keine Karte! Kein Brief! Kein Anruf! Überhaupt nichts.

»Ehrlich, Tantchen, woher hätte ich wissen sollen, daß du schon am Abend kommst? Natürlich hätte ich dich vom Bahnhof abgeholt, einen Kuchen gebacken und einen Blumenstrauß gekauft!«

»Kaufen wäre nicht nötig gewesen!« fuhr die Tante dazwischen. »Man kann sie jetzt selber pflücken!«

»Ach, Tantchen, wer denkt schon an Geld, wo ich doch dankbar bin, daß du gesund und munter heimgekehrt bist!« In solche Worte steigerte ich mich hinein, ich Heuchlerin! Aber es war nicht nur Lug und Trug. Als wir uns weinend in den Armen lagen, knisterte das Sonett an meiner Brust und gab mir Kraft, freundlich zu sein, denn ich hatte zwei Männer und sie keinen! Armes Tantchen!

Jetzt jedenfalls war sie ganz entzückt von dieser neuen Seite meines Wesens und stapelte noch drei weitere Kleidungsstücke auf den Berg, den ich zur Reinigung tragen sollte. Vorher tranken wir noch gemütlich Kaffee, und Tante Mariechen erzählte von dem guten, aber ach so teuren Essen und klagte dem Geld hinterher, das sie in der Schweiz hatte zurücklassen müssen. Plötzlich verklärte sich ihr Gesicht, und sie fragte mich, ob ich hören wolle, was für eine Idee ihr im Sessellift gekommen sei. Ich sagte, ja, ich wolle es hören und hoffte auf eine Eingebung, mein schmales Taschengeld betreffend.

Da hoffte ich aber vergebens, denn ihre Idee war nichts als ein kindischer Kuhhandel.

»Wenn du«, so sagte sie, »abends Punkt zehn Uhr ins Zimmer trittst, dann bekommst du eine Apfelsine*!«

»Und wenn ich zehn Minuten später komme?«

»Die Schale!«

So kam es denn auch. Vorerst aber glaubte die Tante noch daran, daß sie mich mittels Apfelsinen zu einem braven Mädchen erziehen könne. Sie lud mir den Wäschepacken auf und musterte mich mit kritischen Blicken. Besonders die Brustpartie hatte es ihr angetan.

»Ameikind, du kannst zufrieden sein mit dem, was du hast!«

»Bin ich doch!«

»Nein, offenbar nicht! Gut, wenn du deinen Formen nachhelfen willst, meinen Segen hast du. Aber bitte nimm Taschentücher dafür und kein Papier! Es knistert!«

Man kann nicht zur gleichen Zeit Wäsche in die Reinigung bringen und zur Kirche gehen!

Als ich in die Jacobikirche trat, war die Morgenwache schon vorbei und weit und breit kein Christian mehr zu finden.

---

* Apfelsinnen waren damals etwas Besonderes und Wünschenswertes.

Was hatte ich mir vorgestellt? Etwa, daß er hier sitzen würde und auf mich warten? Geduld gehörte nicht zu seinen hervorstechenden Eigenschaften. Fünf Minuten höchstens konnte er durchhalten, dann warf er einen Blick auf die Uhr und in die Runde, und schon war er verschwunden. Diesmal fand ich seine Ungeduld besonders schmerzlich, denn was konnte ich dafür, daß die Tante mir ihre schmutzige Wäsche aufgebürdet hatte? Viel mehr aber plagte mich der Gedanke daran, daß er ein Sonett geschmiedet und mir seine Liebe erklärt hatte und nun ohne Echo blieb. Wie handelt die kluge, erfahrene Frau in solcher Situation? Ins Strafrecht geht sie nicht, denn dort kann man zwar nach Herzenslust zanken, aber über ein Sonett kann man nicht sprechen und schon gar nicht über eine Liebeserklärung! Trotzdem, Männer gehen oft seltsame Wege, ohne Logik und Verstand. Deshalb warf ich wenigstens einen Blick in den Hörsaal 6. Unsere beiden Plätze waren leer. Wohin jetzt?

Ins Kino? Nein, nicht am Vormittag! In die Studentengemeinde? In die Quäkerstube? Nein, alles nichts! In sein Zimmer? Nein, um Himmels willen! Vielleicht hatte es ihn an die frische Luft gezogen. Also umrundete ich Göttingen und suchte ihn auf den Wällen, aber er war verschwunden. Schließlich, völlig erschöpft, gab ich es auf und taumelte den Goldgraben hinauf. Beim Haus Nr. 6 saß er auf der Gartenmauer und ließ die Füße baumeln.

»Na, endlich«, sagte er. »Ich warte hier schon den ganzen Tag.«

Wohin mit ihm und mir? Auf die Bank unter der Trauerweide! Er betrachtete das grüne Gehäuse und fand es schön. Dort saßen wir und redeten, bis es dunkel wurde, und als es dunkel war, redeten wir immer noch. Worüber, wollen Sie wissen? Zum Beispiel darüber, ob Christian denn nicht bemerkt hätte, daß Manfred und ich … Er lachte.

»Aber natürlich habe ich es bemerkt! Ganz Göttingen

weiß es ja. Ich habe mich sogar bei deinem Schwaben erkundigt, ob ihr im Sommersemester wieder nach Göttingen kommt. Er ist ein netter Mensch und hat mir freundlich mitgeteilt, daß du kommst, er aber nicht. Deshalb studiere ich immer noch hier und nicht in Berlin, wie ich eigentlich wollte.«

»Wenn du das alles gewußt hast, Christian, dann hättest du keinen Brief schreiben dürfen und kein so wundervolles Sonett!«

»Warum nicht? Es wird doch noch erlaubt sein, um jemanden zu werben, den man liebt? Oder nicht?«

Ja, wenn ich das so genau gewußt hätte. Vermutlich war es verboten. Alles Schöne war verboten.

Noch nie hatte jemand um mich geworben. Nein, Manfred auch nicht. Er hatte es gar nicht nötig. Ich sah ihn und wußte, daß wir zusammengehörten. Ihm ging es ebenso. Wir brauchten nicht umeinander zu werben. Jetzt warb jemand um mich, aber jetzt war es natürlich nicht erlaubt.

Das alles ging mir durch den Kopf, während Christian schon mit Werben anfing und mir viele angenehme Worte sagte. Ich hörte ihm gerne zu und dachte, ein kleines bißchen Werbung könne nicht schaden, weder ihm noch mir. Wichtig war, daß ich zur rechten Zeit bremsen konnte, aber das schaffte ich schon beim Fahrrad nicht. Schluß hätte ich machen müssen, bevor es richtig angefangen hatte.

»Christian«, hätte ich sagen müssen, »du bist der netteste Junge der Welt, und ich mag dich sehr, aber ich bin ja nun so gut wie verlobt. Wirb lieber nicht um mich, weil's nämlich bös' enden wird.« Ja, so hätte ich sagen müssen und sagte es nicht, obwohl wir die halbe Nacht hindurch redeten.

Ein paar Tage später ließ Christian seine Werbekampagne mit voller Kraft anlaufen. Er brachte Blumen, gewaltige Sträuße. Tante Mariechen sah sauer drein, als an jedem freien Plätzchen im engen Zimmer Vasen mit

Blumen standen. Sie griff sogar zur Bibel und zitierte eine Stelle aus dem Matthäusevangelium: ... *Diese Blumen hätten können teuer verkauft und den Armen gegeben werden!*

Als er merkte, daß er ihr mit Blumen keine Freude machen konnte, führte Christian uns zum Abendessen in die feine Junkernschänke. Tante Mariechen zeigte sich entsetzt über so viel Verschwendung.

»Ein Kräuterkäsebrötchen zu Hause hätte es auch getan!« sagte sie und: »Was wird Ihr Herr Vater dazu sagen?«

»Mein Herr Vater kann es verkraften«, meinte Christian.

»Ja, so denkt die Jugend«, maulte die Tante. »Aber wenn ich Ihnen erzählen würde, wie wir jeden Pfennig ...«

»Leute, was wollen wir essen?« Christian hielt der Tante die Speisekarte vor die Nase, und unter Schreckensschreien: »Gott, ist das teuer!« und: »Himmel, was für eine Verschwendung!« suchte sie nach dem billigsten Gericht und blieb schließlich bei den Matjesheringen hängen. »Die und nichts anderes«, sagte sie. Christian konnte es nicht fassen.

»Nein, ist das möglich?« rief er. »Heringe, als liebstes!« Aber ich kannte meine Tante und ihre Probleme. So aß sie denn Matjesheringe und konnte sie beißen und trank ein Gläschen Wein dazu und noch eines und vielleicht noch ein Schlückchen. Danach wandte sie sich mir zu und fragte: »Was ist eigentlich mit deinem ersten Verehrer passiert? Küßt er noch immer das Gänseliesel und andere Mädchen?« Christian bekam einen Hustenanfall, aber die Tante sprach unbeirrt weiter. »Er ist im Grunde ein netter Mensch, aber du solltest ihm den Dialekt abgewöhnen, Ameikind!«

Später auf unserer Bank, als das Licht in Tante Mariechens Fenster schon lange verloschen war, sagte Christian: »Also deine Tante, das ist schon ein Original. Manchmal bleibt einem direkt die Spucke weg!«

Er lud mich auch in feinere Gaststätten ein, weit entfernt von der Fleischerei. Allerdings gingen wir nicht ganz freiwillig. Die Suppe dort schmeckte uns immer noch, aber die Tischgenossen verdarben uns den Appetit. Die Schwaben strafften den Rücken, wenn wir eintraten, und beantworteten unser »Grüß Gott« mit eisigem Schweigen. Als Krönung ihrer Verachtung standen sie auf und marschierten in den Nebenraum. »Reg dich nicht auf, Käuzchen! Es sind elende Heuchler!« sagte Christian. »Oder macht es dir etwas aus?«

Ich beteuerte, daß es mir überhaupt nichts ausmachen würde, aber es machte mir viel aus, mehr als mir lieb war. Schließlich war ich Pfarrerstochter, und seit ich denken konnte, bestimmte die Frage: »Was werden die Leute sagen?« mein Verhalten.

Jetzt bekam ich deutliche Antworten, zum Beispiel von Gustav. Auf dem Heimweg von der Fleischerei fuhr er so dicht an mich heran, daß ich fürchtete, die Räder würden sich ineinander verhaken, aber er ließ sich nicht vertreiben. Er hielt eine Predigt von Rad zu Rad und teilte mir schließlich mit, daß ich eine arge Sünderin sei. Es war seine große Stunde, er strahlte wie die liebe Sonne, und das lichte Haar umleuchtete sein Haupt wie ein Heiligenschein. Nun endlich war der unanständige Armkniff gesühnt! Als Christian heranbrauste, hatte der Bursche sich schon aus dem Staub gemacht.

Wir gingen ins Kino. Was gespielt wurde, war uns egal. Wichtig war allein, daß wir nebeneinander saßen, die Arme auf der Armlehne, die Hände ineinander verschlungen, und uns soviel Nähe verschafften, wie das auf Kinosesseln möglich war. Hundert Jahre mindestens mußten vergangen sein, seit ich mit dem Lustmolch um mein Knie gekämpft hatte: Hand rauf, Hand runter und hinterher eine saftige Ohrfeige. Ich dachte daran und bekam einen Hustenanfall vor Lachen.

»Was gibt's zu lachen?« fragte Christian. »Mädchen, das ist ein trauriger Film! Der Kinogänger kann es nicht leiden, wenn er weint und andere lachen! Los, weine!« Ich erzählte ihm vom Lustmolch, und er lachte so laut, daß die Leute Blicke auf uns warfen und »Ruhe« schrien. In diesem Augenblick wurde mir klar, daß ich ihn liebte.

Vermutlich war es schon früher passiert, vielleicht bei Hilpert im Deutschen Theater, als er mit Plätzen in der dritten Reihe um mich warb. Oder beim Baden im Seeburger See, als er mich ans Ufer zog, weil ich keinen Grund mehr unter den Füßen fühlte und in Panik geraten war, und danach, als er es mit einer Mund-zu-Mund-Beatmung probierte, bei der ich fast erstickte, und schließlich, als er sagte: »Käuzchen*, um Himmels willen, wer wird denn ins Tiefe gehen, wenn er nicht schwimmen kann.«

Lauter Augenblicke zum Verlieben, in denen er um mich warb und ich den richtigen Augenblick zum Bremsen verpaßte.

Wir gingen nach Hause.

»Nach Hause« war nicht sein Zimmer und nicht meines, »nach Hause« war die Bank unter der Trauerweide.

Manchmal schälte er mir eine Orange, damit ich den Eindruck gewönne, ich wäre ein braves Mädchen.

---

* Anmerkung meine Namen betreffend: Bei Manfred hieß ich »Schwälble«. Bei Christian »Käuzchen«. Manchmal wußte ich nicht, welches Tier ich zuerst erschießen sollte.

»Üb immer Treu und Redlichkeit«

Ich schrieb an Manfred und erzählte ihm alles. Er schrieb zurück, ich dürfte nicht traurig sein, er hätte Liebe genug für uns beide. Wir gehörten zusammen, davon wäre er fest überzeugt, und alles würde sich zum Guten wenden, wenn ich nur wieder in seiner Nähe wäre. Er glaube nicht, daß Christian der Richtige für mich sei ...

Den Brief gab ich Christian zum Lesen. Er gab mir dafür den Brief seines Vaters. Sein Vater schrieb, Christian dürfe sich nicht abhängig machen von einer Frau, er solle entscheiden zwischen seiner Mutter und mir. Seiner Mutter gehe es nicht gut, sie müsse vielleicht sogar in ein Sanatorium ... Wenn's nicht zum Weinen gewesen wäre, ich hätte gelacht.

Ich dachte an Mutters Galle, die, obgleich schon lange herausoperiert, noch immer regen Anteil am Leben der Familie nahm und heftig reagierte, wenn etwas geschah, was Mutter nicht gefiel. Dann an Vater, der betrübt am Schreibtisch saß und mich so traurig ansah, daß ich nicht einmal den Sprung über eine lumpige Bahnschranke wagte. Was hatte sein Vater sonst noch geschrieben? Da stand es, ein Satz mit zwei Ausrufungszeichen versehen: *Wir erwarten Dich spätestens am Semesterende!!*

Dieser letzte väterliche Satz fuhr uns in die Glieder.

Semesterende, wann war das? Anfang August, genauer gesagt, am Sonntag, den 3. August. Und was für ein Tag war heute? Christian holte sein Notizbuch aus der Tasche. Heute war Sonntag, 20. Juli. Zwei Wochen noch, dann war Schluß, dann fuhr er in den Norden und ich in den Süden. Die Zeit war uns weggelaufen, und wir hatten es nicht bemerkt.

»Wir müssen die Tage nützen! Wir müssen sie genießen!« sagte Christian. »Komm, Käuzchen! Gehen wir fein aus!«

Es war das letzte Mal, daß wir uns so etwas gönnten. Christians Vater drehte den Geldhahn zu. Wenn es Christian nicht so nahegegangen wäre, mir hätte es nicht viel ausgemacht. Ich kannte die peinliche Situation aus früheren Zeiten. Niemals würde ich den Augenblick vergessen, als ich vor dem Bankschalter stand, Geld wollte und keines bekam, weil Vater das Konto überzogen hatte.

Jetzt kam Christian zurück mit leerer Brieftasche, schüttelte ungläubig den Kopf und konnte es nicht fassen.

»Meine Geldsendung hat sich verspätet. So etwas ist mir noch nie passiert. Was machen wir jetzt?«

»Ich lade den Herrn ins Kino ein«, sagte ich.

»Soweit kommt's noch! Ich lass' mich doch nicht von Frauen einladen!«

Das war die Schwierigkeit! Nicht, daß er kein Geld mehr hatte ...

»Wenn man kein Geld hat, dann hat man keins«, pflegte Tante Mariechen zu sagen, und: »Was man nicht hat, das gibt man nicht aus!«

Aber, daß sein grausiger Stolz uns die letzten Tage vergällte, das war ärgerlich. Um jede Tafel Schokolade mußte ich eine Geschichte ranken, aus der hervorging, daß sie aus seinen, nämlich Christians Beständen stammte, verlorengegangen war und von mir wiedergefunden.

Mir gefiel das einfache Leben. Statt ins Kino gingen wir jetzt in die Kellerkneipe der Studentengemeinde. Dort spielte Christian Skat. Er rauchte Pfeife statt Zigaretten, rückte mir oben auf der Terrasse einen Liegestuhl zurecht, polsterte ihn weich mit Kissen und besuchte mich oft, um nach dem Rechten zu sehen. Er steckte mir Vivils in den Mund und ließ mich an seinem Pfeifchen ziehen.

In diesen kargen Zeiten half Manfreds Mutter kräftig mit, uns vorm Hungertod zu bewahren. Natürlich ging's ihr nicht um Christian, auch nicht um mich. Es ging ihr um Manfred. Sie schickte mir ein Paket mit Kuchen, Schokoladentafeln, Äpfeln und selbstgemachten Malzbonbons und schrieb dazu, daß Manfred in letzter Zeit betrübt und traurig sei. Sie kenne ihren eigenen Sohn nicht wieder. Hoffentlich wäre zwischen uns alles in Ordnung, und ich solle nur tüchtig essen, damit ich durchhielte bei dem anstrengenden Studium.

Ich nahm dieses Paket mit in unser »Nachhause«, und erzählte von Tante Tildchen aus Heidelberg, die mir immer wieder ein Freßpaket schicke, weil sie nämlich ein schlechtes Gewissen habe, denn eigentlich hätte ich bei ihr in Heidelberg studieren sollen...

»Gut«, sagte Christian und griff nach einem Stück Kuchen, »gut, daß du nicht in Heidelberg bist. Stell dir vor, wir hätten uns nicht getroffen...«

Hinter Christians Rücken verdingte ich mich in einer Wäscherei. Zuerst bediente ich die Mangel. Nach dem ersten gequetschten Finger blieb die Chefin noch freundlich und sagte, so etwas könne passieren. Nach dem zweiten schaute sie bedenklich drein, und als ich einen Eimer mit heißem Wasser umwarf, meinte sie, es wäre besser, wenn wir uns trennten. Als ich aus Dampf und Nebel auftauchte, stand Christian vor der Tür, küßte meine umwickelten Finger und schwor bei allem, was ihm lieb und teuer sei, daß ich nie wieder solche Arbeiten verrichten solle. Er sah bei diesem Schwur so wild aus, daß ich ihn schon als Räuber nachts durch Göttingen schleichen sah, den Dolch in der Hand und den Geldsack auf dem Rücken.

Aber bevor es zu solchen Aktionen kam, tat der Vater wieder seine milde Hand auf.

Mit jedem Tag wuchs unsere Traurigkeit. Gingen wir abends »nach Hause«, dann saß ich auf der Bank und ließ meine Tränen fließen.

»Die Nette« fragte mich, warum ich so traurig sei, sie

habe mich seit dem Sommerfest nicht mehr lachen sehen. Das Semester sei ja bald überstanden, und in Tübingen warte schon jemand auf mich.

»Wer?« fragte ich.

Sie sah mich entsetzt an.

»Ihr Schwabe!« rief sie empört.

»Ach ja! Natürlich!« Als ich das von mir gegeben hatte, fand ich mich selbst so widerlich, daß ich davonlief.

Alles geschah zum letzten Mal. Ein letztes Mal gingen wir über die Wälle, ganz langsam, als könnten wir die Zeit damit anhalten. Ein letztes Mal fuhren wir zur Fleischerei. Auf der Brücke küßten wir uns, daß den Schwaben und allen anderen Suppenessern die Augen aus dem Kopf quollen.

Die letzten Vorlesungen hatten wir versäumt. Es gab nur noch ein paar theologische, und nach denen war uns nicht zumute.

Am Samstag gingen wir auf den Bahnhof und kauften unsere Fahrkarten.

Am Abend hielt die Studentengemeinde ihr Semesterschlußabendmahl. Wir saßen unter den Frommen wie Fremde, zwei hartgesottene Sünder, die nichts bereuten und sich auch nicht bessern wollten.

Nach dem Abendmahl schlenderten wir die Weender Straße hinunter und landeten auf dem Marktplatz. Dort herrschte reges Treiben. Auf dem Brunnenrand balancierten Studenten, die das Gänseliesel küssen wollten. Ganz einfach war das offenbar nicht, eben glitschte wieder einer ins Wasser. Nur frischgebackene Doktoren durften das Gänseliesel küssen, aber die Dame nahm es nicht so genau. Als Christian sie küßte, da ließ sie es geschehen.

»Manfred hat das Gänseliesel auch geküßt«, sagte ich. »Und nicht nur sie!«

»Es ist mir egal, wen Manfred geküßt hat! Ich sage dir nur, daß du einen Fehler machst, Käuzchen! *Er* ist nicht der Richtige für dich!«

Wir gingen am Deutschen Theater vorbei, den Goldgraben hinauf in unser »Nachhause«. Christian blickte nach oben und sagte: »Bei deiner Tante brennt noch Licht, armes Käuzchen, das gibt Ärger!«

»Macht nichts!«

Wir rückten nah aneinander, denn uns war kalt.

»Den Sonntag haben wir noch für uns ... Erst gehen wir zusammen in die Kirche ... Wo treffen wir uns? ... Am Nordportal wie immer ... Wann? ... Um zehn! Komm nicht zu spät...«

Es gab Ärger am Sonntagmorgen, schlimmeren als je zuvor, denn es ging wieder um Tante Mariechens »Sonntagsfreude« und Tante Luischens Grab. Ich war, weiß Gott, oft genug mit Tante Mariechen auf den Friedhof gepilgert und andächtig vor dem Grab gestanden. Aber dieses Mal wollte ich nicht!

Dies war unser letzter gemeinsamer Tag in Göttingen und, wie ich fürchtete, überhaupt der letzte für uns beide. Deshalb blieb ich hart wie Stein.

»Die Lebenden sind wichtiger als die Toten!« schrie ich mit Pathos und mit Tränen in den Augen.

»Da hast du recht!« schrie die Tante zurück. »Aber zwei Lebende sind in deinem Fall zuviel! Einem mußt du den Abschied geben!« So gemein war sie an unserem letzten Tag und legte den Finger in meine offene Wunde. »Es wird dir nicht gelingen, alle beide zu behalten!«

Ich griff nach meinem Gesangbuch und rannte weinend davon.

Die Glocken von Jacobi läuteten noch. Es war höchstens eine Minute nach zehn. Vor dem Nordportal stand kein Mensch. Ich konnte es nicht fassen, lief um die Kirche herum, hörte drinnen die Orgel spielen und stand den ganzen Gottesdienst lang vor dem Nordportal. Wenn ihn die eine Minute Verspätung vertrieben hatte oder wenn ihm sonst eine Laus über die Leber gelaufen war, nach allem, was wir zusammen erlebt hatten, dann hatte Manfred recht gehabt, dann war er nicht der Richtige für mich, unpünktlich wie ich war.

Vor dem Haus, in dem er wohnte, hatte ich schon einmal gestanden, aber hineingegangen war ich nicht. Ich klingelte, und eine Frau ließ mich ein, die ich auf Anhieb nicht leiden konnte. Sie hatte Zähne wie ein Pferd, vorstehend und gelb.

Auf meine Frage nach Christian sagte sie: »Er schläft noch! Aber treten Sie ruhig näher.«

Ich trat ein und schob sie zur Tür hinaus. Er war nicht tot! Er war nicht krank! Er lag im Bett, Kopf zur Wand und schlief.

Mein erster Gedanke war: Erschießen! Mein zweiter: Kissen auf den Kopf! Mein dritter: Du hast ihn eh nicht mehr lang, carpe diem!

Ich setzte mich vorsichtig auf den Bettrand und ließ ihn schlafen, als er es aber zu lange ausdehnte, gab ich ihm einen Kuß aufs Ohr, einen zarten, aber beim Ohr wirkt es stärker, etwa wie ein Donnerschlag. Er fuhr denn auch in die Höhe, hoch gesträubt den blonden Schopf, suchte auf dem Nachttisch nach seiner Brille, fand sie, setzte sie auf seine Adlernase und war nun wieder Herr der Lage.

»Ach Gott, Käuzchen!« sagte er. »Was machst du auch für Sachen?«

»Und du? Was machst du? Verschläfst unseren letzten Tag! Läßt mich stundenlang vor der Kirche hocken. Wenn du wenigstens einen mißglückten Selbstmordversuch gemacht hättest ...«

»Mich wundert, daß ich nicht selber darauf gekommen bin!«

Ich legte meine Wange an seine kratzige: »Wer wird denn weinen! Ich lad' dich heut ins Kino ein: ›Der Stolz der Kompanie‹. Man lacht sich tot ...«

Unten an der Haustür stand die Wirtin und sagte: »Mal was anderes.«

Auf dem Weg zurück in den Goldgraben grübelte ich

die ganze Zeit an diesen drei Worten herum: »Mal was anderes.« Was war anders? War es Christian zuzutrauen, daß er hier Orgien gefeiert hatte, oder war er etwa gar am Schreibtisch gesessen und hatte gelernt? Zuzutrauen war ihm alles. Leider vergaß ich, ihn zu fragen.

Ich ging aus Göttingen, wie ich das erste Mal gekommen war, mit Mutters altem Reisekorb auf Brumbuschs quietschendem Handkarren. Tante Mariechen war schon in der Klinik. Wir hatten uns tränenreich verabschiedet und viele Male beteuert, daß wir uns alles vergeben wollten. Als ich mit meinem Wägelchen auf den Wall abbog, kam Christian und nahm mir die Deichsel aus der Hand.

Keine schöne Eva, keine »Nette«, kein Knickerbockermann wollten sich verabschieden, warum auch? Ich hatte sie schon lange vergessen. Neben mir stand Christian. Der Zug fuhr ein. Christian schob den Korb in das Abteil.

»Wir sehen uns wieder«, sagte er und drückte mir ein Päckchen in die Hand. Ich stand am Fenster, bis nichts mehr von ihm zu sehen war. Was sollte er jetzt mit dem Handwagen anfangen? Zurück zum Goldgraben bringen? Egal – was er auch damit machte ... Ich würde ihn nie mehr wiedersehen.

Im Päckchen fand ich sein Skatspiel, sein Pfeifchen, und Gedichte für mich, wundervolle Gedichte!

An all diesem hielt ich mich aufrecht.

»Herz, Schmerz und dies und das«

Beate und die drei Kleinen holten mich ab. Die Eltern waren nicht erschienen. Wahrscheinlich hatte Mutter Frauenstunde zu halten und Vater Bibelstunde oder umgekehrt.

»Sie sind ein paar Tage nach Heidelberg gefahren zu Tante Tildchen«, sagte Beate. »Weißt du, sie waren völlig erledigt.«

Ich war auch völlig erledigt und ich hatte ganz sicher damit gerechnet, sie würden mich abholen, und ich könnte ihnen die ganze schlimme Geschichte erzählen, und sie würden mich trösten. Aber nein!

»Wie siehsch du denn aus?« fragte Gitti. »Bisch du vielleicht krank?« Beate fiel ihr in die Rede.

»Nein, krank ist sie nicht, aber hungrig, gell, Ameikind? Else hat einen feinen Kuchen gebacken!«

»Ich will keinen Kuchen!«

»Aber wir wollen einen!« rief Stefan. »Wir freuen uns schon den ganzen Tag drauf!«

»Du bist sicher sehr müde«, meinte Beate. »Zu Hause laß ich dir ein schönes warmes Bad einlaufen, und dann schläfst du erst mal richtig aus ...«

»Ich will nicht baden! Ich will nicht schlafen!«

»Ja, was willsch du dann?« fragte Gitti.

»Ich weiß nicht! Am liebsten sterben!«

»Das sagt man nicht!« rief Christoph, und seine Lippen fingen an zu zittern. »Das isch unanständig!«

Else empfing uns an der Haustür und strahlte.

»*Freude ist im Pfarrhaus!*« fing sie an und winkte den Kleinen zu, daß sie mitmachen sollten und singen, aber es kam kein überzeugender Gesang aus ihren Kehlen: »*... denn es kehret ein unser liebes, liebes, liebes ...*« Ihre

Stimmen erstarben, und sie verschwanden im Haus. Else pflanzte sich vor mir auf.

»Wie siehste denn aus, Ameikind? Ich erkenne dir ja nich wieda! Biste krank? Haste zuviel studiert? Oder was?«

Ich schüttelte den Kopf und ging an ihr vorüber in mein Zimmer. Dort setzte ich mich auf den Stuhl, auf den man sich nicht setzen durfte. Er brach zusammen. Beate machte ihr Bett auf der Couch.

»Ich schlaf' heut nacht bei dir«, sagte sie, »denn daß du dich auf den falschen Stuhl setzt, ist, glaub' ich, noch nie passiert. Wirklich, Ameikind, dir geht's nicht gut!«

Else brachte einen Teller mit Kuchen.

»Den hab' ich extra für dir jebacken!«

»Ich kann nichts essen, Else!«

»Jut, dann jehste eben unjejessen ins Bette! Mach nur weiter so, dann wirste schon sehn! Aba, das eine saje ich dir«, und zu Beate hin: »Und dir auch, Frau Pfarrer wird nicht jerufen, die braucht ihre Ruhe! Haste vastanden? Und du auch? Jut!«

Ich rappelte mich vom Boden auf und kroch ins Bett. Alles tat mir weh, besonders aber die Stelle, an der ich mein Herz vermutete.

»Es ist wie eine Herzoperation«, hatte Christian beim Abschied gesagt. Ich hatte noch nie eine Herzoperation erlebt, aber wenn sie so schmerzhaft war, dann wollte ich auch nie eine erleben. Ich schluchzte. Beate setzte sich neben mich.

»Komm, erzähl mir! Was ist denn passiert?«

»Ich halt's nicht aus, Beate! Ich halt's nicht länger aus.«

Mühsam erhob ich mich.

»Wo willst du hin?«

»Zum ›Alten Rhein‹.«

»Und was willst du dort?«

»Ins Wasser gehn!« Wieder fiel der Schmerz über mich her, denn ich dachte daran, wie mich Christian aus dem Seeburger See gezogen und wie er Mund-zu-Mund-Beatmung gemacht hatte.

»Gut«, sagte Beate, »gehen wir zum ›Alten Rhein‹. Ich zieh' mir nur schnell feste Schuhe an. Ein Stündchen mindestens werden wir schon brauchen. Und dann die Schnaken. Abends sind sie richtig aggressiv. Wirklich, sie fressen einen schier auf. Komm, gehen wir!«

Die Schnaken hatte ich völlig vergessen. Zwar wollte ich noch immer sterben, aber vorher eine Stunde lang von Schnaken zerstochen werden, wollte ich nicht.

»Kannst du dir vorstellen«, fragte Beate, »daß Langs Emil vor einer Woche eine Kreuzotter gesehen hat. Sie schlängelte sich da am ›Alten Rhein‹ herum...«

»Nein, um Himmels willen! Bist du ganz sicher?«

»Ganz sicher! Du weißt ja, daß es dort Schlangen gibt!«

»Vielleicht war es nur eine Ringelnatter.«

»Der Emil kennt sich aus. Wenn er sagt, es war eine Kreuzotter, dann war es eine. Ihr Biß ist tödlich, wenn du also...« Sie kannte meine Angst vor Schlangen, mit Cleopatra hatte ich aber auch nicht das geringste gemein. »Vielleicht solltest du es dir noch einmal überlegen«, sagte Beate und schloß die Haustür wieder ab. »Zum ›Alten Rhein‹ kannst du immer noch gehen, aber jetzt geh erst mal ins Bett.«

»Ich kann nicht schlafen!«

»Sollst du auch nicht, im Gegenteil! Du darfst auf keinen Fall einschlafen! Setz dich auf dein Bett, den Rücken so gerade wie möglich. Nicht anlehnen! Ja, so ist es gut! Und jetzt, wenn du willst, kannst du mir erzählen. Ich höre zu.«

So erzählte ich ihr meine Geschichte und daß ich nicht mehr leben wollte, weil ich zwei Männer liebte und mich für keinen entscheiden konnte. Nach zwei Stunden kippte ich gegen die Wand. So jedenfalls beschrieb es Beate hinterher.

Ich schlief bis tief in den Tag hinein, und als ich aufwachte, fühlte ich mich so wohl wie schon lange nicht mehr. Es war schön, zu Hause zu sein. Beate kam mit dem Frühstückstablett. Gitti trabte hinter ihr her.

»So, da haben wir alles, was die Dame mag, ein weiches Ei, ein frisches Weckle ...«

Mein ganzes Elend kehrte zurück. Ach, daß ich noch leben mußte! Ach, daß ich mich vor Schlangen und Schnaken fürchtete und aus lauter Angst und Ekel ein Leben in Trauer auf mich nahm!

»Ich kann nichts essen.«

Es klingelte, und Gitti lief zur Tür, um nachzusehen, wer da gekommen war. Ich hörte Else schimpfen. Beate stellte das Tablett vor mich aufs Bett.

»Kannst du wirklich nichts essen? Auch nicht, wenn ich dich sehr bitte? Nein? Gut, wenn du nichts ißt, esse ich auch nichts!« Sie nahm das Tablett und trug es davon. An der Tür blieb sie stehen. »Ich will dir ja helfen, aber ganz ohne dich geht's nicht.«

Gitti stellte sich an mein Bett.

»Was krieg' ich, wenn ich dir was zeig'?«

»Nichts!«

»Na gut, dann bleiben die schönen Blumen einfach da liegen!«

»Was für Blumen?«

»Wenn du mir was Schönes gibst, Schokolade oder so, dann ...«

Ach, wie gut ich die alte Leier kannte! Ich stieg aus dem Bett, ging zum Reisekorb und klappte ihn auf. Oben auf meinen Blusen lag Christians Päckchen. Ich nahm es heraus und drückte es ans Herz.

»Ist das vielleicht meine Schokoladentafel?« Gitti griff über meine Schulter.

»Hände weg! Wenn du in dieses Päckchen schaust, dann gnad dir Gott!« Ich wühlte in dem Korb, fand die Schokolade und gab sie ihr.

»Jetzt, was willst du mir zeigen?«

»Wir müssen aber durchs Fenster springen, weil Else in

der Küche ist.« Wir sprangen. »Na, mach schon!« drängelte Gitti. »Meinsch, ich will da rumsitzen, wenn Else kommt?«

Ich lief hinter ihr her zum Komposthaufen. Gitti zeigte hinauf. »Da sind sie!«

Auf dem Komposthaufen lag ein riesengroßer Strauß roter Gladiolen, ein Strauß, wie ihn Christian gern hatte, prächtig und leuchtend.

»Gitti, von wem ist er und wie kommt er auf den Komposthaufen?«

»Weiß ich doch nicht, von wem der ist, und raufgeschmissen hat ihn Else!«

Ich lief in die Küche, barfüßig und im Nachthemd.

»Was fällt dir ein, Else, meine Blumen auf den Komposthaufen zu werfen!«

Sie kam mir entgegen, den Kochlöffel hoch erhoben: »Mei bosche kochanje! Willste wohl den Mund halten! Oda haste die Blumen von Manfred? Du Dunderlittchen, du kleines Aas! In Frau Pfarrers Haus jibt's keene Blumen von fremde Männer! Und wenn noch mal welche kommen, denn fliejen se jleich auf Breithelms Misthaufen! Vastanden?«

»Else, war ein Brief dabei?«

»Ja! Und wennste ihn lesen willst, dann mußte dich beeilen. Er brennt nämlich schon!«

Ich lief zum Herd, riß das Türchen auf. Wirklich, da lag etwas wie ein Brief und sah schon ganz schwarz aus. Else schlug ihn mir aus der Hand.

»Biste vollends varückt jeworden. Steckt die Hand ins Feuer! Mei bosche kochanje! Da sieh dir den Boden an! Ein Loch reinjebrannt! Wat meenste, was Frau Pfarrer sagt!«

Da kam sie gerade zur Haustür herein, und Vater trug einen Koffer hinter ihr her. Florian hatte sie in aller Herrgottsfrühe aus Heidelberg geholt.

»Was ist denn in der Küche los, und warum riecht es

hier so angebrannt? Und was machst du hier, Ameikind, barfuß und im Nachthemd? Du weißt, daß ich so etwas nicht schätze!«

»Sie hat meine Blumen auf den Komposthaufen geworfen und meinen Brief verbrannt!«

»Davon sprechen wir später. Komm, Kind, du bist ja völlig aufgelöst!« Sie drückte mich in mein Zimmer und hinein ins Bett. »Nachher kannst du mir alles erzählen. Aber erst essen wir ein schönes frisches Brötchen und ein wachsweiches Ei. Wo ist das Tablett, Else?«

Sie brachte es, murrend und mit bitterbösem Blick in meine Richtung.

»Ich kann nichts essen, wirklich, Mutterle.«

»Und Beate, kann die?«

»Nein, ich kann auch nicht!«

»Wie, alle beide könnt ihr nichts essen? Na so was! Ihr seid also regelrecht im Hungerstreik? Wollt ihr abnehmen?«

»Nein, sterben!« rief Christoph kummervoll. »Gell, Mutterle, des darf man nicht sagen, das isch unanständig!«

»Im höchsten Grade unanständig. Aber keine Sorge, Christoph, das werden wir gleich ändern!« Sie zog einen Brief aus ihrer Jackentasche. »Da schaut her, dies ist ein Eilbrief, und was für ein dicker! Wenn du dein Frühstück gegessen hast, Ameikind, dann kannst du ihn lesen!«

Streiken konnte ich immer noch und sterben auch, aber den Brief wollte ich vorher lesen. Schon die bekannte Handschrift krampfte mir das Herz zusammen.

Vater kam und setzte sich zu mir ans Bett. Er fütterte mich mit frischen Brötchen und machte eine ziemliche Sauerei mit dem wachsweichen Ei und dem Honig. Er sagte: »Weißt du, deine Mutter hat manchmal seltsame Methoden, aber du siehst wirklich schlecht aus und solltest etwas in den Magen bekommen und Beate auch mit ihrem kranken Herzen. Deshalb ... Das mußt du verstehen ...«

Unter meinem Kopfkissen lag der Brief und knisterte

leise vor sich hin. Erst als alles aufgegessen war, erhob sich Vater und sagte: »Na, dann wollen wir mal an die Arbeit gehen.«

Er nahm das Tablett und ging. Der Brief hatte dreiundzwanzig Seiten. Ich las ihn fünfmal und haderte mit Gott und der Welt. Warum mußten sich Frauen mit einem Mann begnügen, wenn sie zwei liebten? Warum hielten sich Männer einen ganzen Harem voll Frauen, und kein Mensch hatte etwas dagegen? Ich aber, ich mußte mich grämen und Schimpf und Schande tragen, von jeder Schlange mich beißen und von Else mich ankeifen lassen.

»Weißt du«, sagte Beate, »ich an deiner Stelle würde den Brief jetzt nicht mehr lesen. Manfred kommt übers Wochenende. Willst du ihm nicht einen Gruß schicken?«

Nein, ich wollte keinen Gruß schicken und ich freute mich auch nicht, daß er übers Wochenende kommen würde. Als ich meinen Brief zum sechsten Mal gelesen hatte, kam Mutter aus der Stadt zurück und legte einen Umschlag vor mich auf die Bettdecke.

»Nimm und lies und sei dankbar«, sagte sie, »denn es ist das reine Wunder, daß dieser Mensch sich hat erweichen lassen.«

In dem Brief stand, daß ich in der Firma Schmid und Sohn als Werkstudentin angestellt war und daß ich eine Bücherei für die Belegschaft einrichten sollte. Ein neues Bravourstück meiner Mutter. Sie blickte denn auch stolz in die Runde und wartete auf Applaus. Aber von mir konnte sie keinen Beifall erhoffen, denn ich saß noch tief im Loch bei Schlangen und Schnaken, und als sie nun rief: »Na, Kind, wird dir das Spaß machen«, da drehte ich mich zur Wand und dachte, daß mir nie wieder etwas Spaß machen würde.

Das Wochenende kam und mit ihm Manfred. Er strahlte, er nahm mich in die Arme, er sagte: »Jetzt wird alles gut, Schwälble.«

Nichts war gut, und Schwälble wollte ich auch nicht

mehr heißen. Manfred tat, als ob er nicht hörte, wie abscheulich ich zu ihm war.

»Ich hab' euch etwas mitgebracht«, sagte er zu den Kleinen und holte aus seinem Köfferchen eine Dose mit selbstgemachten Malzbonbons. Die Kleinen jubelten, aber ich konnte sie nicht mehr sehen, ich mochte sie nicht mehr riechen: »Bah!«

»Bei uns in Heilbronn hasch se doch möge...«

»Ja, und dann hat mir deine Mutter eine große Tüte voll nach Göttingen geschickt. Ich hab' drei Tage lang Malzbonbons gelutscht, und jetzt mag ich sie halt nicht mehr!«

»Du kannst sie alle uns geben«, sagte Stefan zu Manfred. »Wir mögen sie! Und ›Bah‹ sagt man nicht, Ameikind.« Sie scharten sich um Manfred und schauten mich strafend an.

»Du bist gemein!« sagte Gitti, und ich war ganz ihrer Meinung. Auch Elses Gunst hatte ich verloren. Ich brauchte nur in der Küchentür zu erscheinen, schon hob sie den Kochlöffel und knurrte: »Vaschwinde! Aba schnell!«

Gegen Abend gingen wir beide, Manfred und ich, zum »Alten Rhein«. Ich erzählte ihm, daß ich mich hier hatte ertränken wollen.

»Ja, man spielt manchmal mit solchen Gedanken«, sagte er.

Es war kein schöner Spaziergang. Wir gingen hintereinander über die engen Pfade und sprachen kein Wort. Dazu plagten uns die Schnaken von außen und die schwarzen Gedanken von innen. Wir hatten uns doch geliebt! Wie war es möglich, daß Liebe so schnell und gründlich verflog?

Beim Abendessen bekam er das größte Kotelett und die dickste Kartoffel. Es war deutlich zu erkennen, wie die Familie sich mühte, gutzumachen, was die mißratene Tochter, die treulose Schwester, ihm angetan hatte.

»Komm, gehn mer mitnander in d' Kirch!« sagte er zu

mir. »Da hat's wenigstens keine Schnake, und mir könnet a bißle nachdenke.«

»Über was sollen wir nachdenken, Manfred. Es ist doch alles sonnenklar: Ich muß mich von Christian trennen, und wir müssen damit zurechtkommen, er und ich ...«

»Ich auch! Ich muß auch damit zurechtkommen!« Er stellte den Orgelmotor an und wischte sich eine Träne aus dem Auge. Das war zuviel, das konnte ich nicht ertragen! Ich warf mich an seinen Hals, ich küßte und streichelte ihn.

»Um Himmels willen, Manfred, verzeih mir! Ich bin nicht mehr recht bei Trost. Was soll ich bloß machen?«

»Ich kann's dir nicht sagen. Laß dir Zeit und gib mir eine Chance.«

Er fuhr nach Hause und ließ eine zerrüttete Familie zurück. Vater war betrübt und ließ nach meiner Meinung Briefe verschwinden. Mutter hatte zunehmend Schwierigkeiten mit ihrer nicht mehr vorhandenen Galle. Und ich? Ich brauchte nur an Christian zu denken, an seinen blonden Schopf, seine Adlernase, sein Lachen, und ich fühlte wieder diesen Schmerz im Herzen, über den nur lachen kann, wer ihn nicht kennt.

Eine Nacht lang schrieb ich an dem Abschiedsbrief, den ich aber nicht abschickte, sondern sorgsam verwahrte.

Daß Briefe »verlorengingen«, wußte ich genau, daß auf Nachbar Breithelms Misthaufen schon wieder ein Rosenstrauß welkte, hatte ich mit eigenen Augen gesehen, aber der Mut zum Kämpfen war mir vergangen.

Dafür hielt ich jeden Abend ein Extra-Weihestündchen. Ich zündete auf meinem Schreibtisch eine Kerze an und packte meine Kostbarkeiten aus. Das Pfeifchen steckte ich in den Mund, strich liebevoll über die Skatkarten, schnupperte an dem vertrockneten Sträußchen und las Sonette.

»Hör auf damit«, sagte Beate. »Das ist ja der reinste

Götzendienst! Wirklich, ich kann das gar nicht mehr sehen. Ameikind, du mußt es verbrennen!«

»Das könnt' dir so passen, mir auch noch das letzte wegzunehmen.«

»Ich will dir nichts wegnehmen. Was zu tun ist, mußt du schon selber tun. Ich kann dir höchstens helfen.«

So kam es, daß wir in einer heißen Augustnacht den Küchenherd anheizten. Wir knieten nebeneinander vor dem Ofenloch, und ich legte Stück um Stück meines Schatzes in die Flammen. Erst wenn eines verbrannt war, nahm ich das nächste, jede Skatkarte für sich alleine.

Das Pfeifchen wollte ich behalten und versuchte, es vor Beates Sperberblick zu retten. Sie merkte aber, wie ich es im weiten Nachthemd verbarg.

»Aber, aber«, war alles, was sie sagte, und schon legte ich es in die Flammen. Dann kamen die Sonette und brannten so heiß, daß uns der Schweiß von der Stirn lief.

Das schönste Sonett und das längste hatte ich zum Glück vorher auswendig gelernt, das wenigstens konnten sie mir nicht mehr rauben! Als letztes verbrannte ich meinen Abschiedsbrief, den vielseitigen und in einer Nacht geschriebenen.

Nun war alles zu Ende gebracht. Wir saßen vor dem Herd, schwitzten und weinten. So fand uns Else, die Geräusche in der Küche gehört hatte und todesmutig herbeieilte, um sie zum Schweigen zu bringen.

»Mei bosche kochanje! Hat man denn niemals Ruhe vor die Blagen?« Als sie uns aber knien und weinen sah, da erweichte sich ihr Herz. »Ja, ja, Kinderchen«, sagte sie, »so ist das Läben! Mein Adolf selich, ich saje euch, der war och so eener. Blumen schenken und selbst verwerflich sein!« Sie legte uns eine warme Wolldecke um die Schultern, damit wir uns nicht den Tod holten in der heißen Sommernacht.

Nachdem ich meine Kostbarkeiten verbrannt hatte und

den Abschiedsbrief auch, wurde es langsam besser mit mir. Manfred wartete und schrieb mir jeden Tag einen Brief.

Wann kam die Wende? Wann taute das Eis? Wann merkte ich, daß ich ihn wieder liebte?

Das war, als er aus Heilbronn anrief und erzählte, er müsse seinem Vater bei der Kartoffelernte helfen. Morgen, ganz früh, ginge es los.

»Schade«, sagte ich am Telefon. »Schade, ich hätte dich so gerne wiedergesehen. Ich weiß ja gar nicht mehr, wie du aussiehst.«

Er ging zu seinem Vater und bat um das Auto.

»Wo willst du hin?« wollte der wissen.

»Zur Amei! Ich muß zu ihr!«

»Tu, was du nicht lassen kannst. Ich halt's für falsch. Das Auto bleibt natürlich hier.«

So etwa ging es zu zwischen Vater und Sohn, und so hat Manfred es mir später erzählt. Er setzte sich aufs Fahrrad und fuhr fünf Stunden lang. Um Mitternacht kam er bei uns an, stieg durchs Fenster und stand vor meinem Bett. Ich hatte nie geglaubt, daß er kommen würde.

»Es ist ein Wunder, daß dein Vater dir das Auto gegeben hat.«

»Ja, es wäre eines gewesen, aber ich bin mit dem Fahrrad gekommen. Du hast doch gesagt, du wolltest mich wiedersehen, und du wüßtest nicht mehr, wie ich aussehe...«

Da geschah das Wunder: Ich spürte wieder, daß ich ihn liebte, anders vielleicht als vorher, aber nicht weniger.

Wir brauchten bis zum Morgen, um einiges wegzuräumen, was sich zwischen uns gedrängt hatte.

Wir brauchten noch Monate, bis die Wunden zu heilen begannen.

Wir brauchten Jahre, bis wir über unsere Erlebnisse lächeln konnten.

»*L'amour est mort, vive l'amour!*«

Im nächsten Jahr an Ostern feierten wir Verlobung. Tante Mariechen reiste an als hochgeehrter Gast. Irgendwann ergab es sich, daß wir beide durch den Garten wandelten.

»Tante Mariechen, ich wollte dir schon immer etwas sagen...«

»Dann schieß los!«

»Ich fand es toll von dir, daß du niemandem etwas gesagt hast!«

»Denkst du jetzt an den wohlerzogenen jungen Mann?«

»Ja, an den und daß ich sicher schwer zu ertragen war für dich...«

»Das kannst du laut sagen, Ameikind! Wie war das Semester in Tübingen? Daß du genommen worden bist, ist das reine Wunder!«

»Mutter hat wieder einmal getrickst... Es war schön in Tübingen, aber Tante Mariechen, bei dir war's viel schöner!«

Am nächsten Tag hatte ich endlich Zeit für meine Post. Sie lag in einem mittelgroßen Wäschekorb. Ich warf einen Blick hinein und sah ihn sofort, den Brief mit der bekannten und immer noch geliebten Handschrift. Dreiundzwanzig Seiten gab es nicht mehr zu lesen. Nur ein einziges Blatt steckte im Kuvert. Keine Glückwünsche, nicht *mein liebes Käuzchen,* nicht einmal: *Herzliche Grüße, Dein...* Dafür breit über das ganze Blatt hingeschrieben, ein französischer Spruch, eine Redewendung, ein Sprichwort, wie man's auch nennen mag, auf den ersten Blick deprimierend, auf den zweiten auch nicht besser.

»L'amour est mort! Vive l'amour!«

Ich ging damit zu Beate.

»Na so was«, rief sie, »jetzt sag mir bloß, wie der durch die Zensur gekommen ist?«

»Ganz einfach! Bei der vielen Post ist er durchgerutscht. Da lies!«

»Ich brauch' es nicht zu lesen. Ich kenn' das Sprüchlein!«

»Was meinst du, Beate, klingt es böse?«

»Freundlich grad nicht!«

Ich holte den Büchmann mit seinen geflügelten Worten herbei. Da stand es auf Seite 415.

»Le roi est mort: Vive le roi!
Der König ist tot: Es lebe der König!«

Und als Erklärung stand dabei: *Mit diesem Ruf verkündete in der französischen Monarchie ein Herold vom Schloßbalkon herab den Tod eines Königs und die Thronbesteigung des neuen Herrschers.*

So, das war's und war nicht böse und nicht freundlich, aber wahr. Else hatte mir diese Erkenntnis schon oft ins Ohr geblasen:

»So ist das Läben!« hieß es bei ihr.

Amei-Angelika Müller im dtv

»Pfarrer sind auch Menschen.«

Pfarrers Kinder, Müllers Vieh
Memoiren einer unvollkommenen Pfarrfrau
dtv 20219 und dtv großdruck 25011

Sie ist ein Morgenmuffel, Kochen ist nicht ihre Stärke, und auch sonst entspricht sie nicht dem Ideal einer Pfarrfrau. Sie wollte auch alles andere werden, nur das nicht. Doch sie lernte einen Theologiestudenten kennen – und lieben.

Ich und du, Müllers Kuh
Die unvollkommene Pfarrfrau in der Stadt
dtv 20116 und dtv großdruck 25083

Sieben auf einen Streich
dtv großdruck 25143

Eine herzerfrischend fröhliche, witzige und humorvolle Familiengeschichte.

Veilchen im Winter
Roman · dtv 11309

Was macht eine junge Frau, die sich von ihrem skibegeisterten Ehemann zum gemeinsamen Winterurlaub überreden läßt, obwohl sie selbst völlig unsportlich ist und den Winter zutiefst verabscheut?

Und nach der Andacht Mohrenküsse
dtv großdruck 25096

Eine Kindheit an der deutsch-polnischen Grenze.

Ach Gott, wenn das die Tante wüßte
Studentenzeit und erste Liebe der
»unvollkommenen« Pfarrfrau
dtv 20186